SERGE PANINE

GEORGES OHNET

SERGE PANINE

roman

Ouvrage couronné par l'Académie française

AM

ÉDITIONS ALBIN MICHEL
22, RUE HUYGHENS
PARIS

ISBN 2-226-00027-5

I

Dans un très ancien et très vaste hôtel de la rue Saint-Dominique, depuis l'année 1875, s'est installée la maison Desvarennes, une des plus connues du commerce parisien, une des plus considérables de l'industrie française. Les bureaux occupent les deux corps de bâtiment latéraux qui donnent sur la cour, et servaient autrefois de communs, quand la noble famille, dont l'écusson a été gratté au-dessus de la porte cochère, était encore propriétaire de l'immeuble. Mme Desvarennes habite l'hôtel qu'elle a fait magnifiquement restaurer et dans les larges et hautes pièces duquel, avec un goût très sûr, elle a réuni des objets d'art qui sont de véritables merveilles. Rivale redoutable des Darblay, les grands meuniers de France, la maison Desvarennes est une puissance commerciale et politique. Demandez sur la place de Paris des renseignements sur sa solidité : on vous dira que, sans se compromettre, on peut avancer vingt millions sur la signature du chef de la maison. Et le chef de la maison est une femme.

Cette femme est remarquable. Douée d'une admirable intelligence et d'une inébranlable volonté, elle s'était autrefois juré de faire une grande fortune ; elle s'est tenu parole. Fille d'un modeste emballeur de la rue Neuve-Coquenard, vers 1848 elle épousa Michel Desvarennes, qui était alors garçon chez un grand boulanger de la chaussée d'Antin. Avec les

mille francs que l'emballeur trouva moyen de donner
à sa fille, en manière de dot, le jeune ménage loua
hardiment une boutique et fonda un petit commerce
de boulangerie. Le mari faisait la pâte, cuisait le pain
et la jeune femme, assise au comptoir, tenait la caisse.
Ni dimanches, ni fêtes, la boutique ne fermait. Toujours, à travers les vitres de la devanture, entre deux
pyramides de paquets de biscuits roses et bleus, on
pouvait apercevoir la figure grave de Mme Desvarennes, tricotant des bas de laine pour son mari, en
attendant la pratique. Avec son front bombé et ses
yeux toujours baissés sur son ouvrage, cette femme
semblait l'image vivante de la persévérance. Au bout
de cinq ans d'un travail sans relâche, riches d'une
vingtaine de mille francs économisés sou à sou, les
Desvarennes quittèrent les pentes de Montmartre et
descendirent dans le centre de la ville. L'ambition
leur était venue. Et puis ils avaient toujours eu
confiance. Ils s'installèrent rue Vivienne, dans un
magasin resplendissant de dorures, orné de glaces,
et dont le plafond, à caissons rehaussés de peintures
vives, attirait violemment l'œil des passants. Les
vitrines étaient en marbre blanc, et le comptoir, où
trônait toujours Mme Desvarennes, avait une ampleur
digne de la recette qui y était encaissée chaque jour.
Les affaires allaient bien, et avaient pris un considérable développement. C'était toujours, de la part du
ménage Desvarennes, la même assiduité au travail,
le même esprit d'ordre. La clientèle seule avait
changé. Elle était plus nombreuse et plus riche. La
maison avait la spécialité des petits pains pour les
restaurants. Michel avait pris aux boulangers viennois
le secret de ces boules dorées qui sollicitent l'appétit
le plus rebelle et, encadrées dans une serviette damas-
sée, artistement pliée, parent si élégamment un
couvert.

Ce fut vers cette époque que Mme Desvarennes, en
faisant le calcul de ce que les meuniers doivent gagner

sur la farine qu'ils vendent aux boulangers, eut l'idée
de supprimer pour sa maison ces coûteux intermé-
diaires, et de moudre elle-même son blé. Michel,
naturellement timide, fut effrayé quand sa femme lui
développa le projet si simple qu'elle venait de former.
Habitué à subir la volonté de celle qu'il appelait
respectueusement la patronne, et dont il ne fut que
le premier commis, il n'osa pas lui tenir tête. Mais,
routinier par nature, et haïssant les innovations par
faiblesse d'esprit, en lui-même il trembla, et s'écria
avec angoisse : « Ma femme, tu vas nous ruiner. »
La patronne calma les inquiétudes du pauvre homme.
Elle tenta de l'échauffer de sa confiance, de l'animer
de son espoir. Elle ne réussit pas, et passa outre.
Un moulin était à vendre à Jouy, sur les bords de
l'Oise ; elle le paya comptant. Et, quelques semaines
plus tard, la boulangerie de la rue Vivienne ne dépendait plus de personne. Elle fabriquait elle-même sa
matière première. Les affaires prirent, à partir de ce
moment, une extension considérable. Se sentant apte
à conduire de grandes affaires, et, de plus, désireuse
de sortir des mesquineries du petit commerce,
Mme Desvarennes, un beau jour, se mit en tête de
soumissionner les fournitures de pain pour les hôpi-
taux militaires. Elle les obtint, et, dès lors, la maison
fut classée parmi les plus importantes. Dans le commerce, en voyant les Desvarennes prendre leur audacieuse envolée, les gros bonnets avaient dit : Ils ont
de l'ordre, de l'activité ; s'ils ne culbutent pas en
route, ils iront loin.

Mais la patronne semblait avoir le don de divina-
tion : elle n'opérait qu'à coup sûr. Et, quand elle
poussait d'un côté, on pouvait être sûr que le succès
était là. Dans toutes ses entreprises, la chance était
de moitié avec elle. Elle flairait de loin les faillites,
et jamais la maison ne fut prise dans une mauvaise
affaire. Cependant Michel continuait à trembler. Le
premier moulin avait été suivi de beaucoup d'au-

tres ; puis l'ancien système avait paru insuffisant à
Mme Desvarennes. Elle avait voulu marcher avec le
progrès, et elle avait fait construire les admirables
minoteries à vapeur qui broient actuellement sous
leurs meules pour cent millions de blé par an.

La fortune était entrée fastueusement dans la
maison, et Michel tremblait encore. De temps à autre,
quand la patronne lançait quelque affaire nouvelle,
il risquait son habituelle rengaine : « Ma femme, tu
vas nous ruiner ! » Mais on sentait que ce n'était
que pour la forme, et qu'il ne pensait plus lui-même
ce qu'il disait. Mme Desvarennes accueillait avec un
sourire superbe cette plaintive remontrance, et répondait maternellement comme à un enfant : « Va, va,
n'aie pas peur. » Puis elle se remettait à l'ouvrage, et
dirigeait avec une fermeté irrésistible l'armée d'employés qui peuplait ses bureaux.

En quinze ans, par des prodiges de volonté et
d'énergie, Mme Desvarennes était venue de la triste
et boueuse rue Neuve-Coquenard à l'hôtel de la rue
Saint-Dominique. De la boulangerie, il n'en était plus
question. Il y avait beau temps que la boutique de
la rue Vivienne avait été cédée au premier garçon
de la maison. Les affaires de farine seules occupaient
Mme Desvarennes. Elle faisait la loi sur le marché.
Et les grands banquiers venaient à son bureau traiter
avec elle de puissance à puissance. Elle n'en était pas
devenue plus fière. Elle connaissait trop le fort et le
faible de la vie pour avoir de l'orgueil. Sa rondeur
ancienne ne s'était pas raidie en morgue hautaine.
Telle on l'avait connue commençant les affaires, telle
on la retrouvait à l'apogée de sa fortune. Au lieu
d'une robe de laine, elle portait une robe de soie, mais
la couleur en était restée noire. Son langage ne
s'était pas raffiné. Elle avait toujours le même accent
brusque et familier. Et, au bout de cinq minutes de
conversation avec un haut personnage, elle ne pouvait
résister au besoin de l'appeler « mon cher », pour se

rapprocher moralement de lui. Avec cela, toujours impérieuse, mais d'une façon plus large. Son commandement avait pris de l'ampleur. Elle avait, en donnant ses ordres, une allure de général en chef. Et il ne fallait pas barguigner, suivant son expression, quand elle avait parlé, et le mieux qu'on pût faire était d'obéir aussi bien et aussi promptement que possible. Cette femme, merveilleusement douée, placée dans une sphère politique, eût été Mme Roland. Née près du trône, elle eût été Catherine II. Il y avait du génie en elle. Sortie d'en bas, sa supériorité lui avait donné la fortune ; partie d'en haut, son grand esprit eût gouverné le monde.

Pourtant, elle n'était pas heureuse. Cette créatrice était restée stérile. Il semblait qu'en elle le cerveau eût absorbé toutes les forces fécondes de l'être. Ou bien, masculinisée par les efforts qu'elle avait faits pour conquérir de haute lutte la fortune, elle n'était plus assez femme pour devenir mère. Depuis quinze ans elle était mariée, et son foyer était vide d'un berceau. Dans les premières années, elle s'était réjouie de ne pas avoir d'enfant. Où eût-elle trouvé une heure pour s'occuper du petit être ? Les affaires accaparaient tous ses instants. Elle n'avait pas le loisir de s'amuser aux bagatelles. La maternité lui semblait être un luxe de femme riche. Elle, elle avait sa fortune à faire. Et, actionnée à ce combat contre les difficultés de l'entreprise commencée, elle n'avait pas eu le temps de regarder autour d'elle, et de s'apercevoir que sa maison était déserte. Elle travaillait du matin jusqu'au soir. Sa vie entière était absorbée par ce labeur. Et quand la nuit venait, accablée par la fatigue, elle s'endormait, la tête bourrée de soucis qui étouffaient les retours de son imagination.

Michel, lui, gémissait, mais en cachette. A cette nature faible et subjective, l'enfant manquait irrésistiblement. Lui, dont la tête était vide de préoccupations, il pensait à l'avenir. Il se disait que le jour où la fortune rêvée serait acquise il faudrait, pour qu'elle fût véritablement la bienvenue, avoir un héritier à qui la transmettre. A quoi bon être riche, si c'était pour des collatéraux ? Il n'avait devant lui que son neveu Savinien, un gamin désagréable qui le laissait très indifférent. Et puis, il avait des préventions à l'égard de son frère qui avait déjà fait plusieurs fois de mauvaises affaires, et au secours duquel il avait fallu venir, pour sauver l'honneur du nom. La patronne n'avait pas hésité et avait dégagé la signature d'un Desvarennes. Elle n'avait point récriminé, ayant le cœur aussi large que l'esprit. Mais Michel s'était senti humilié de voir les siens faire une brèche dans l'édifice financier si laborieusement élevé par sa femme. De là, un mécontentement qui avait grandi peu à peu contre les Desvarennes de l'autre branche, et qui se traduisait par une grande froideur, quand, par hasard, son frère venait à la maison, accompagné de Savinien.

Et puis la paternité de son frère le rendait sourdement jaloux. Pourquoi un fils à cet incapable qui ne réussissait dans aucune de ses entreprises ? Il n'y avait que ces meurt-de-faim pour être favorisés. Lui, Michel, déjà appelé Desvarennes le riche, il n'avait pas d'enfant. Est-ce que c'était juste ? Mais où est la justice en ce monde ?

La première fois que, lui trouvant la mine maussade, la patronne l'avait interrogé, il avait franchement exprimé ses regrets. Mais il avait été si rudement rembarré par sa femme, dans le cœur de laquelle un trouble violent, mais aussitôt comprimé, s'était en un instant produit, qu'il n'avait osé revenir à la charge. Il souffrait donc en silence. Mais il ne souffrait déjà plus seul. Comme un fleuve débordé qui trouve une issue et se répand dans une vallée qu'il inonde, le sentiment de la maternité, si longtemps contenu par la préoccupation des affaires, avait soudainement saisi Mme Desvarennes. Forte et résistante comme elle l'était, elle lutta et ne voulut pas s'avouer vaincue. Cependant elle devint triste. Sa voix sonnait moins éclatante dans les bureaux, quand elle donnait un ordre. Sa nature énergique était comme alanguie. Maintenant elle cherchait autour d'elle. Elle voyait la prospérité affermie par un travail incessant, la considération accrue par une probité intacte. Elle était arrivée au but qu'elle s'était marqué, dans ses rêves d'ambition, comme devant être pour elle le paradis. Le paradis était là, mais il y manquait l'ange. Il n'y avait pas d'enfant.

A partir de ce jour une transformation s'opéra en cette femme, lentement mais sûrement, à peine visible pour les étrangers, mais facile à découvrir pour ceux qui vivaient dans son entourage. Elle devint bienfaisante, et donna des sommes importantes, surtout aux asiles d'enfants. Mais quand les religieux qui dirigeaient ces établissements, alléchés par sa générosité, vinrent la trouver pour lui demander de faire partie de leurs conseils d'administration, elle se fâcha, demandant si on se moquait d'elle. En quoi cette marmaille pouvait-elle l'intéresser ? Est-ce qu'elle n'avait pas d'autres chiens à peigner ? Elle donnait, c'était sans doute ce qu'on voulait. Il ne fallait pas lui en demander davantage. En réalité elle se sentait faible et troublée en face de l'enfance, et, mécontente de se sentir atteinte dans sa force habituelle, elle réagissait avec violence. Mais, au fond d'elle-même, une voix puissante et inconnue s'élevait, et l'heure n'était pas éloignée où le flot amer de ses regrets allait déborder et s'étaler au grand jour.

Elle n'aimait point Savinien, son neveu, et gardait toutes ses douceurs pour le fils d'une de leurs anciennes voisines de la rue Neuve-Coquenard, une petite mercière qui n'avait pas su faire fortune, elle, et continuait à vendre humblement du fil et des aiguilles aux ménagères du quartier. La mercière, la mère Delarue, comme on l'appelait, était restée veuve après un an de mariage. Pierre, son garçon, avait poussé à l'ombre de la boulangerie, berceau de la fortune des Desvarennes. Le dimanche, la patronne lui donnait un croquet et s'amusait de son babil d'enfant. Descendue à la rue Vivienne, elle ne l'avait pas perdu de vue. Pierre était entré à l'école primaire du quartier et n'avait pas tardé, par son intelligence précoce et son exceptionnelle application, à prendre la tête de la classe. Le garçon était sorti de l'école avec une bourse gagnée au concours de la Ville et avait été placé à Chaptal. Ce piocheur, qui était en passe de faire sa position lui-même, et qui ne coûterait rien à sa famille, intéressa prodigieusement Mme Desvarennes. Elle trouva, entre cette nature rude à la peine et sa nature à elle, une analogie frappante. Elle forma des projets pour l'avenir de Pierre. Elle le voyait entrant à l'Ecole polytechnique et en sortant dans les premiers. Le jeune homme avait le choix entre les Mines, les Ponts et Chaussées ou l'Hydrographie. Il hésitait, quand la patronne se présentait et lui offrait d'entrer dans sa maison comme intéressé. Elle lui faisait un pont d'or. Et, avec ses capacités hors ligne, il ne tardait pas à donner aux affaires de la maison une impulsion nouvelle. Il trouvait des perfectionnements dans l'outillage, et arrivait triomphalement à défier toute concurrence. C'était un songe heureux qu'elle faisait et dans lequel Pierre était pour elle un véritable fils. Sa maison devenait la sienne. Elle l'accaparait complètement. Mais tout à coup une ombre passait sur ce mirage de son bonheur. La mère, la petite mercière, orgueilleuse de son garçon, consentirait-elle à se laisser déposséder au profit d'une étrangère ? Oh ! si Pierre avait été orphelin ! Mais on ne pouvait pas prendre son fils à une mère. Et Mme Desvarennes arrêtait son imagination lancée à plein vol dans les rêves. Elle suivait Pierre d'un regard anxieux, mais elle se défendait de disposer de l'enfant. Il ne lui appartenait pas.

Le cœur de cette femme, arrivée à trente-cinq ans et conservée toute jeune par le travail, était donc profondément tourmenté par des agitations sourdes qu'elle s'efforçait, mais vainement, de dominer. Elle se cachait surtout de son mari, dont elle craignait les gémissants bavardages. Si elle lui avait une seule fois montré sa faiblesse, il l'eût tous les jours accablée du fardeau de ses regrets. Cependant, un incident bien imprévu la mit à la discrétion de Michel.

L'hiver était venu, ramenant décembre et la neige. Le temps, cette année-là, fut exceptionnellement détestable, la circulation dans les rues devint presque impossible, et les affaires, par force majeure, se trouvèrent à peu près suspendues. La patronne, quittant ses bureaux inoccupés, remontait maintenant de bonne heure dans son appartement, et le ménage passait ses soirées en tête à tête. Ils étaient là, tous deux, au coin du feu, assis en face l'un de l'autre, dans la chaleur alanguissante de la chambre. Un abat-jour épais concentrait la lumière de la lampe sur la table chargée d'objets de prix. Le plafond obscur était de temps en temps confusément éclairé par une lueur qui jaillissait du foyer, et faisait briller l'or des corniches. Enfoncés dans des fauteuils profonds, les deux époux caressaient chacun, sans le dire, leur rêve favori. Mme Desvarennes voyait près d'elle une petite fille blanche et rose, trottinant sur le tapis d'un pas mal assuré. Elle entendait ses paroles. Elle comprenait ce langage, intraduisible pour tout autre qu'une mère. Puis l'heure du coucher venait. L'enfant, les paupières lourdes, laissait sa tête blonde rouler sur son épaule. Mme Desvarennes la prenait dans ses bras et la déshabillait doucement, en baisant ses bras nus, potelés et frais. C'était une jouissance exquise qui lui remuait délicieusement le cœur. Elle voyait le berceau, elle dévorait la petite fille des yeux. Elle

savait bien que ce tableau était menteur. Mais peu
lui importait ; elle voulait le voir longtemps, s'en
rassasier avec ivresse. C'était autant de gagné sur la
tristesse de la réalité. La voix de Michel vint l'arracher
à sa contemplation. « Ma femme, disait-il, c'est la nuit
de Noël. Puisque nous ne sommes que nous deux,
si tu mettais ta pantoufle dans la cheminée ? »
Mme Desvarennes se souleva. Ses yeux, vaguement,
se tournèrent vers l'âtre dans lequel le feu achevait
de mourir, et au coin du large montant de marbre
sculpté, elle entrevit, l'espace d'une seconde, un petit
soulier long comme un doigt, celui de l'enfant qu'elle
aimait dans son rêve. Puis la vision s'évanouit, elle
ne vit plus rien que son foyer désert. Un élancement
aigu déchira son cœur gonflé, un sanglot monta jusqu'à ses lèvres, et, lentement, deux larmes coulèrent
sur ses joues. Michel, tout pâle, la regardait en silence.
Il lui tendit la main. « Tu y pensais, n'est-ce pas ? »
dit-il seulement d'une voix tremblante. Mme Desvarennes baissa deux fois silencieusement la tête. Et,
sans ajouter une parole, les deux époux tombèrent
en pleurant dans les bras l'un de l'autre.

A partir de ce jour, ils ne se cachèrent plus rien,
et mirent en commun leurs regrets. La patronne se
dédommagea de son long mutisme par une confession
complète, et Michel, pour la première fois de sa vie,
connut, jusque dans les derniers replis, l'âme profonde de sa compagne. Cette femme si énergique, si
obstinée, était comme abattue. Les ressorts de sa
volonté s'étaient détendus. Elle avait des décourage-
ments et des lassitudes jusque-là ignorés. Le travail
la fatiguait. Elle ne descendait plus dans ses bureaux.
Symptôme plus grave, elle parlait de se retirer des
affaires. La campagne la tentait. N'étaient-ils pas assez
riches ? Avec leurs goûts simples, tant d'argent ne
leur était pas nécessaire. En réalité, ils n'avaient pas
de besoins. Ils s'en iraient dans quelque belle propriété aux environs de Paris, et vivraient là, en plan-

tant leurs choux. Pourquoi travailler, puisqu'ils n'avaient pas d'enfant ? Michel acquiesça à ces projets. Depuis longtemps, lui, il avait le désir du repos. Souvent il avait craint que l'ambition de la patronne ne les entraînât trop loin. Mais puisqu'elle s'arrêtait d'elle-même, tout était pour le mieux.

Sur ces entrefaites, leur notaire les prévint, qu'aux portes de leur usine, le domaine de Cernay allait être mis en vente. Bien souvent, en suivant la route de Jouy pour aller à la minoterie, Mme Desvarennes avait remarqué le château, qui élevait gracieusement, dans une tranchée de verdure, les toits d'ardoise de ses tourelles. Le comte de Cernay, dernier descendant d'une grande famille, venait d'y mourir d'épuisement, après une existence endiablée, ne laissant derrière lui que des dettes, et une petite fille âgée de deux ans, qu'il avait eue d'une chanteuse italienne, sa maîtresse, partie un beau matin sans plus s'occuper de l'enfant que du père. Tout allait être vendu par autorité de justice.

De lamentables complications avaient attristé les dernières heures du comte. L'huissier était entré au château en même temps que le médecin des morts, et peu s'en était fallu qu'on ne posât les affiches pour la saisie en même temps que les tentures noires pour l'enterrement. La petite Jeanne, l'orpheline, effarée au milieu des désordres de cette fin misérable, voyant des hommes inconnus entrer dans le salon le chapeau sur la tête, entendant parler haut et avec arrogance, s'était réfugiée dans la lingerie. Ce fut là que Mme Desvarennes la trouva jouant, tristement vêtue d'une petite robe d'alpaga, ses beaux cheveux dénoués sur les épaules, le regard étonné des choses qu'elle venait de voir, n'osant plus courir et chanter comme autrefois, dans cette grande maison désolée d'où le maître venait de partir pour toujours. Avec ce vague instinct des enfants abandonnés qui cherchent à se rattacher à quelqu'un ou à quelque chose, la petite

Jeanne alla à Mme Desvarennes. Celle-ci, toujours prompte à la protection et avide de maternité, prit l'enfant dans ses bras. La femme du jardinier lui servait de guide pour la visite qu'elle faisait au travers de la propriété. Mme Desvarennes l'interrogea. Elle ne savait rien de l'enfant, si ce n'est qu'à l'office, le soir, quand on parlait des maîtres, on la disait bâtarde. Des parents, on ne lui en connaissait pas. Le comte n'avait plus qu'une tante mariée en Angleterre à un très grand seigneur, mais qu'il avait cessé de voir depuis longtemps. La petite était donc réduite à la mendicité, puisque le château allait se vendre. La jardinière, qui était une brave femme, voulait garder l'enfant jusqu'au changement de propriétaire. Mais, une fois le nouveau venu installé, elle irait bien certainement faire sa déclaration au maire et conduire l'orpheline aux Enfants Assistés.

Mme Desvarennes écoutait en silence. Une seule parole l'avait frappée dans ce qu'avait dit la jardinière. L'enfant était sans appui, sans lien, et abandonnée comme un pauvre chien perdu. Elle était jolie, la petite, et quand elle attachait le regard de ses grands yeux profonds sur cette mère improvisée qui la serrait contre sa poitrine, elle semblait la supplier de ne plus jamais la reposer à terre, de l'emporter loin de ce deuil qui troublait son esprit, loin de cet abandon qui glaçait son cœur. Mme Desvarennes, très superstitieuse, comme les femmes du peuple, se prit à penser que peut-être c'était la Providence qui l'avait amenée à Cernay ce jour-là et avait placé cette enfant sur son chemin. C'était peut-être une revanche que le ciel lui accordait, en lui donnant cette fille qu'elle avait tant désirée. Sans hésiter, comme elle faisait tout, elle laissa son nom à la jardinière, porta la petite Jeanne à sa voiture et la ramena à Paris, se promettant de faire des démarches pour lui retrouver sa famille. Un mois après, le domaine de Cernay lui plaisant et les recherches pour découvrir les parents de Jeanne n'ayant point abouti, Mme Desvarennes entrait en possession du château, et de l'enfant par-dessus le marché.

Michel accueillit la petite fille sans enthousiasme.

Cette étrangère le laissait assez indifférent. En admettant qu'on adoptât un enfant, il eût préféré un garçon. La patronne, elle, était dans le ravissement. Ses instincts maternels, si longtemps étouffés, se développaient enfin librement. Elle faisait des projets pour l'avenir. Son énergie avait reparu, elle parlait maintenant haut et ferme. Mais, dans son attitude, se révélait un contentement intérieur qu'on n'avait jamais remarqué jusque-là et qui la laissait plus douce et plus bienveillante. Elle ne parlait plus de se retirer des affaires. Le découragement qui s'était emparé d'elle avait cessé comme par enchantement. La maison, si triste pendant quelques mois, était redevenue bruyante et gaie. L'enfant comme un rayon de soleil, avait dissipé tous les nuages.

C'est alors que se produisit le phénomène qui devait avoir une influence si considérable sur la vie de Mme Desvarennes. Au moment où la patronne, pourvue par le hasard de l'héritière tant souhaitée, goûtait un bonheur sans mélange, elle constata avec une surprise pleine de trouble qu'elle était grosse. Au bout de seize ans de mariage, cette découverte fut presque une déconvenue pour elle. Ce qui l'eût ravie autrefois, lui causait de la frayeur à présent. Elle, presque une vieille femme, la nature n'en faisait jamais d'autres ! Ce fut une rumeur incroyable, dans le commerce, quand la nouvelle se répandit. Si Mme Desvarennes n'avait pas été notoirement la plus honnête femme du monde, on eût cherché des explications de ce fait si surprenant qui n'eussent pas été avantageuses pour Michel. Il fallut bien se contenter de crier au miracle, et on ne s'en fit pas faute. Les Desvarennes de la branche cadette, qui avaient déjà vu avec une médiocre satisfaction l'arrivée et l'ins-

tallation de la petite Jeanne à la maison, firent encore
une bien plus piteuse figure quand ils apprirent qu'il
allait falloir renoncer à la formidable succession
qu'ils avaient si souvent caressée dans leurs rêves.
Ils ne perdirent cependant pas tout espoir. A trente-
cinq ans, qui peut prévoir comment les couches d'une
femme se termineront ? Un accident était possible. Il
n'y en eut point. Tout se passa dans le meilleur ordre.
Mme Desvarennes, aussi vigoureuse au physique
qu'au moral, supporta victorieusement cette redoutable épreuve, et mit au monde une petite fille qui
fut nommée Micheline, en l'honneur de son père. La
patronne avait le cœur assez large pour aimer deux
enfants. Elle garda l'orpheline qu'elle avait recueillie,
et l'éleva comme si elle était sa véritable fille.

Cependant il y eut bientôt entre la façon dont elle
aimait Jeanne et celle dont elle aimait Micheline une
énorme différence. Cette mère eut pour le tardif fruit
de ses entrailles une de ces passions exclusives,
ardentes, folles, qui sont celles des tigresses pour
leurs petits. Elle n'avait jamais eu d'amour pour son
mari. Toutes les tendresses qui s'étaient amassées
dans son cœur s'épanouirent, et ce fut comme un
printemps. Cette autocrate, qui n'avait jamais sup-
porté la contradiction, et devant laquelle tout son
entourage pliait de gré ou de force, fut menée à son
tour. Le bronze de son caractère devint de la cire
entre les menottes roses de sa fille. La femme de
commandement fila doux devant cette tête blonde.
Il n'y eut rien d'assez beau pour Micheline. Tous ses
désirs furent satisfaits. La mère eût possédé le monde
qu'elle l'eût mis aux pieds de l'enfant. Une larme
de cette créature la bouleversait. Dans les circonstances les plus importantes, la patronne ayant dit
non, Micheline arrivait qui disait oui, et la volonté
jusque-là inébranlable de Mme Desvarennes se subordonnait au caprice d'une enfant. On le savait dans
l'entourage et on en jouait. Cette manœuvre, bien

que Mme Desvarennes l'eût, dès le premier instant, percée à jour, réussit chaque fois. Il semblait que la mère éprouvait une secrète joie à montrer en toutes circonstances l'adoration sans bornes qu'elle avait vouée à sa fille. Elle disait souvent : « Jolie comme elle est et riche comme je la ferai, quel époux sera digne de Micheline ? Mais si elle m'en croit, quand il sera temps de choisir, elle prendra un homme remarquable par son intelligence, elle lui donnera sa fortune comme un marchepied, et elle le poussera aussi loin qu'il lui plaira d'aller. »

Intérieurement, elle pensait à Pierre Delarue qui venait d'entrer le premier à l'Ecole polytechnique et qui semblait promis à une brillante carrière. Cette femme, née dans le peuple, ayant l'orgueil de son origine, cherchait un roturier pour lui mettre dans la main un outil d'or assez puissant pour remuer le monde.

Micheline avait dix ans quand son père mourut. Michel ne fit pas, hélas ! un grand vide dans la maison. On porta son deuil. Mais c'est à peine si on remarqua qu'il était absent. Sa vie entière avait été une absence. Mme Desvarennes, c'est triste à dire, se sentit plus maîtresse de sa fille quand elle fut veuve. Elle était jalouse de toutes les affections de Micheline, et chacun des baisers que l'enfant donnait à son père, paraissait à la mère lui avoir été volé à elle. A cette farouche et exclusive tendresse, il fallait la solitude autour de l'être chéri.

C'est alors que Mme Desvarennes fut vraiment dans le plein de sa splendeur. Elle avait comme grandi ; sa taille s'était redressée, vigoureuse et puissante. Ses cheveux grisonnants donnaient à l'air de son visage une sorte de majesté. Entourée sans cesse d'une cour de clients et d'amis, elle semblait une souveraine. La fortune de la maison ne se chiffrait plus. On disait de Mme Desvarennes qu'elle ne connaissait pas sa richesse.

Jeanne et Micheline grandissaient au milieu de cette prospérité colossale. L'une, grande, brune, avec des yeux d'un bleu changeant comme celui de la mer. L'autre, frêle, blonde, avec des yeux noirs mélancoliques et rêveurs. Jeanne, fière, capricieuse et mobile, — Micheline, simple, douce et tenace. La brune tenait de son père viveur et de sa mère fantasque une nature violente et passionnée. La blonde était facile et bonne comme Michel, mais résolue et ferme comme Mme Desvarennes. Ces deux natures opposées s'étaient accordées. Micheline aimant sincèrement Jeanne, — Jeanne sentant la nécessité de vivre en bonne intelligence avec Micheline, l'idole de sa mère mais, au fond, supportant avec peine les inégalités qui commençaient à se produire dans la façon dont les familiers de la maison les traitaient l'une et l'autre. Elle trouvait ces adulations blessantes, comme elle avait trouvé injustes les préférences de Mme Desvarennes envers Micheline.

Tous ces griefs amassés firent un matin concevoir à Jeanne le désir de quitter cette maison où elle avait été élevée, mais où elle se sentait maintenant humiliée. Et prétextant le désir d'aller en Angleterre voir cette riche parente de son père qui, la sachant dans une situation brillante, avait cru pouvoir impunément se souvenir d'elle, elle demanda à Mme Desvarennes l'autorisation de s'éloigner pour quelques semaines. Elle voulait tâter le terrain en Angleterre, et se renseigner sur l'avenir que sa famille pouvait lui assurer. Mme Desvarennes se prêta à cette fantaisie, ne soupçonnant pas les véritables motifs de la jeune fille. Et Jeanne, bien accompagnée, fut conduite en Ecosse, dans le château de sa parente.

Mme Desvarennes était, d'ailleurs, au comble de ses vœux, et un événement qui venait de se produire la distrayait de toute autre préoccupation. Micheline, déférant aux désirs de sa mère, s'était décidée à se laisser fiancer à Pierre Delarue qui venait de perdre sa mère et dont la situation grandissait chaque jour. La jeune fille, habituée à traiter Pierre comme un frère, avait facilement consenti à l'accepter comme futur époux.

Jeanne, partie depuis près de six mois, était revenue plus grave et fort désillusionnée sur le compte de sa famille. Elle avait trouvé beaucoup de bienveillance et une grande affabilité, recueilli force compliments sur sa beauté, qui était vraiment remarquable, mais n'avait trouvé aucun encouragement à ses velléités d'indépendance. Elle rentrait donc au logis résolue à n'en plus sortir que mariée. Elle arrivait dans l'hôtel de la rue Saint-Dominique au moment où Pierre Delarue, assoiffé d'ambition, quittait sa fiancée, ses amis, et Paris, pour aller faire, en Algérie et sur les côtes de Tunisie, un considérable travail qui devait achever de le mettre hors de pair. En s'éloignant, le jeune homme ne se doutait pas que Jeanne revenait d'Angleterre, à la même heure, ramenant le malheur pour lui, incarné en la personne d'un très charmant cavalier, le prince Serge Panine, qui lui avait été présenté à Londres dans un grand bal de la *Season*. Mlle de Cernay, usant de la liberté anglaise, revenait, escortée seulement d'une femme de chambre, en compagnie du prince. Le voyage avait été délicieux. Ce tête-à-tête plaisait aux deux jeunes gens, et en descendant du train, on s'était promis de se revoir. Les hasards des bals officiels facilitèrent le rapprochement. Et Serge, présenté à Mme Desvarennes comme un ami d'Angleterre, devint bientôt le danseur le plus assidu de Jeanne et de Micheline. C'est ainsi qu'entra dans la maison, sous le prétexte le plus futile, l'homme qui devait y jouer un rôle si important.

II

Un matin du mois de mai 1879, un jeune homme, fort élégamment mis, descendit d'un coupé très bien tenu devant la porte de la maison Desvarennes. Le jeune homme passa vivement devant le gardien en uniforme, décoré de la médaille militaire, qui se tient continuellement près de l'entrée pour donner des indications aux personnes qui vont dans les bureaux. Il poussa le bouton, habilement dissimulé, d'une petite porte percée dans le mur. Un ressort claqua, et le battant de chêne, en s'ouvrant, livra passage au visiteur, qui se trouva dans une antichambre à laquelle aboutissaient plusieurs couloirs. Au fond d'un large fauteuil un garçon de bureau était assis, lisant le journal et ne prêtant même pas une oreille distraite aux conversations en sourdine d'une douzaine de solliciteurs qui attendaient patiemment que leur tour d'audience arrivât. En voyant entrer le jeune homme par la porte dérobée, le garçon de bureau se leva ; il laissa tomber son journal sur le fauteuil, souleva précipitamment sa calotte de velours noir en ébauchant un sourire, et fit deux pas en avant.

— Bonjour, mon vieux Félix, dit le jeune homme en adressant un salut amical au garçon de bureau, ma tante est-elle là ?

— Oui, monsieur Savinien, Mme Desvarennes est à son bureau, mais elle est depuis une heure en grande conférence avec le sous-chef de la comptabilité du ministère de la Guerre.

Et, en prononçant ces paroles, le vieux Félix prit un air mystérieux et important qui dénotait quelle gravité prenaient dans son esprit les débats qui avaient lieu dans la pièce voisine.

— Vous voyez, poursuivit-il en montrant au neveu de Mme Desvarennes l'antichambre pleine de monde, en voilà que Madame fait attendre depuis ce matin, qu'elle ne recevra peut-être pas.

— Il faut pourtant que je la voie, murmura le jeune homme.

Il réfléchit un instant, puis, prenant son parti :

— M. Maréchal est chez lui ?

— Oui, monsieur, certainement. Si Monsieur veut le permettre, je vais l'annoncer.

— C'est inutile.

Et, passant rapidement, le jeune homme entra dans le cabinet attenant à celui de Mme Desvarennes.

Assis devant une large table de bois noir couverte de dossiers et de notes, travaillait un jeune homme d'une trentaine d'années, mais paraissant plus vieux que son âge. Le front dégarni par une calvitie précoce, les tempes déjà plissées par un réseau de rides, annonçaient les souffrances excessives d'une vie de luttes et de privations, ou les joies énervantes d'une existence de dissipation et de plaisir. Cependant les yeux clairs et purs n'étaient point ceux d'un débauché, et le nez droit, solidement attaché au front, était celui d'un chercheur. Que ce fût pour avoir trop joui ou pour avoir trop souffert, l'homme était vieux avant le temps.

En entendant la porte de son cabinet s'ouvrir, il leva les yeux, posa sa plume, et faisait déjà un mouvement pour aller au-devant du visiteur, quand celui-ci l'arrêta vivement par ces mots :

— Ne bougez pas, Maréchal, ou je m'en vais ! Je suis entré chez vous en attendant que ma tante Desvarennes pût me recevoir. Mais si je vous dérange, j'irai faire un tour en fumant un cigare et je reviendrai dans trois quarts d'heure.

— Vous ne me dérangez pas, monsieur Savinien, pas assez souvent surtout, car, soit dit sans reproches, voilà plus de trois mois qu'on ne vous a vu. Tenez, le courrier est terminé. J'écrivais les dernières adresses.

Et prenant sur le bureau une épaisse liasse de lettres, Maréchal la montra à Savinien.

— Diable ! Il paraît que les affaires marchent toujours bien ici.

— De mieux en mieux.

— Vous faites des montagnes de farine.

— Hautes comme le mont Blanc. Et puis, maintenant, nous avons une flotte.

— Comment, une flotte ? s'écria Savinien dont la figure exprima à la fois le doute et la surprise.

— Oui, une flotte à vapeur. L'année dernière, Mme Desvarennes n'a pas été satisfaite de l'état dans lequel ses blés du Levant lui sont arrivés. Il y avait eu des avaries par suite d'un arrimage défectueux. La maison a fait une réclamation au service des transports maritimes : la réclamation a été médiocrement accueillie. Mme Desvarennes s'est fâchée, et maintenant nous faisons nos transports nous-mêmes. Nous avons des comptoirs à Smyrne et à Odessa.

— C'est fabuleux ! Et si cela continue, ma tante va avoir une administration qui sera aussi importante que celle d'un Etat européen !... Oh ! vous êtes bien heureux, vous autres ici ! Vous êtes occupés !... Moi je m'amuse. Et si vous saviez comme ça m'ennuie ! Je me dessèche, je me consume, j'ai la nostalgie des affaires !...

Et, en disant ces mots, le jeune M. Desvarennes laissa échapper un douloureux gémissement.

— Il me semble, reprit Maréchal, qu'il ne dépend que de vous d'en faire, des affaires, autant et plus que qui que ce soit ?

— Vous savez bien que non, soupira Savinien, ma tante s'y oppose...

— Quelle erreur ! reprit vivement Maréchal. J'ai entendu vingt fois Mme Desvarennes regretter que vous fussiez désœuvré. Entrez dans la maison : on vous fera une belle situation dans les bureaux.

— Dans les bureaux ! s'écria amèrement Savinien. Voilà le grand mot lâché !... Mais voyons, mon ami, croyez-vous qu'une organisation comme la mienne soit faite pour se plier aux vulgarités d'un travail d'expéditionnaire ? Suivre le train-train des affaires courantes ! Faire de la paperasse ! Devenir un employé ! Moi ? Avec ce que j'ai dans le cerveau ?

Et, se levant brusquement, Savinien se mit à arpenter le plancher du cabinet, en secouant, de l'air dédaigneux d'un Atlas portant le monde sur ses épaules, sa petite tête au front étroit sur lequel était plaquée une mèche de cheveux blonds frisés au petit fer.

— Oh ! je sais bien quel est le fond de l'affaire. Ma tante est jalouse de moi, parce que je suis un homme à idées. Elle veut qu'il n'y ait qu'elle dans la famille qui en ait, des idées ! — Et le gommeux ricanait en soulignant le mot. — Elle a rêvé de m'ensevelir dans un travail abrutissant, poursuivit-il, mais je ne me laisserai pas faire ! Je sais ce qu'il me faut ! C'est l'indépendance de l'esprit lancé à la recherche des grands problèmes ! C'est le champ libre pour appliquer mes découvertes... Mais la règle fixe, la loi commune ? Je ne pourrais pas m'y soumettre !

— C'est comme les examens, dit Maréchal en regardant d'un air innocent le jeune Desvarennes qui se dressait de toute sa hauteur : les examens n'ont jamais dû vous aller ?

— Jamais, affirma énergiquement Savinien. On a voulu me faire entrer à l'Ecole polytechnique : impossible ; à l'Ecole centrale : pas davantage. J'ai stupéfié les examinateurs par la nouveauté de mes idées. Ils m'ont refusé.

— Dame, reprit bonnement Maréchal, si vous avez commencé par bouleverser leurs théories...

— Voilà ! s'écria Savinien triomphant. Mais c'est

plus fort que moi, il faut que je laisse le cours libre à mon imagination. Et on ne saura jamais tout ce que ce tour particulier de mon esprit m'a coûté ! Dans ma famille même on ne me prend pas au sérieux. Ma tante Desvarennes me défend toute espèce d'entreprises, sous prétexte que je porte son nom et que je pourrais le compromettre, et cela parce qu'à deux reprises je n'ai pas réussi. Ma tante a payé, c'est vrai. Mais croyez-vous qu'il soit généreux à elle d'abuser de ma situation pour m'interdire la lutte ? Est-ce à trois ou quatre faillites près qu'on juge les inventeurs ? Si ma tante m'avait laissé faire, je le sens, j'aurais étonné tout le monde.

— Elle a surtout craint, dit simplement Maréchal, de vous voir étonner le tribunal de commerce.

— Oh ! voilà que vous aussi, gémit Savinien, vous vous liguez avec mes ennemis ! Vous vous moquez de moi.

Et le jeune Desvarennes se laissa retomber avec accablement dans son fauteuil. Il se mit à se lamenter. Il était pourtant assez malheureux de se sentir incompris. Sa tante lui servait une pension de trois mille francs par mois, à la condition qu'il ne ferait œuvre de ses dix doigts. Etait-ce moral cela ? Alors lui, avec une sève exubérante comme la sienne, il lui fallait se dépenser, s'user... Et il s'était jeté à corps perdu dans les agitations fiévreuses de la vie à outrance. Il ne sortait pas des théâtres, des clubs, des restaurants et des boudoirs. Il y perdait son temps, son argent, ses illusions et ses cheveux. Il en gémissait, mais il continuait, pour faire quelque chose. Avec une sombre ironie il s'intitulait le forçat du plaisir. Et malgré tous ces excès dévorants, il prétendait qu'il ne pourrait arriver à stériliser son imagination. Au milieu des folies les plus enragées, à souper, au choc des verres, dans l'excitation des épaules nues, il lui venait des inspirations, il avait des rayons, il faisait des découvertes prodigieuses !

Et comme Maréchal hasardait un timide : « Oh ! » empreint d'incrédulité, Savinien se mit en colère. Oui, il avait inventé quelque chose d'étonnant, il entrevoyait la fortune à brève échéance, et il trouvait que le marché fait avec sa tante était une véritable duperie. Aussi il venait pour le rompre et reprendre sa liberté.

Maréchal regardait Savinien pendant que le jeune homme lui développait avec animation ses ambitieux projets. Il scrutait ce front plat où le gommeux prétendait qu'étaient renfermées tant de belles idées. Il mesurait cette taille grêle et voûtée par les fatigues d'une vie abrutissante, et se demandait quelle lutte ce dégénéré était en état de soutenir contre les difficultés d'une entreprise. Un sourire passa sur ses lèvres. Il connaissait trop Savinien pour ne pas savoir que celui-ci était en proie à un de ces accès de mélancolie qui s'emparaient de lui quand les fonds étaient bas. Dans ces occasions, qui se renouvelaient fréquemment, le jeune homme avait des retours de vocation que Mme Desvarennes arrêtait d'un mot : « Combien ? » Savinien se faisait tirer l'oreille pour consentir à renoncer aux bénéfices assurés, disait-il, que lui promettait l'affaire projetée. Enfin il capitulait, et, la poche bien garnie, leste et joyeux, il retournait à ses boudoirs, à ses champs de course, à ses restaurants à la mode, et redevenait plus que jamais le forçat du plaisir.

— Et Pierre ? dit soudain le jeune Desvarennes en changeant brusquement d'idées. Avez-vous de ses nouvelles ?

Maréchal était devenu sérieux. Un nuage semblait être descendu sur son front ; et ce fut gravement qu'il répondit à la question de Savinien. Pierre Delarue était toujours en Orient. Il se dirigeait vers Tunis, dont il explorait les côtes. Il s'agissait de la fameuse mer intérieure qu'il était question de rétablir en ramenant la mer à travers les chotts : une entreprise colossale dont le résultat devait être considérable pour l'Algérie. Le climat serait complètement changé, et la valeur de la colonie décuplerait, car elle deviendrait le pays le plus fertile du monde. Il y avait près d'un an que Pierre s'était attelé à cette affaire, et, avec une passion sans égale, il vivait loin des siens, loin de sa fiancée, ne voyant que le but à atteindre, se faisant sourd à tout ce qui aurait pu le distraire de l'œuvre grandiose à la réussite de laquelle il rêvait de contribuer glorieusement.

— Et qu'est-ce qu'on dit ? reprit Savinien avec un mauvais sourire, que, pendant son absence, un brillant jeune homme est occupé à lui enlever sa fiancée ?

A ces mots, Maréchal fit un brusque mouvement.

— C'est faux ! interrompit-il, et je ne comprends pas que vous, monsieur Desvarennes, vous vous fassiez le colporteur d'une semblable histoire. Admettre que Mlle Micheline puisse manquer à sa parole, rompre ses engagements, c'est la calomnier, et si tout autre que vous...

— Là, là, mon cher ami, dit en riant Savinien, ne vous emportez pas, vous vous en porterez mieux, comme dit un vieil adage. Ce que je vous conte à vous, je ne le conterais pas au premier venu. D'ailleurs, je ne suis que l'écho d'un bruit qui court le monde depuis trois semaines. On désigne même celui à qui seraient réservés l'honneur et le plaisir d'une si brillante conquête. C'est le prince Serge Panine, pour ne point le nommer.

— Le prince Panine, puisqu'il s'agit de lui, reprit Maréchal, n'a pas mis les pieds chez Mme Desvarennes depuis trois semaines. Ce n'est pas là le fait d'un homme en passe d'épouser la fille de la maison...

— Mon cher, je vous répète ce que j'entends dire. Pour moi je n'en sais pas davantage ; je me suis, depuis près de trois mois, tenu à l'écart. Et, d'ailleurs, peu m'importe que Micheline soit bourgeoise ou princesse, femme de Delarue ou épouse de Panine.

Je n'en serai ni plus riche ni plus pauvre, n'est-il pas vrai ? Donc je n'en ai nul souci. La chère enfant aura certes assez de millions pour être d'une défaite facile. Et sa sœur d'adoption, l'imposante Mlle Jeanne, que devient-elle ?

— Ah ! pour Mlle de Cernay, c'est une autre affaire ! s'écria Maréchal.

Et comme s'il était désireux d'entraîner la conversation dans une direction opposée à celle où Savinien l'avait conduite un instant, il se mit à parler avec abondance de la fille adoptive de Mme Desvarennes. Elle avait produit une vive impression sur un des intimes de la maison, le banquier Cayrol, et celui-ci avait offert à la belle Jeanne sa fortune et son nom. Ce fut une cause d'ébahissement profond pour Savinien. Comment ! Cayrol ? L'Auvergnat âpre et serré ? Une fille sans fortune ? Cayrol *Silex*, comme on le nommait dans le monde des affaires, à cause de sa dureté ? Ce coffre-fort vivant renfermait donc un cœur ?

Il fallait le croire, puisque contenant et contenu étaient aux pieds de Mlle de Cernay. Cette étrange fille était vraiment vouée aux millions. Elle avait failli être l'héritière de Mme Desvarennes, et maintenant voilà que Cayrol se mettait en tête de vouloir l'épouser. Mais ce n'était rien encore. Et quand Maréchal déclara à Savinien que la belle Jeanne refusait net de devenir la femme de Cayrol, ce fut une tempête d'exclamations et un délire de joie. Elle refusait ! Ah çà ! Mais elle était folle ! Un mariage inespéré. Car enfin elle n'avait pas le sou et des habitudes de dépense. Elle avait été élevée comme si elle devait vivre dans la soie et le velours, rouler carrosse et ne s'occuper que de son plaisir. Quelle raison donnait-elle pour refuser ? Aucune. Hautaine et dédaigneuse, elle avait déclaré qu'elle n'aimait point « *cet homme* », et qu'elle ne l'épouserait pas.

Quand Savinien connut ces détails, ses transports

redoublèrent. Une chose surtout le ravissait : c'était Jeanne disant « *cet homme* » en parlant de Cayrol. Une petite fille qui se nommait « de Cernay » comme il pouvait se nommer lui « des Batignolles », s'il lui plaisait : la fille naturelle, non reconnue, d'un comte et d'une chanteuse très légère ! Elle descendait des croisades en passant par le Conservatoire ! Et elle refusait Cayrol en l'appelant « *cet homme* » ! C'était vraiment drôle. Et qu'est-ce qu'il disait de l'aventure, le bon Cayrol ?

Comme Maréchal déclarait que le banquier n'avait pas été refroidi par cet accueil peu encourageant, Savinien s'écria que c'était bien naturel. La belle Jeanne méprisait Cayrol, et Cayrol l'adorait. C'était dans l'ordre : il avait toujours vu les choses se passer ainsi. Il connaissait si bien l'article ! Ce n'était pas à lui qu'on pouvait en remontrer sur le chapitre des femmes. Il en avait connu et de plus difficiles à brider que la fière Mlle de Cernay.

Au fond du cœur de Savinien un vieux levain de haine était resté contre Jeanne, du temps où la branche cadette des Desvarennes avait pu craindre que le superbe héritage n'allât à la fille adoptée. Savinien avait perdu l'inquiétude, mais il avait gardé l'animosité. Et tout ce qui pouvait arriver de fâcheux ou de pénible à Jeanne devait trouver en lui un spectateur disposé à applaudir. Il allait pousser Maréchal à compléter ses confidences. Il s'était levé, et, appuyé sur la tablette du bureau, la mine émoustillée et gourmande, il s'apprêtait à questionner, quand, à travers la porte qui conduisait au cabinet de Mme Desvarennes, un murmure de voix confus se fit entendre. Au même moment, la porte s'entrouvrit, retenue par une main nerveuse, une main de femme, carrée cependant et aux doigts courts, une main volontaire et énergique. En même temps, les dernières paroles échangées entre la patronne et le chef de bureau arrivèrent distinctement. C'était Mme Desvarennes

qui parlait, et sa voix sonnait claire et nette, un peu
montée et comme frémissante. Il y avait dans son
accent comme une nuance de colère.

— Mon cher monsieur, vous direz au ministre que
ça ne me convient pas ! Ce n'est pas l'usage de la
maison. Voilà trente-cinq ans que je fais les affaires
ainsi et je m'en suis toujours bien trouvée. Je vous
salue...

La porte du cabinet, opposée à celle que Mme Desvarennes tenait, se referma, et un pas léger, celui du
chef de bureau, glissa dans le corridor. La patronne
parut.

Maréchal s'était levé avec empressement. Quant à
Savinien, toutes ses belles résolutions semblaient
s'être évanouies au son de la voix de la tante, car il
avait rapidement gagné le coin du bureau, et, assis sur
un canapé de cuir, masqué par un fauteuil, il se tenait
coi.

— Comprenez-vous ça, Maréchal ? dit Mme Desvarennes, ils veulent m'imposer un agent du ministère
à demeure à l'usine, sous prétexte de contrôle ! Ils
prétendent que tous les fournisseurs militaires se
sont soumis à cette obligation... Ah ça ! Est-ce qu'ils
nous prennent pour des voleurs, ces gaillards-là ?
Voilà la première fois qu'on a l'air de me suspecter.
Et, ma foi, la moutarde m'est montée au nez. Il y
avait une heure que je discutais avec cet employé,
qu'ils m'ont envoyé. « Mon cher monsieur, lui ai-je
dit, c'est à prendre ou à laisser. Partons de ceci :
je n'ai pas besoin de vous et vous avez besoin de moi.
Si vous ne m'achetez pas mes farines, je les vendrai
à d'autres. Je n'en suis pas embarrassée. Mais quant à
avoir chez moi quelqu'un qui sera aussi maître que
moi et peut-être plus, jamais ! Je suis trop vieille
maintenant pour changer mes habitudes. » Là-dessus
le chef de bureau est parti. Voilà ! Si le ministre n'est
pas content, il ira le dire à Rome. Et puis il change

tous les quinze jours, leur ministre ! On ne sait jamais à qui on a affaire ! Bien le bonjour !

Tout en causant avec Maréchal, Mme Desvarennes marchait dans le cabinet. C'était toujours la même femme au front large et bombé. Ses cheveux, qu'elle portait lissés et en bandeaux, avaient grisonné, mais l'éclat de ses yeux noirs n'en paraissait que plus vif. Elle avait gardé ses dents fort belles, et son sourire était resté jeune et charmant. Elle parlait avec animation, comme de coutume, avec des gestes d'homme. Elle se campait devant son secrétaire, semblant le prendre à témoin de l'excellence de son droit. Pendant une heure, avec ce personnage officiel, il lui avait fallu se contenir. Elle se dédommageait auprès de Maréchal, disant tout nettement sa pensée, sans pose et sans morgue aucune. Tout à coup elle aperçut Savinien qui attendait, pour se montrer, la fin de cette sortie. La patronne se tourna brusquement vers le jeune homme et, fronçant légèrement le sourcil :

— Tiens, dit-elle, tu étais là, toi ? Comment se fait-il que tu aies quitté tes cocottes ?

— Mais, ma tante, commença Savinien, je tenais à vous présenter mes devoirs...

— Pas de bêtises, je n'ai pas le temps, interrompit la patronne. En trois mots, qu'est-ce que tu veux ?

Savinien, décontenancé par ce rude accueil, cligna des yeux à plusieurs reprises, comme s'il cherchait quelle forme donner à sa requête, puis, prenant son parti :

— Je venais pour vous parler d'une affaire, dit-il.

— D'une affaire, à toi ? reprit Mme Desvarennes, avec une nuance d'étonnement et d'ironie.

— Oui, ma tante, d'une affaire à moi, déclara Savinien en baissant le nez, comme s'il s'attendait à recevoir une rebuffade.

— Oh ! oh ! oh ! dit sur trois tons Mme Desvarennes : tu sais quelles sont nos conventions. Je te fais des rentes...

— Je renonce à ma pension, interrompit vivement Savinien, je reprends mon indépendance. L'aliénation que j'en ai faite m'a coûté trop cher. C'est un marché de dupe ! L'affaire que je vais lancer est superbe et doit produire des bénéfices considérables : je ne l'abandonnerai certes pas.

En parlant, Savinien s'était animé, il avait retrouvé son aplomb. Il croyait à son affaire, il était prêt à y engager son avenir, et il argumentait. Sa tante ne pouvait le blâmer de risquer la partie, de faire preuve d'énergie et d'audace. Et il était parti, enflant les périodes, faisant un discours.

— En voilà assez ! s'écria Mme Desvarennes, coupant en deux la harangue de son neveu. J'aime bien les moulins, mais pas les moulins à paroles. Tu en dis trop pour être sincère. Tant de mots ne peuvent servir qu'à déguiser la nullité de tes projets... Tu veux te lancer dans une spéculation ? Avec quel argent ?

— J'apporte l'invention industrielle, j'ai des bailleurs de fond, et nous montons l'affaire par actions...

— Jamais de la vie, je m'y oppose. Toi ! avec une responsabilité ? Toi ! dirigeant une entreprise ? Tu ne ferais que des absurdités. En somme, tu veux vendre une idée, n'est-ce pas ? Eh bien ! je te l'achète.

— Ce n'est pas de l'argent seulement que je veux, repartit Savinien avec un ton indigné, c'est la confiance en mes idées, c'est l'enthousiasme des actionnaires, c'est le succès. Vous ne croyez pas à mes idées, vous, ma tante !

— Qu'est-ce que ça te fait, si je te les achète ? Il me semble que c'est cependant une jolie preuve de confiance ! Est-ce conclu ?

— Ah ! ma tante, vous êtes implacable ! gémit Savinien. Quand vous avez mis la main sur quelqu'un, c'est fini : adieu l'indépendance ; il faut vous obéir. Il y avait pourtant une belle et vaste conception...

— C'est bon ! Maréchal, vous ferez donner dix

mille francs à mon neveu. Et, tu sais, que je n'entende plus parler de toi !...

— Jusqu'à ce que l'argent soit mangé ! murmura Maréchal à l'oreille du neveu de Mme Desvarennes.

Et, le prenant par le bras, il se disposait à le conduire à la caisse, quand la patronne, se tournant vers Savinien :

— Au fait, qu'est-ce que c'est que ton invention ?

— Ma tante, c'est une machine à battre, dit gravement le jeune homme.

— Parbleu ! A battre monnaie, dit entre haut et bas l'incorrigible Maréchal.

— Eh bien ! apporte-moi des dessins, reprit Mme Desvarennes après avoir réfléchi un moment. Un hasard : tu as peut-être trouvé quelque chose.

La négociante reparaissait en elle, et, ayant fait une générosité, elle songeait à en tirer parti. Savinien, à cette demande, parut fort embarrassé. Et comme sa tante l'interrogeait du regard :

— C'est qu'il n'y a pas encore de dessins, confessat-il.

— Pas encore de dessins ? s'écria la patronne. Où est-elle, ton invention, alors ?

— Elle est là, répondit Savinien.

Et, d'un geste inspiré, il frappa son petit front de gommeux éreinté.

Mme Desvarennes et Maréchal ne purent retenir un franc éclat de rire.

— Et tu parlais déjà de monter l'affaire par actions ! dit la patronne. Tu crois qu'on t'aurait donné de l'argent, avec ta cervelle comme seule garantie, toi ? Allons donc ! Il n'y a que moi pour faire des marchés comme ceux-là. Et tu es le seul avec qui je les fasse. Allez, Maréchal, qu'on lui donne son argent, je ne m'en dédis pas. Mais tu es un farceur comme toujours !

III

D'un signe de la main elle congédia Savinien qui, penaud, sortit avec Maréchal. Restée seule, elle s'assit au bureau de son secrétaire, et, prenant la liasse de la correspondance, elle se mit à donner des signatures. La plume voltigeait dans ses doigts, et, sur le papier, s'étalait son nom écrit en grandes lettres d'une haute écriture d'homme, avec son parafe bien caractérisé par une terminaison en foudre.

Il y avait un quart d'heure qu'elle se livrait à cette occupation, quand Maréchal reparut. Derrière lui venait un gros homme trapu, lourd d'aspect, luxueusement vêtu. Son visage, entouré d'un collier de barbe rude, très brun, ses yeux, surmontés d'épais sourcils, lui donnaient au premier abord l'air très dur. Mais sa bouche combattait promptement cette impression. Ses lèvres charnues et sensuelles trahissaient des goûts voluptueux. Un adepte de Lavater ou de Gall, en promenant ses mains sur les protubérances du crâne du nouveau venu, y eût trouvé extraordinairement développé le signe de l'amativité. Cet homme, pris par l'amour, devait aimer follement.

Maréchal s'effaça pour le laisser passer.

— Bonjour, patronne, dit familièrement celui-ci en s'approchant de Mme Desvarennes.

La patronne leva vivement la tête, et, d'une voix amicale :

— Ah ! c'est vous, Cayrol ! Cela se trouve bien : j'allais vous envoyer chercher.

Jean Cayrol, originaire du Cantal, avait grandi au milieu des rudes montagnes de l'Auvergne. Son père était un petit métayer des environs de Saint-Flour, arrachant péniblement à la terre la vie de sa famille.

Dès l'âge de huit ans, Cayrol avait été berger. Perdu dans le silence des campagnes profondes, l'enfant s'était laissé aller à d'ambitieuses rêveries. Très intelligent, il avait senti qu'il était né pour une autre existence que celle de la ferme. Aussi la première occasion qui s'était offerte à lui de gagner la ville l'avait trouvé prêt. Il entra comme domestique chez un banquier de Brioude. Là, dans le service de cette maison relativement luxueuse, il se dégrossit un peu et perdit sa lourdeur maladroite de paysan. Fort comme un bœuf, il faisait à lui seul le service de deux hommes et, le soir, retiré dans sa mansarde, sous les combles, il s'endormait en apprenant à lire. Il était possédé par la rage de parvenir. Aucune peine ne devait lui coûter pour atteindre son but. Son maître ayant été nommé député, il l'accompagna à Paris. Le mouvement de la capitale acheva de bouleverser le cerveau de Cayrol. En voyant l'agitation prodigieuse de la grande ville, sur le pavé de laquelle les champignons de fortune poussent en une journée, l'Auvergnat sentit ses forces morales à la hauteur de l'entreprise, et, quittant son maître, il entra comme commis chez un négociant de la rue du Sentier. Là, pendant quatre ans, il étudia le commerce et compléta son instruction. Il comprit bien vite que ce n'était que dans les affaires financières qu'il y avait chance de faire rapidement fortune. Il abandonna la rue du Sentier et se fit admettre chez un agent de change. Son flair des spéculations le servit admirablement, et, au bout de quelques années, il se vit confier le carnet d'ordres. Sa position était devenue sérieuse : il gagnait une quinzaine de mille francs, mais c'était une misère auprès de ce qu'il rêvait. Il avait alors vingt-huit ans. Il se sentait prêt à tout faire pour réussir, hormis une indélicatesse, car cet assoiffé de richesses fût mort plutôt que de s'enrichir par des moyens déshonnêtes.

C'est à cette époque que sa bonne étoile le plaça

sur le chemin de Mme Desvarennes. La patronne, se connaissant en hommes, devina promptement la valeur de Cayrol. Elle cherchait justement un banquier qui fût tout entier à sa dévotion. Elle suivit le jeune homme du regard pendant quelque temps, puis, sûre qu'elle ne s'était point trompée sur sa capacité, brusquement, elle lui proposa de lui donner de l'argent pour fonder un établissement. Cayrol, qui avait déjà économisé quatre-vingt mille francs, reçut douze cent mille francs de Mme Desvarennes, et s'installa rue Taitbout, au centre des affaires, à deux pas de la maison Rothschild.

Mme Desvarennes avait eu la main heureuse en choisissant Cayrol comme homme de confiance. C'était un maître financier que cet Auvergnat trapu, et, en quelques années, il avait su porter à un degré de prospérité inattendu les affaires de sa maison. La patronne avait tiré des fonds prêtés un revenu considérable, et la fortune du banquier était déjà évaluée à plusieurs millions. Etait-ce l'influence heureuse de Mme Desvarennes, qui changeait en or tout ce qu'elle touchait, ou bien les capacités de Cayrol étaient-elles vraiment hors ligne ? Le résultat était là, et il était suffisant. On ne s'était point outre mesure préoccupé des causes.

Le banquier était naturellement devenu un des intimes de la maison Desvarennes. Pendant longtemps il passa près de Jeanne sans la remarquer. Cette petite fille n'avait jamais éveillé son attention. Ce fut un soir de bal, en la voyant danser avec le prince Panine, qu'il s'aperçut qu'elle était merveilleusement séduisante. Ses yeux, attirés par une puissance invincible, suivirent la grâce tournoyante de sa taille cambrée par le mouvement de la valse. Il envia sourdement le brillant cavalier qui tenait dans ses bras cette créature adorable, qui se penchait sur ses épaules nues et, de son souffle, effleurait sa chevelure. Il

désira Jeanne follement, et depuis cet instant il ne
cessa de s'occuper d'elle.

Le prince était alors fort empressé auprès de
Mlle de Cernay. Il l'entourait de ses prévenances.
Cayrol l'épia afin de savoir s'il lui parlait d'amour
mais Panine était passé maître dans ces sortes d'es-
carmouches de salon, et le banquier en fut pour ses
efforts. Cayrol était tenace, il l'avait bien prouvé. Il
se lia avec le prince. Il lui rendit de ces petits
services qui créent promptement l'intimité, et quand
il fut à peu près sûr de ne point être repoussé avec
hauteur il interrogea Serge. Aimait-il Mlle de Cernay ?
Cette question, faite d'une voix tremblante, avec un
sourire contraint, trouva le prince parfaitement
calme. Il répondit légèrement que Mlle de Cernay
était une danseuse fort agréable, mais qu'il n'avait
jamais songé à lui faire agréer ses hommages. Il
avait d'autres projets en tête. Cayrol serra la main
du prince à la broyer, lui fit mille protestations de
dévouement et finalement obtint des confidences
complètes.

Serge aimait Mlle Desvarennes : c'était pour arriver jusqu'à elle qu'il avait été aussi empressé auprès
de son amie. Cayrol, en apprenant le secret du prince,
reprit sa réserve habituelle. Il savait Micheline fiancée
à Pierre Delarue. Mais, cependant, les femmes sont
si bizarres ! Qui pouvait savoir ? Mlle Desvarennes
avait peut-être laissé tomber un regard favorable sur
le beau Serge.

Il était réellement admirable, ce Panine, avec ses
yeux bleus purs comme ceux d'une vierge, et ses
longues moustaches blondes tombant de chaque côté
de sa bouche vermeille. Une tournure vraiment royale
avec cela, trahissant son gentilhomme de vieille race.
Une main charmante, un pied cambré et fin à faire
le désespoir de toutes les femmes. Puis doux et insinuant, avec sa voix tendre et son parler caressant
de Slave. Point ordinaire, à coup sûr, et produisant

d'habitude une grande sensation partout où il se présentait.

Son histoire était fort connue à Paris. Il était né dans cette province de Posen violemment saisie par la Prusse, cette force de l'Europe. Lors du soulèvement de 1848, le père de Serge avait été tué, et lui-même, âgé d'un an, emporté en France par son oncle Thadée Panine. Il avait été élevé à Rollin, où il avait fait d'assez médiocres études. En 1866, au moment où la guerre éclatait entre la Prusse et l'Autriche, Serge avait dix-huit ans. Sur un ordre de son oncle, il avait quitté Paris et s'était engagé pour la durée de la campagne dans un régiment de cavalerie autrichienne. Tout ce qui portait le nom de Panine et avait la force de tenir un sabre ou un fusil, s'était levé pour combattre l'ennemie de la patrie polonaise. Serge, pendant cette courte et sanglante lutte, fit des prodiges de valeur. Le soir de Sadowa, sur sept Panine qui servaient contre la Prusse, cinq étaient morts, un était blessé. Serge, seul, tout rouge du sang de son oncle Thadée, tué d'un éclat de mitraille en chargeant à côté de lui, était intact. Tous ces Panine, vivants ou morts, avaient été mis à l'ordre du jour de l'armée, et quand on parlait d'eux devant des Autrichiens ou des Polonais, ceux-ci disaient : « Ce sont des héros. »

Un tel homme était bien dangereux pour une jeune fille simple et naïve comme Micheline. Ses aventures devaient séduire son imagination, en même temps que sa beauté devait charmer ses yeux. Cayrol était un homme prudent : il observa, et ne fut pas long à s'apercevoir que Micheline traitait le prince avec une faveur marquée. La nonchalante jeune fille s'animait quand Serge était là. Y avait-il de l'amour dans cette transformation ? Cayrol n'hésita pas. Il devina en une heure que l'avenir était à Panine et que le maintien de son influence dans la maison Desvarennes dépendait de l'attitude qu'il allait prendre.

Il passa avec armes et bagages dans le camp du nouveau venu et se mit à son entière disposition.

C'était lui qui, au nom de Panine, avait fait, trois semaines auparavant, des ouvertures à Mme Desvarennes. La commission était rude et le banquier avait tourné plus de sept fois sa langue dans sa bouche avant de parler. Cependant il savait surmonter toutes les difficultés, ce Cayrol. Il put exposer l'objet de sa mission sans que Mme Desvarennes éclatât. Mais, une fois la confidence terminée, ce fut une scène terrible. Il assista à une des plus formidables colères qu'il fût possible d'attendre d'une femme violente. La patronne traita l'ami de la maison comme on n'oserait pas traiter un commis-voyageur en parfumerie qui viendrait à domicile vous offrir ses petits services. Elle lui montra la porte et lui déclara qu'il eût à ne plus reparaître dans la maison.

Mais si Cayrol était résolu, il était également patient. Il laissa passer l'orage. Il écouta sans mot dire les reproches de Mme Desvarennes, exaspérée qu'on osât poser un candidat en face du gendre de son choix. Il ne sortit pas et, quand Mme Desvarennes fut un peu calmée par le débordement de son indignation, il discuta. La patronne allait bien vite en besogne : il ne fallait pas prendre de décision sans réfléchir. Certes, nul plus que lui n'estimait Pierre Delarue, mais il fallait savoir si Micheline l'aimait. Une affection d'enfance n'était pas de l'amour, et le prince Panine croyait pouvoir espérer que Mlle Desvarennes...

La patronne ne laissa pas Cayrol achever : elle sauta sur une sonnette et fit demander sa fille. Cette fois Cayrol prit prudemment le parti de disparaître. Il avait engagé le feu : c'était à Micheline de décider le gain de la bataille. Le banquier alla attendre dans la pièce voisine le résultat de l'explication échangée entre la mère et la fille. Au travers de la porte, il entendait gronder la voix irritée de Mme Desvarennes, à laquelle, posément et lentement, répondait le doux organe de Micheline. La mère menaçait, tempêtait. Froide et tranquille, la fille recevait le choc. La lutte dura une grande heure, au bout de laquelle la porte se rouvrit pour laisser paraître Mme Desvarennes pâle et encore tremblante, mais calmée. Micheline, essuyant ses beaux yeux trempés de larmes, regagnait son appartement.

— Eh bien ! dit timidement Cayrol, en voyant la patronne rester devant lui silencieuse et absorbée, je vois avec plaisir que vous êtes moins irritée : Mlle Micheline vous a donné de bonnes raisons.

— De bonnes raisons ! s'écria Mme Desvarennes avec un geste violent, dernier éclair de cet orage dissipé. Elle a pleuré, voilà tout. Et vous savez que, quand elle pleure, je ne sais plus ni ce que je dis ni ce que je fais !... Elle m'arrache les entrailles avec ses larmes. Et elle ne l'ignore pas, allez ! Ah ! c'est un grand malheur de trop aimer ses enfants !...

Cette femme énergique vaincue, et comprenant qu'elle avait tort de se laisser vaincre, tomba dans une profonde rêverie. Elle oublia que Cayrol était présent. Elle songeait à l'avenir qu'elle avait préparé à Micheline, et que celle-ci, insouciante, détruisait en un instant. Pierre, orphelin, serait devenu un véritable fils pour la patronne. Il aurait vécu dans la maison et aurait entouré sa vieillesse de soins et d'affection. Et puis, il était si plein de mérite qu'il ne pouvait manquer d'arriver à la plus brillante situation. Elle l'y aurait aidé et se serait réjouie de ses succès. Et tout cet échafaudage était renversé parce que ce Panine s'était trouvé sur le chemin de Micheline. Un aventurier étranger, prince peut-être, qui pouvait le savoir ? On ment aisément quand les preuves du mensonge doivent être cherchées par-delà des frontières. Et c'était sa fille qui allait s'enamourer d'un bellâtre qui convoitait seulement ses millions. Il faudrait qu'elle vît un tel homme entrer dans sa famille, lui voler l'amour de Micheline et fouiller jusqu'au fond de sa caisse ! En un instant elle voua à Panine une haine mortelle, et se promit de faire tout au monde pour que le mariage désiré par sa fille ne s'accomplît pas.

Elle fut tirée de sa méditation par la voix de Cayrol. Celui-ci désirait avoir une solution à porter au prince. Que fallait-il lui dire ?

— Vous ferez savoir à ce monsieur, dit Mme Desvarennes, qu'il ait à cesser de chercher les occasions de se rencontrer avec ma fille. S'il est galant homme, il comprendra même que sa présence à Paris est gênante pour moi. Je lui demande de s'éloigner pendant trois semaines. Ce délai passé, il pourra revenir, et moi je m'engage à lui donner une réponse.

— Vous me promettez que vous ne m'en voudrez pas de m'être chargé de cette mission ?

— Je vous le promets, à une condition. C'est que pas un mot de ce qui s'est passé ici ce matin ne sera redit par vous à qui que ce soit. Nul ne doit soupçonner la démarche que vous avez faite auprès de moi.

Cayrol jura de se taire et tint son serment. Le prince Panine, le soir même, partit pour l'Angleterre.

C'était une femme de résolution rapide, que Mme Desvarennes. Elle prit une feuille de papier, une plume, et, de sa grande écriture, traça, à l'adresse de Pierre, les lignes suivantes : « Si tu ne veux pas à ton retour trouver Micheline mariée, reviens sans une minute de retard. » Et elle envoya cette lettre menaçante au jeune homme, qui était alors à Tripoli. Cela fait, elle se remit à ses affaires, comme si rien n'était arrivé. Son visage impassible ne trahit pas une seule fois, pendant ces trois semaines, les angoisses de son cœur.

Le délai fixé par Mme Desvarennes au prince venait d'expirer le matin même. Et la rudesse avec laquelle la patronne venait de recevoir l'envoyé du ministère de la Guerre était un indice de l'agitation dans laquelle la nécessité de prendre une résolution mettait la mère de Micheline. Depuis huit jours, chaque matin, elle attendait l'arrivée de Pierre. Prise entre la nécessité de rendre réponse au prince, ainsi qu'elle l'avait promis, et le désir de voir celui qu'elle aimait comme un fils, de descendre jusqu'au fond de son cœur et de puiser dans son désespoir une force nouvelle, elle ne vivait plus. Elle songeait à demander un nouveau délai au prince, et c'était pour cette raison qu'elle souhaitait la venue de Cayrol.

Celui-ci arrivait donc à point. Il avait la mine affairée d'un homme porteur de grosses nouvelles. D'un regard, il montra Maréchal à Mme Desvarennes, semblant lui dire : « J'ai besoin d'être seul avec vous, renvoyez-le. » La patronne comprit et, faisant un geste décidé :

— Vous pouvez parler devant Maréchal, dit-elle. Il connaît toutes mes affaires aussi bien que moi-même.

— Même celle qui m'amène ? reprit Cayrol avec surprise.

— Même celle-là. Il fallait bien que j'eusse auprès de moi quelqu'un à qui en parler, sans cela j'aurais éclaté ! Allons, faites votre commission... Le prince ?...

— Il s'agit bien du prince ! s'écria Cayrol avec un air de mauvaise humeur. Pierre est arrivé !

Mme Desvarennes se leva brusquement. Un flot de sang lui monta au visage ; ses yeux étincelèrent, et ses lèvres s'ouvrirent dans un sourire joyeux.

— Enfin ! s'écria-t-elle. Mais où est-il ? Comment êtes-vous informé de son retour ?

— Ah ! mon Dieu, c'est bien par hasard. J'étais allé hier chasser à Fontainebleau et je revenais ce matin par l'express... En arrivant à Paris, je saute sur le quai de débarquement et là je me trouve nez à nez avec un grand jeune homme barbu qui, en me voyant, pousse un cri : « Ah ! Cayrol ! » C'était Pierre. Je ne l'ai reconnu qu'à la voix. Il est très changé avec sa diable de barbe et son teint bronzé comme celui d'un Africain...

— Que vous a-t-il dit ?

— Rien. Il m'a serré la main... Il m'a regardé un instant avec des yeux singuliers. Il avait sur les lèvres une question qu'il n'a point faite, mais que j'ai devinée... J'ai craint de me laisser aller à un attendrissement pendant lequel j'aurais pu dire quelque sottise, et je l'ai quitté...

— Combien y a-t-il de temps de cela ?

— Une heure environ ; je n'ai pris que le temps de rentrer chez moi... J'y ai trouvé Panine qui m'attendait... Il a voulu à toute force m'accompagner. J'espère que vous ne le blâmerez pas.

Mme Desvarennes fronça le sourcil violemment.

— Je ne veux pas le voir en ce moment, dit-elle en regardant Cayrol d'un air résolu... Où l'avez-vous laissé ?

— Au jardin, où se trouvaient justement ces demoiselles...

Comme pour justifier les paroles du banquier, un joyeux éclat de rire entra par la fenêtre entrouverte. C'était Micheline qui, rendue à la gaieté, se dédommageait des trois semaines de tristesse que lui avait procurées l'absence de Panine. Mme Desvarennes s'approcha et son regard plongea dans le jardin. Au bord de la verte pelouse, assises dans de grands fauteuils en bambou, les deux jeunes filles écoutaient un récit que leur faisait le prince. La matinée était douce et tiède ; un rayon de soleil, tamisé par l'ombrelle de soie de Micheline, éclairait sa tête blonde. Devant elle, Serge, courbant sa haute taille, parlait avec animation. Les yeux de Micheline étaient mollement fixés sur lui. Renversée dans son large fauteuil, la jeune fille se laissait gagner par la captivante douceur de cet entretien. Un vague engourdissement s'emparait d'elle. Une détente de tous ses nerfs se faisait. Et elle jouissait délicieusement de ce bien-être qui depuis trois semaines lui était inconnu. Auprès d'elle, Jeanne, silencieuse, regardait le prince à la dérobée, en mordillant machinalement de ses dents blanches un bouquet d'œillets rouges qu'elle tenait à la main. Une pénible pensée contractait les sourcils de Mlle de Cernay, et ses lèvres jolies, posées sur les fleurs de pourpre, semblaient boire du sang.

La patronne se détourna lentement de ce tableau. Une ombre était descendue sur son front un instant rasséréné par l'annonce du retour de Pierre. Elle resta un moment silencieuse, comme si elle se consultait, puis, prenant une résolution :

— Où Pierre est-il descendu ? demanda-t-elle à Cayrol.

— A l'hôtel du Louvre, répondit le banquier.

— Bien, j'y vais.

Mme Desvarennes sonna vivement :

— Mon chapeau, mon manteau, et la voiture, dit-elle.

Et, faisant un signe amical aux deux hommes, elle sortit brusquement. Dans le jardin, Micheline riait toujours.

Maréchal et Cayrol se regardèrent. Ce fut Cayrol qui, le premier, prit la parole.

— La patronne vous a donc raconté l'affaire ? Comment ne m'en avez-vous jamais parlé ?

— Aurais-je été digne de la confiance de Mme Desvarennes si j'avais dit un mot de ce qu'elle voulait cacher ?

— A moi ?

— Surtout à vous. L'attitude que vous aviez me le défendait. Vous favorisez le prince Panine.

— Et vous, vous tenez pour Pierre Delarue.

— Je ne tiens pour personne. Je suis un sous-ordre, vous savez, et je ne compte pas.

— N'espérez pas me tromper. Vous avez sur la patronne une très grande influence. La confidence qu'elle vous a faite en est une preuve concluante. Or,

il se prépare ici des événements importants. Pierre
revient certainement pour revendiquer ses droits de
fiancé et Mlle Micheline aime le prince Serge. De là
un grand conflit qui va troubler sérieusement la maison. Il y aura bataille. Et comme les partis en présence sont à peu près d'égale force, je tâche de
recruter des adhérents à mon candidat. Je vous
l'avouerai en toute humilité, je me suis mis du côté
de l'amour. Le prince est aimé de Mlle Desvarennes,
je le sers. Micheline m'en sera reconnaissante et me
servira à mon tour auprès de Mlle de Cernay. Quant
à vous, laissez-moi vous donner un conseil. Si
Mme Desvarennes vous demande votre avis, dites-lui
du bien de Panine. Lorsque le prince sera le maître
ici, votre position s'en ressentira.

Maréchal avait écouté Cayrol sans que rien trahît
l'impression que lui faisaient éprouver ces paroles.
Il regardait cependant le banquier d'une certaine
façon qui lui causait une gêne si sérieuse que Cayrol
finit par baisser les yeux.

— Vous ne savez peut-être pas, monsieur Cayrol,
dit le secrétaire après un moment de silence, comment je suis entré ici. Il est bon, dans ce cas, que je
vous l'apprenne. Il y a quatre ans de cela, j'étais fort
misérable. Après avoir tenté dix fois la fortune sans
réussir, je me sentais à bout de force morale et physique. Il y a des êtres doués d'énergie, qui savent
surmonter toutes les difficultés de la vie. Vous êtes
de ceux-là, vous, monsieur. Moi, la lutte usa mes
forces et je n'arrivai à rien. Il serait trop long de
vous énumérer tous les métiers que j'ai faits. Peu
m'ont nourri. Et j'étais bien près de songer à finir
ma triste existence quand je rencontrai Pierre. Nous
avions été au collège ensemble. Je m'avançai vers
lui... c'était sur le quai... j'osai l'arrêter. D'abord il ne
me reconnaissait pas. J'étais si hâve, si misérable !
Mais quand je parlai, il s'écria : « Maréchal ! » et,
sans rougir de mes haillons, il me sauta au cou. Tenez,

nous étions devant la *Belle Jardinière :* il voulait
absolument me faire habiller. Et moi, je m'en souviens comme si c'était hier, je lui disais : « Non !
Rien ! Du travail seulement ! — Mais du travail,
malheureux, me répondit-il, regarde-toi ! Qui aura la
confiance de t'en donner ? Tu as l'air d'un vagabond.
Et quand tu m'as abordé tout à l'heure, je me suis
demandé si tu ne voulais pas me voler ma montre !... »
Et il riait gaiement, heureux de m'avoir trouvé et de
penser qu'il allait pouvoir m'être utile. Voyant que
je ne voulais pas entrer dans le magasin, il ôta son
pardessus et me le fit endosser pour qu'on ne vît pas
ma défroque. Et, séance tenante, il m'amena à
Mme Desvarennes. Deux jours après, j'entrais dans
les bureaux. Vous voyez que le peu que je suis c'est
à Pierre que je dois de l'être. Il a été pour moi plus
qu'un ami : un frère ! Après cela, dites un peu ce que
vous penseriez de moi, si je faisais ce que vous venez
de me conseiller ?

Cayrol était fort embarrassé ; il tourmentait de la
main son collier de barbe rude.

— Mon Dieu, je ne dis pas que vos scrupules ne
soient très délicats, mais, entre nous, tout ce qu'on
fera contre le prince ne servira à rien. Il épousera
Mlle Desvarennes.

— C'est bien possible. Alors je serai là, moi, pour
plaindre Pierre et le consoler.

— En attendant, vous allez faire tout ce que vous
pourrez en sa faveur ?

— J'ai déjà eu l'honneur de vous dire que je ne
pouvais rien...

— Bon ! bon ! On sait ce que parler veut dire, et
vous ne changerez pas les idées que je me suis faites
sur votre importance... Vous prenez le parti du plus
faible... C'est superbe !

— C'est tout bonnement honnête, dit Maréchal. Il
est vrai que ça devient rare !

Cayrol pirouetta sur ses talons. Il fit deux pas vers

la porte, puis, revenant vers Maréchal, il lui tendit
la main.

— Sans rancune en tout cas ?

Le secrétaire se laissa secouer le bras sans répondre, et le banquier sortit en se disant à part lui :

« Pas le sou ; et des préjugés ! Voilà un garçon qui
n'a aucun avenir. »

IV

En rentrant à Paris, Pierre Delarue éprouva un sentiment bizarre. Depuis le jour où il avait reçu la lettre
de Mme Desvarennes, il n'avait eu qu'une idée : revenir. Dans la fièvre qui le consumait, il aurait voulu
emprunter à l'électricité sa vitesse dévorante, pour
être plus promptement auprès de Micheline. Aussitôt
qu'il fut arrivé, il se prit à regretter la rapidité de
son voyage. Il eut peur. Plus l'instant qui allait lui
faire connaître son sort approchait, et moins le jeune
homme avait hâte de se présenter devant sa fiancée.
Il avait comme un pressentiment que l'accueil qui lui
était réservé serait désespérant. Et plus il avait de
droits à faire valoir, plus il se sentait gêné. La pensée
que Micheline oubliait sa promesse lui faisait monter
le rouge au front.

Et cependant la lettre de Mme Desvarennes, si
courte et si substantielle, ne lui permettait pas l'illusion. Sa fiancée était perdue pour lui, il le comprenait,
mais il ne voulait pas l'admettre. Comment était-il
possible que Micheline l'eût oublié ? Toute son
enfance repassait alors devant ses yeux. Il se rappelait les doux et naïfs témoignages d'affection que la
jeune fille lui avait donnés. Et pourtant elle ne l'aimait plus : c'était sa mère elle-même qui le disait.
Après cela pouvait-il encore espérer ?

Ce fut en proie à ce trouble profond que Pierre rentra dans Paris. En se trouvant en face de Cayrol, le premier mouvement du jeune homme, le banquier l'avait bien deviné, fut de lui crier : « Que se passe-t-il ? Tout est-il perdu pour moi ? » Une sorte de pudeur inquiète arrêta la parole sur ses lèvres. Il ne voulut pas avouer qu'il doutait. Et puis Cayrol n'aurait eu qu'à lui répondre que tout était fini et qu'il n'avait plus qu'à porter le deuil de son amour. Il se détourna et sortit.

Le mouvement de Paris le surprit et l'étourdit. Après un an passé dans les paisibles et silencieuses solitudes de l'Afrique, se retrouver au travers des cris des marchands, du roulement des voitures, dans l'agitation incessante de la grande ville, c'était un contraste trop brusque. Une immense fatigue physique engourdit Pierre. Il lui sembla que sa tête était lourde à porter. Il se laissa aller avec accablement dans la voiture qui l'emportait vers l'hôtel du Louvre. Par la portière, à la glace de laquelle il essayait de rafraîchir son front brûlant, il vit d'un œil troublé la colonne de Juillet, l'église Saint-Paul, l'Hôtel de Ville en ruines, la colonnade du Louvre. Une idée absurde et persistante obsédait son esprit. Il se rappelait qu'à l'époque de la Commune, il avait failli être tué dans la rue Saint-Antoine par l'explosion d'un obus lancé des hauteurs du Père-Lachaise par les insurgés. Il pensait que s'il était mort ce jour-là, Micheline l'aurait pleuré. Puis, comme dans un cauchemar, il lui sembla que l'hypothèse était réalisée. Il voyait l'église tendue de noir. Il percevait nettement les chants funèbres. Un catafalque contenait son cercueil, et, lentement, sa fiancée venait, d'une main tremblante, jeter l'eau bénite sur le drap qui recouvrait sa bière. Et une voix disait en lui : « Tu es mort, puisque Micheline va en épouser un autre. » Il fit des efforts pour chasser cette idée importune. Il ne put y réussir. Ses pensées tournoyaient dans son cerveau avec une rapidité effrayante. Il lui semblait qu'il était pris de vertige. Et toujours cette cérémonie lugubre revenait avec les mêmes chants, les mêmes paroles prononcées, et les mêmes visages entrevus.

Devant ses yeux sans regard, les maisons fuyaient uniformément. Pour faire cesser le cauchemar qui s'était emparé de lui, il essaya de compter les becs de gaz : un, deux, trois, quatre, cinq... mais toujours, interrompant son calcul, la même pensée : « Tu es mort, puisque ta fiancée se marie. » Il eut peur de devenir fou. Une douleur aiguë lui traversait le front à la hauteur du sourcil droit. Jadis il avait éprouvé la même souffrance, quand, à l'époque de ses examens à l'Ecole polytechnique, il s'était surmené. Avec un amer sourire, il se demanda si un des vaisseaux endoloris de son cerveau allait se rompre.

La voiture, en s'arrêtant brusquement, l'arracha à cette torture. Le groom de l'hôtel ouvrit la portière. Pierre descendit machinalement. Il suivit sans mot dire un garçon qui le conduisit à une chambre du second étage. Resté seul, il s'assit. Cette chambre d'hôtel, banale avec son confort de pacotille, le glaça. Il y vit l'image de sa vie future, solitaire et abandonnée. Autrefois, quand il venait à Paris, c'était chez Mme Desvarennes qu'il descendait. Il trouvait à l'hôtel de la rue Saint-Dominique cette atmosphère réconfortante de la famille.

Là-bas, tous les yeux, en le voyant, s'éclairaient d'une expression affectueuse. Ici, il ne trouvait qu'un empressement de commande, une politesse à tant la journée. Serait-ce donc désormais ainsi ?

Cette impression pénible dissipa comme par enchantement sa faiblesse. Il regretta si amèrement les douceurs du passé qu'il résolut de combattre pour les conserver dans l'avenir. Il s'habilla promptement, effaça sur son visage les traces de son rapide voyage, puis, résolu, il sauta dans un fiacre et se fit conduire chez Mme Desvarennes. Toute indécision avait disparu de son esprit. Ses hésitations lui paraissaient maintenant méprisables. Il fallait se défendre. Il s'agissait du bonheur.

A la hauteur de la place de la Concorde, une voiture croisa son fiacre. Il reconnut la livrée de Mme Desvarennes, et se pencha vivement. La patronne, enfoncée dans son coupé, ne le vit pas. Il fut sur le point de faire arrêter et de se mettre à sa poursuite, mais une rapide réflexion le détourna de cette idée. C'était Micheline qu'il fallait voir. D'elle seule dépendait sa destinée. Mme Desvarennes le lui avait clairement laissé entendre en l'appelant à l'aide par cette lettre fatale. Il poursuivit donc son chemin et, quelques instants après, il descendait à la porte de l'hôtel de la rue Saint-Dominique.

Micheline et Jeanne étaient encore dans le jardin, assises à la même place, au bord de la pelouse verte. Cayrol était venu rejoindre Serge. L'un et l'autre, profitant de cette belle matinée, s'attardaient dans la contemplation charmante de la femme désirée. Un pas rapide, faisant crier le sable de l'allée, attira soudainement l'attention des deux couples. En pleine clarté, un jeune homme s'avançait, que ni Jeanne ni Micheline ne reconnurent. Arrivé à trois pas du groupe, le visiteur leva lentement son chapeau. Voyant l'attitude contrainte et l'air d'étonnement des deux jeunes filles, un sourire triste passa sur ses lèvres, puis :

— Suis-je donc si changé qu'il faille que je vous dise mon nom ? dit-il doucement.

A ces mots, Micheline se leva brusquement ; elle devint aussi blanche que sa collerette, et, tremblante, sentant des sanglots lui monter aux lèvres, elle resta devant Pierre muette et glacée. Elle ne pouvait parler, mais ses regards étaient avidement fixés sur le jeune homme. C'était lui, le compagnon de son enfance, si changé qu'elle ne l'avait pas reconnu, maigri par les fatigues, par les inquiétudes peut-être, bruni, et le visage encadré par une barbe noire qui lui donnait une expression mâle et énergique. C'était bien lui, avec un mince ruban rouge à la boutonnière, qu'il n'avait point en partant, et qui attestait l'importance des travaux exécutés, la gravité des périls affrontés. Pierre, tremblant, restait immobile et se taisait. Le son de sa voix, étranglée par l'émotion, l'avait effrayé. Il s'attendait bien à une froide réception, mais cet effarement qui ressemblait à de l'effroi dépassait tout ce qu'il avait pu se figurer. Serge étonné attendait.

Ce fut Jeanne qui rompit ce silence de glace. Elle fit deux pas vers Pierre, et, lui tendant le front :

— Eh bien ! dit-elle, est-ce que vous n'embrassez plus vos amies ?

Elle lui souriait affectueusement. Deux larmes de reconnaissance brillèrent dans les yeux du jeune homme et roulèrent dans les cheveux de Mlle de Cernay. Micheline, entraînée par le mouvement, se trouva, sans qu'elle se rendît bien compte de ce qu'elle faisait, dans les bras de Pierre. La situation devenait singulièrement épineuse pour Serge. Cayrol, qui n'avait pas perdu son sang-froid, le comprit, et, se tournant vers le prince :

— Monsieur Pierre Delarue, un compagnon d'enfance de Mlle Desvarennes, presque un frère pour elle, dit-il, expliquant d'un mot tout ce que pouvait avoir d'insolite, pour un étranger, cette scène d'attendrissement.

Puis, s'adressant à Pierre :

— Le prince Panine, ajouta-t-il simplement.

Les deux hommes se regardèrent. Serge avec une hautaine curiosité, Pierre avec une rage inexprimable. En un instant, dans ce grand et beau garçon qu'il trouvait installé près de sa fiancée, il avait deviné son rival. Si les regards pouvaient tuer, le prince fût tombé mort. Panine ne daigna point s'apercevoir de la haine qui flamboyait dans les yeux du nouveau venu. Il se tourna vers Micheline, et, avec une grâce exquise :

— Madame votre mère reçoit ce soir, je crois, mademoiselle, j'aurai donc l'honneur de venir lui présenter mes respects.

Et, prenant congé de Jeanne avec un sourire, de Pierre avec un salut courtois, il s'éloigna, accompagné de Cayrol.

Le départ de Serge fut un soulagement pour Micheline. Prise entre ces deux hommes auxquels elle appartenait, à l'un par une promesse, à l'autre par un aveu, elle souffrait violemment dans sa pudeur. Restée seule avec Pierre, elle reprit possession d'elle-même, et se sentit pleine de pitié pour ce pauvre garçon menacé d'une si cruelle déception. Elle alla tendrement à lui, avec ses bons yeux des anciens jours, et lui serrant la main :

— Je suis très contente de te revoir, mon brave Pierre, et ma mère va être bien joyeuse. Nous étions inquiètes de toi. Depuis plusieurs mois, tu nous laissais sans nouvelles.

Pierre essaya de plaisanter :

— La poste ne passe pas souvent dans le désert. J'ai écrit toutes les fois que j'ai eu des occasions.

— C'est donc bien beau l'Afrique, que, depuis un an, on ne peut t'en arracher ?

— Pour terminer mes travaux, il me restait une dernière excursion à faire sur les côtes de Tripoli. Je me suis acharné à ma tâche, pour ne point perdre le résultat de tant d'efforts, et je crois avoir réussi... auprès de mes chefs, du moins, ajouta le jeune homme avec un pâle sourire.

— Mon cher Pierre, vous arrivez à propos du pays des sphinx, interrompit gravement Jeanne en jetant un regard profond du côté de Micheline ; il y a ici, je vous en préviens, une énigme à deviner.

— Laquelle ?

— Celle qui est écrite dans ce cœur-là, dit Jeanne

en touchant du bout du doigt la poitrine de sa compagne.

— Depuis l'enfance, j'y ai toujours lu comme dans un livre, répondit Pierre d'une voix tremblante, en se tournant vers Micheline interdite.

Mlle de Cernay hocha la tête :

— Qui sait ? En votre absence, on a peut-être changé le caractère.

Et, lui adressant un signe amical, elle s'éloigna dans la direction de la maison.

Pierre la suivit un instant des yeux, puis, se tournant vivement vers sa fiancée :

— Micheline, veux-tu que je te le dise, ton secret ? Tu ne m'aimes plus.

La jeune fille tressaillit. L'attaque était directe : il fallait sur-le-champ accepter l'explication. Elle avait depuis longtemps pensé à ce qu'elle répondrait, le jour où Pierre viendrait lui demander compte de son bonheur. Ce jour était brusquement arrivé. Et les idées préparées par elle la fuyaient. La vérité lui apparaissait nette et froide. Elle comprit que le changement qui s'était opéré en elle était une véritable trahison, dont Pierre était l'innocente victime, et, sentant qu'elle se blâmait elle-même, elle attendit en tremblant l'explosion de ce loyal cœur si cruellement blessé. Elle balbutia d'une voix troublée :

— Pierre, mon ami, mon frère...

— Ton frère ! répondit amèrement le jeune homme. Etait-ce là le nom que tu devais me donner à mon retour ?

A ces paroles qui résumaient si complètement la situation, Micheline resta muette. Cependant, elle sentait qu'il fallait à tout prix se défendre : sa mère pouvait paraître d'un moment à l'autre. Placée entre elle et son fiancé, que deviendrait-elle ? L'heure était décisive. Elle puisa dans son amour une nouvelle énergie.

— Pourquoi es-tu parti ? dit-elle avec tristesse.

Pierre releva avec fierté son front courbé par l'angoisse.

— Pour te mériter, répondit-il simplement.

— Tu n'avais pas à me mériter, toi, déjà si élevé au-dessus des autres. Nous étions fiancés, tu n'avais qu'à me garder.

— Ton cœur ne pouvait-il se garder lui-même ?

— Sans le secours, sans l'appui d'une affection présente ?

— Sans autre secours, sans autre appui que ceux que j'avais moi-même : l'espérance et le souvenir.

Micheline pâlit. Chacun des mots prononcés par Pierre lui faisait sentir plus complètement l'indignité de sa conduite. Elle essaya de trouver une nouvelle excuse :

— Pierre, tu le sais bien, je n'étais qu'une enfant...

— Non, reprit d'une voix étouffée le jeune homme, je le vois, tu étais déjà une femme, c'est-à-dire un être faible, inconstant et cruel, qui se soucie peu de l'amour qu'il inspire, et sacrifie tout à l'amour qu'il ressent.

Tant que Pierre n'avait fait que se plaindre, Micheline s'était sentie accablée et sans force, mais le jeune homme accusait. En un instant, la jeune fille retrouva sa présence d'esprit et se révolta :

— Voilà de dures paroles, dit-elle.

— Ne sont-elles pas méritées ? s'écria Pierre, cessant de se contenir. Tu me vois arriver, tremblant, les yeux pleins de larmes, et, non seulement tu ne trouves pas un mot affectueux à me dire, mais encore tu m'accuses presque d'indifférence. Tu me reproches d'être parti. Tu n'as donc pas compris les motifs qui m'ont entraîné ? Je devais t'épouser : tu étais riche, moi pauvre. Pour effacer cette inégalité, je résolus de me faire un nom. Je sollicitai une de ces missions scientifiques si périlleuses qu'elles donnent sûrement, à ceux qui s'y consacrent, la mort ou la célébrité, et je m'éloignai. C'est là ton grief. Ah ! crois bien que je ne t'ai pas quittée sans déchirement ! Pendant un an, presque seul, écrasé de fatigue, sans cesse en danger, la pensée que je souffrais pour toi m'a aidé à tout supporter. Et lorsque, perdu dans l'immensité du désert, je sentais la tristesse et le découragement s'emparer de moi, je t'évoquais, et ton doux visage me rendait avec l'espoir toute mon énergie. Je me disais : Elle m'attend. Un jour viendra où je recevrai le prix de tant de peines... Eh bien, Micheline, ce jour-là est arrivé. Me voici revenu et je demande ma récompense. Elle est telle que je devais l'attendre, n'est-ce pas ? Pendant que je courais après la gloire, un autre, plus pratique et mieux avisé, me prenait ton cœur. Et voilà mon bonheur détruit ! Ah ! tu as eu bien raison de m'oublier ! Ce fou qui s'en va si loin de sa fiancée ne mérite pas qu'on lui soit fidèle. C'est un indifférent : il ne sait pas aimer !

Ces véhémentes paroles troublèrent profondément Micheline. Pour la première fois, l'âme de son fiancé lui apparut. Elle comprit combien elle était aimée et regretta de ne pas l'avoir su plus tôt aussi complètement. Si Pierre avait parlé autrefois comme il venait de le faire, qui sait ? Les sentiments de Micheline eussent peut-être été modifiés. Elle l'eût sans doute aimé. Elle y était tout naturellement portée. Mais Pierre avait gardé en lui-même le secret de sa passion pour la jeune fille. Il avait fallu le désespoir qu'il ressentait à l'idée de la perdre pour lui faire jaillir du cœur ces aveux enflammés.

— Je vois bien que j'ai été injuste et cruelle envers toi, dit Micheline, je comprends que tu aies des reproches à me faire, mais je ne suis pas seule coupable. Tu as aussi à t'accuser toi-même. Tout ce que je viens d'entendre m'a bouleversée, je suis désespérée de te faire tant de peine, mais il est trop tard : je ne m'appartiens plus.

— Est-ce que tu t'appartenais ?

— Non ! c'est vrai, tu as ma parole, mais sois généreux. N'abuse pas de l'autorité que te donne mon engagement. Cette parole, je viens te la redemander...

— Et si je refusais de te la rendre ? Si je voulais essayer de te reconquérir sur toi-même ? s'écria Pierre avec force. N'ai-je pas le droit de me défendre ? Et que penserais-tu de mon amour si je me résignais si facilement à te perdre ?

Il y eut un instant de silence : l'entretien était arrivé à son plus haut point de vivacité. Micheline comprit que c'était à elle de conclure. Elle reprit avec fermeté :

— Une fille telle que moi ne manque pas à sa parole. La mienne t'appartient, mais mon cœur est à un autre. Dis un mot, et je suis prête, pour tenir ma promesse, à devenir ta femme. C'est à toi de décider.

Pierre jeta à la jeune fille un regard qui descendit jusqu'au fond de son âme. Il y lut la résolution d'agir loyalement, mais il vit en même temps qu'elle ne pourrait jamais oublier celui qui avait su s'emparer irrésistiblement de sa pensée. Il voulut tenter un suprême effort :

— Ecoute, dit-il d'une voix ardente, il est impossible que tu m'aies si vite chassé de ton cœur. Je t'aime tant ! Rappelle-toi notre affection des anciens jours. Micheline, rappelle-toi...

Il ne discutait plus, il suppliait : Micheline se sentit victorieuse. Elle fut émue de pitié :

— Hélas ! mon pauvre Pierre, mon affection était de la simple et bonne amitié, mon cœur n'a pas changé pour toi. L'amour que j'ai, vois-tu, est tout autre. S'il n'était pas entré en moi, j'aurais pu être ta femme. Et je t'estime tant que j'aurais été heureuse. Mais, maintenant, je comprends la différence. Toi que j'avais accepté, tu n'aurais jamais été pour moi qu'un compagnon bien tendre. Celui que j'ai choisi sera mon maître.

Pierre poussa un cri à cet aveu si franc et si cruel.

— Ah ! que tu me fais de mal !

Et des larmes amères coulèrent sur son visage, soulageant son cœur oppressé. Il se laissa tomber sur un siège, et, pendant un instant, il se donna l'âpre satisfaction de ne plus contenir sa douleur. Micheline, plus touchée de son désespoir qu'elle ne l'avait été de ses reproches, vint à lui et, de son mouchoir orné de dentelles, elle lui essuya le visage. Sa blanche main passa à portée de la bouche du jeune homme, et, furieusement, il y jeta un baiser violent comme une morsure. Puis, animé par l'acte lui-même, se levant avec des yeux changés, il saisit la jeune fille dans ses bras. Micheline ne prononça pas un mot. Elle regarda Pierre froidement et résolument en se renversant pour éviter le contact de ses lèvres avides. Ce regard suffit. Les bras qui l'enlaçaient se détendirent, et Pierre, reculant d'un pas, murmura :

— Pardon ! Tu vois, je deviens fou.

Puis, passant la main sur son front comme pour chasser une pensée mauvaise :

— Ainsi c'est irrévocable ? Tu l'aimes ?

— Assez pour te faire tant de peine, assez pour n'être à personne si je ne suis à lui.

Pierre songea un moment, puis, prenant sa résolution :

— Va donc alors, tu es libre, dit-il, je te rends ta parole.

Micheline poussa un cri de triomphe qui fit pâlir celui qui avait été son fiancé. Elle eut regret de ne pas avoir su mieux cacher sa joie. Elle s'approcha de Pierre :

— Dis-moi que tu me pardonnes !

— Je te pardonne.

— Tu pleures encore.

— Oui, je pleure sur mon bonheur perdu. J'ai cru que le meilleur moyen d'être aimé était de mériter de l'être. Je me suis trompé, j'expierai courageusement mon erreur. Excuse ma faiblesse et crois que tu n'auras jamais d'ami plus sincère que moi.

Micheline lui tendit la main, et, souriante, approcha son front des lèvres du jeune homme. Celui-ci, lentement, y déposa un baiser qui effaça la trace brûlante de celui qu'un instant avant il avait dérobé.

Au même moment, dans l'hôtel une voix sonore retentit, encore éloignée, prononçant le nom de Pierre. Micheline tressaillit.

— C'est ma mère, dit-elle. Elle te cherche. Je te laisse. Adieu et mille fois merci encore du fond de mon âme.

Et, légère, s'élançant derrière un massif de lilas en fleurs, Micheline disparut.

Pierre, machinalement, se dirigea vers l'hôtel. Il gravit les cinq marches de marbre du perron et entra dans le salon. Comme il refermait la porte, Mme Desvarennes parut.

V

Mme Desvarennes s'était fait conduire sans perdre un instant à l'hôtel du Louvre. Il fallait de la décision. Les minutes valaient des heures. Ce qu'il lui importait surtout de savoir, c'était dans quelle disposition d'esprit le fiancé de sa fille arrivait à Paris. La lettre qui lui avait brutalement appris la vérité avait-elle surexcité l'esprit du jeune homme et tendu tous les ressorts de la volonté ? Se présentait-il prêt à la lutte, ou bien l'annonce qu'il avait à compter avec un rival l'avait-elle abattu et rendu hésitant ? Si elle le trouvait confiant et hardi, elle n'avait qu'à débattre avec lui le plan d'action commune qui devait aboutir à l'éviction du candidat audacieux qui avait la prétention d'épouser Micheline. Si elle le trouvait découragé et doutant de lui-même, elle était bien décidée à lui

communiquer l'ardeur qui l'animait contre Serge
Panine et à accepter la bataille.

En chemin elle préparait ses arguments, et, bouillante d'impatience, elle devançait le rapide cheval qui
l'entraînait le long de la grille des Tuileries vers
l'hôtel du Louvre. Plongée dans sa méditation, elle ne
vit pas Pierre. Elle se disait :

— Ce blondin de Polonais ne sait pas à qui il a
affaire. Il verra de quel bois je me chauffe ! Ce n'est
pas à une ancienne comme moi qu'on fait voir le tour,
et pour m'en donner à garder, ce mirliflore ne s'est
pas levé assez matin. Pour peu que mon brave Pierre
soit dans les mêmes idées que moi, nous allons tailler
des croupières à ce dénicheur de millions.

La voiture s'arrêta.

— M. Pierre Delarue ? dit la patronne.

— Madame, il vient de sortir il y a un quart
d'heure.

— Pour aller où ?

— Il ne l'a pas dit.

— Savez-vous s'il sera longtemps dehors ?

— Je l'ignore.

— Bien obligée.

Mme Desvarennes, toute déconfite de ce contre-
temps, se mit à réfléchir. Où Pierre pouvait-il être
allé ? Evidemment, chez elle. Sans perdre une minute,
elle remonta dans sa voiture et donna l'ordre de
retourner rue Saint-Dominique. — S'il a couru dès
son arrivée chez moi, c'est qu'il est prêt à tout faire
pour conserver Micheline, se disait-elle : alors, nous
sommes bons. Son cocher, à qui elle avait donné des
ordres, forçait l'allure de son cheval. Elle se disait :
Pierre est en fiacre. En admettant que celui qu'il a
pris marche à peu près, il n'a pas plus d'une demi-
heure d'avance sur moi. Il passera par les bureaux,
rencontrera Maréchal et, si pressé qu'il soit, perdra
un quart d'heure à bavarder avec lui. Reste un quart
d'heure. Ce serait bien le diable si, pendant ces quinze

minutes, il avait le temps de compromettre sa situation en faisant une sottise. La faute est à moi : j'aurais dû lui envoyer une lettre à Marseille, pour lui
tracer la ligne de conduite qu'il aurait à tenir en
arrivant. Pourvu qu'il ne rencontre pas Micheline en
entrant à la maison ! A cette pensée, Mme Desvarennes sentit une chaleur lui monter au visage. Elle
se pencha hors de la portière et cria à son cocher
qui marchait pourtant à fond de train :

— Plus vite ! Vous n'allez pas !

La rapidité de sa course devint alors effrayante, et
en quelques minutes elle arriva rue Saint-Dominique.

Elle fit irruption dans l'hôtel, comme un ouragan,
interrogea le concierge, et apprit de lui que Delarue
était arrivé. Elle courut alors chez Maréchal et lui
demanda avec un air si étrange :

— Avez-vous vu Pierre ? que celui-ci craignit un
malheur.

En voyant l'effarement de son secrétaire, elle comprit qu'une des fâcheuses hypothèses qu'elle avait
envisagées s'était réalisée. Elle gagna le salon en appelant Pierre à haute voix. La porte du jardin s'ouvrit
et elle se trouva en face du jeune homme. Un coup
d'œil sur le visage de son fils d'adoption aggrava les
inquiétudes qu'elle éprouvait. Un même élan les
poussa l'un vers l'autre, et la patronne ouvrant les
bras à Pierre, celui-ci se laissa aller sur son cœur.

La première émotion calmée, Mme Desvarennes
retrouva le sentiment de sa situation. Elle voulut
d'abord savoir ce qui s'était passé en son absence, et,
s'adressant à Pierre :

— Par qui as-tu été reçu en arrivant ?

— Par Micheline.

— Voilà tout ce que je craignais ! Que t'a-t-elle dit ?

— Tout !

En trois phrases échangées, ces deux robustes
esprits venaient de préciser nettement les faits.
Mme Desvarennes resta un instant silencieuse, puis,

avec un attendrissement subit, et comme si elle eût voulu s'excuser de la trahison de sa fille :

— Viens que je t'embrasse encore, mon pauvre garçon. Tu as du chagrin, n'est-ce pas ? Et moi donc ! Je suis toute désorientée. Depuis dix ans je caresse l'idée de te voir épouser Micheline. Tu es un homme de premier mérite, et puis tu n'as pas de famille. Tu ne m'enlèverais pas ma fille, toi, au contraire. Tu m'aimes un peu, je crois. Tu vivrais volontiers auprès de moi. En faisant ce mariage, je réalisais le rêve de ma vie. Je ne prenais pas un gendre : j'adoptais un nouvel enfant.

— Croyez bien, dit tristement Pierre, qu'il n'a pas dépendu de moi que ce projet ne se réalisât.

— Ça, par exemple, mon garçon, c'est une autre question ! s'écria Mme Desvarennes, dont la voix monta de deux tons. Et voilà où nous commençons à ne plus être d'accord. Pour moi, tu es responsable de ce qui arrive, et je t'en veux ferme, vois-tu bien ! Oh ! je sais ce que tu vas me dire. Tu voulais apporter en dot des couronnes triomphales à Micheline. Balivernes que tout cela ! Quand on est sorti le second de l'École polytechnique et qu'on a un avenir comme le tien, on n'a pas besoin de courir les déserts pour éblouir une petite fille. On commence par l'épouser, et la célébrité vient après, en même temps que les enfants. Et puis, tu avais bien besoin de te mettre en frais ! Qu'est-ce que nous sommes donc, nous, de si grand ? D'anciens boulangers. Millionnaires, c'est vrai, ce qui n'empêche pas que ce pauvre Desvarennes a porté le pain, et que, moi, je rendais la monnaie quand on venait m'acheter un croissant d'un sou. Mais tu as voulu faire le chevalier errant, et, pendant ce temps-là, un beau fils... Micheline t'a-t-elle dit son nom, à ce monsieur ?

— Je me suis trouvé en face de lui en arrivant. Il était près d'elle au jardin. On nous a présentés l'un à l'autre.

— C'est très bon genre, dit Mme Desvarennes avec ironie. Oh ! c'est un gaillard qui ne s'émeut pas facilement, et, dans les transports les plus passionnés, il ne doit pas déranger un pli de sa cravate. Tu sais qu'il est prince ? C'est ça qui est flatteur pour la maison Desvarennes ! Nous mettrons ses armes sur nos marques de fabrique. Coureur de dot, va ! Il s'est dit : La boulangère a des écus, la fille est agréable. Et il fait une affaire !

— Il a pour l'excuser l'exemple de beaucoup de ses pareils. Le mariage aujourd'hui est la seule industrie de la noblesse.

— La noblesse ? Celle de notre pays, passe encore, mais la noblesse étrangère, pacotille !

— Les Panine sont originaires de Posen. C'est de notoriété publique. Les journaux du high-life l'ont raconté vingt fois.

— Pourquoi n'est-il pas dans son pays ?

— Il est proscrit.

— Il a fait quelque mauvais coup ?

— Il a, comme tous les siens, combattu pour l'indépendance.

— Alors c'est un révolutionnaire !

— Un patriote.

— Ah çà ! Tu es encore bon, toi, de me dire tout ça !

— Je puis haïr le prince Panine, dit simplement Pierre ; est-ce une raison pour ne pas lui rendre justice ?

— Soit ! c'est un être exceptionnel, un grand citoyen, un héros, si tu veux. Mais ça ne prouve pas qu'il rendrait ma fille heureuse. Et, si tu veux suivre mes conseils, nous l'enverrons faire des barricades où il voudra, et ce ne sera pas long !

Mme Desvarennes s'était échauffée : elle marchait à grands pas dans le salon. La pensée de reprendre l'offensive, elle, réduite depuis un mois à se défendre, la transportait de joie. Elle trouvait cependant que Pierre raisonnait beaucoup. Femme d'action, elle ne

comprenait pas que le jeune homme n'eût pas encore
pris de résolution. Elle sentit qu'il était nécessaire
de le pénétrer de sa confiance :

— Comme bien tu penses, dit-elle, tu es maître de
la situation. Le prince ne me va pas...

— Micheline l'aime, interrompit Pierre.

— Elle se le figure, reprit vivement Mme Desvarennes. Elle s'est monté la tête, mais ça passera. Tu
comprends bien que je ne t'ai pas fait venir d'Afrique
uniquement pour que tu assistes au mariage de ma
fille. Si tu es un homme, nous allons rire. Micheline
est ta fiancée. Tu as notre parole, et la parole des
Desvarennes vaut leur signature. Nous n'avons jamais
été protestés. Eh bien ! refuse de nous la rendre.
Gagne du temps, fais ta cour, et enlève-moi ma fille
à la barbe de ce mirliflore.

Pierre resta quelques minutes sans répondre. En un
instant, il mesura l'étendue de la faute qu'il avait faite
en affrontant Micheline avant d'avoir vu Mme Desvarennes. Avec l'appui de cette mère énergique, il aurait
pu lutter, tandis que, livré à ses seules forces, dès le
premier engagement il avait été vaincu et contraint
à mettre bas les armes. Non seulement il s'était livré
lui-même, mais encore il entraînait son alliée dans sa
défaite.

— Vos encouragements arrivent trop tard, dit-il.
Micheline m'a redemandé sa parole et je la lui ai rendue.

— Tu as eu cette faiblesse ? s'écria Mme Desvarennes. Et elle, cette petite, elle a eu cette audace ?
Faut-il qu'elle soit affolée ! Je me doutais du plan
qu'elle avait préparé, et j'étais allée au-devant de toi
pour te prévenir. Mais tout n'est pas perdu. Tu as
rendu à Micheline sa parole, soit ! Mais moi, je ne t'ai
pas rendu la tienne. Tu es engagé envers moi. Je ne
veux pas du mariage que ma fille a préparé en dehors
de ma volonté. Aide-moi à le rompre. Eh ! parbleu, tu
trouveras facilement une autre femme qui vaudra

Micheline. Mais moi où trouverai-je un gendre qui te vaille ? Allons, notre bonheur à tous est en péril : sauve-le.

— A quoi bon lutter ? je suis vaincu d'avance.

— Mais si tu m'abandonnes, que veux-tu que je fasse seule contre Micheline ?

— Faites ce qu'elle veut, comme d'habitude. Vous êtes surprise que je vous donne ce conseil ? Je n'ai pas de mérite. Jusqu'ici vous avez résisté aux prières de votre fille. Mais qu'elle vienne encore une fois vous supplier en pleurant, et vous, si forte, vous qui savez si bien dire : Je veux, vous serez faible et vous ne pourrez pas lui refuser son prince. Croyez-moi, consentez de bonne grâce. Qui sait ? Votre gendre vous en saura peut-être gré plus tard.

Mme Desvarennes avait écouté Pierre avec un ébahissement profond.

— Vraiment, tu es incroyable, dit-elle ; tu raisonnes tout cela avec un calme !... Tu n'as donc pas de chagrin ?

— Si, répondit Pierre, d'une voix profonde, à en mourir.

— Allons donc ! Tu te vantes ! s'écria Mme Desvarennes avec véhémence. Ah ! savant ! les chiffres t'ont desséché le cœur.

— Non, reprit le jeune homme avec mélancolie, mais le travail a anéanti en moi toutes les séductions de la jeunesse. Il m'a rendu grave et un peu triste. J'ai effarouché Micheline, au lieu de l'attirer. Le mal vient de ce que nous vivons dans un siècle fiévreux où nos facultés sont impuissantes à embrasser à la fois tout ce que la vie nous offre : plaisir et travail. Il faut forcément choisir, économiser son temps et ses forces, et faire fonctionner sans partage le cerveau ou le cœur. Il en résulte que l'organe négligé s'atrophie, et que les hommes de plaisir sont toute leur vie de piètres travailleurs, tandis que les hommes de travail sont de tristes amoureux. Les uns ont sacrifié la dignité de l'existence, les autres ce qui en fait le charme. Si bien qu'aux heures décisives, quand l'homme de plaisir veut en appeler à son intelligence et l'homme de travail à son cœur, ils s'aperçoivent avec épouvante qu'ils sont, l'un impropre au devoir, l'autre inhabile au bonheur.

— Eh bien ! mon garçon, tant pis pour les femmes qui ne savent pas préférer les hommes de travail et qui se laissent enjôler par les hommes de plaisir. Je n'ai jamais été de celles-là, et, si grave que tu sois, il y a trente ans, tu m'aurais joliment plu. Mais puisque tu connais si bien ton mal, pourquoi ne t'en guéris-tu pas ? Le remède est à portée de ta main.

— Quel est-il ?

— La volonté. Epouse Micheline : je réponds de tout.

— Elle ne m'aime pas.

— Une femme finit toujours par aimer son mari.

— J'aime trop Micheline pour accepter sa main sans son cœur.

Mme Desvarennes comprit qu'elle n'obtiendrait rien et que la partie était irrévocablement perdue. Une grande tristesse descendit en elle. Elle entrevit l'avenir très sombre et eut le pressentiment que le malheur avec Serge Panine était entré dans sa maison. Que pouvait-elle faire ? Résister à l'entraînement de sa fille ? Elle savait que la vie deviendrait odieuse pour elle, si Micheline cessait de rire et de chanter. Les larmes de sa fille fondraient sa volonté. Pierre le lui avait bien dit. A quoi bon entreprendre une lutte qui se terminerait fatalement par la défaite ? Elle sentit, elle aussi, qu'elle était impuissante, et, avec un profond écœurement, elle prit son parti.

— Allons, dit-elle, je vois bien qu'il faut que je me résigne à être grand-mère de petits princes. Cela me plaît médiocrement à cause du père. Ma fille va être bien lotie avec un gaillard de cette espèce-là ! Enfin il fera bien de marcher droit, car je serai là pour le remettre dans le bon chemin. Il faut que Micheline soit heureuse. Quand mon mari vivait, j'étais déjà plus mère que femme ; maintenant, ma vie entière est en ma fille.

Puis, levant ses bras vigoureux avec une sombre énergie :

— Vois-tu, si ma fille souffrait par son mari, je serais capable de le tuer.

Ces paroles furent les dernières de l'entretien dans lequel se décida la destinée de Micheline, du prince, de Mme Desvarennes et de Pierre. La patronne étendit la main et sonna. Un domestique parut, auquel elle donna l'ordre de faire descendre Maréchal. Elle pensait qu'il serait doux à Pierre de pouvoir verser ses chagrins dans le cœur de son ami. Un homme pleure malaisément devant une femme, et elle devinait le cœur du jeune homme gonflé de larmes. Maréchal n'était pas loin. Il arriva en un instant et sauta du premier bond au cou de Pierre. Quand Mme Desvarennes vit les deux camarades bien en possession l'un de l'autre, elle dit à Maréchal :

— Je vous donne votre liberté jusqu'à ce soir. Emmenez Pierre avec vous. J'ai besoin de lui après le dîner.

Et, d'un pas ferme, elle se dirigea vers la chambre de Micheline, où celle-ci attendait en tremblant le résultat des négociations engagées.

VI

L'hôtel de la rue Saint-Dominique est certes un des plus beaux qu'il soit possible de voir. Les souverains ont seuls des palais plus somptueux. Le vaste escalier de chêne est bordé par une rampe en bronze ciselé, dont les montants sont formés par des corps d'enfants nus. La main courante est en agate. Cette rampe, œuvre splendide de Ghirlandajo, a été apportée de Florence par Sommervieux, le grand marchand de curiosités. Le baron de Rothschild n'a voulu en donner que cent mille francs : Mme Desvarennes l'a achetée. Sur les larges panneaux de l'escalier sont tendues d'admirables tapisseries des Gobelins, d'après Boucher, représentant les différentes métamorphoses de Jupiter. Sur chaque palier, dans l'angle de la boiserie, se dresse une énorme vasque en émail cloisonné du Japon, supportée par un trépied formé de chimères en bronze chinois. De hautes colonnes de marbre rouge soutenant des chapiteaux dorés, séparent, au premier étage, l'escalier d'une galerie servant de serre. Des stores de soie cerise foncée tombent devant les fenêtres ornées de merveilleux vitraux gothiques. Dans le vestibule, dont les tentures sont en cuir de Cordoue à fond d'or, semblant attendre le bon plaisir de quelque grande dame, se remarque une chaise à porteurs en vernis Martin, décorée de peintures de Fragonard. Plus loin, un de ces coffres immenses en nacre travaillée, dans lesquels les femmes d'Orient serrent leurs écharpes et leurs bijoux. Une admirable glace de Venise, aux bordures historiées, large de deux mètres et haute de quatre, tient tout un panneau du vestibule. Des portières, en satin de la Chine, ornées d'applications éclatantes faites avec des ornements de chasubles, drapent leurs plis somptueux aux portes du salon et de la salle à manger. Le salon contient un meuble Louis XIV, en bois doré garni de tapisseries au petit point, dans un extraordinaire état de conservation. Trois lustres en cristal de roche se suivent dans la longue enfilade du salon, faisant étinceler les facettes de leurs précieuses pendeloques. Les tentures sont les toiles tapisserie, tissées de soie et d'or, qui furent envoyées comme présent, par Louis XIV, à M. de Pimentel, ambassadeur d'Espagne,

pour le remercier de la part qu'il prit à la conclusion
du traité des Pyrénées. Ces tapisseries, uniques dans
leur genre, furent rapportées d'Espagne en 1814 dans
les fourgons de l'armée de Soult et vendues pour dix
mille francs à un habitant de Toulouse. C'est là que
Mme Desvarennes les découvrit dans un grenier en
1864, méprisées par les petits-fils de l'acquéreur, igno-
rants de la valeur immense de cet ouvrage sans rival.
Habilement réparées, elles font aujourd'hui l'orgueil
du salon de la grande commerçante. Sur la cheminée,
une énorme pendule en laque de Chine, ornée de
bronze doré, faite sur des modèles envoyés de Paris
sous le règne du Roi-Soleil, et dont le sujet principal
représente la fuite des Heures poursuivies par le
Temps.

Attenant au grand salon, s'ouvre un boudoir tendu
de damas de soie gris de lin à bouquets de fleurs.
C'est la pièce de prédilection de Mme Desvarennes.
Un superbe piano d'Erard tient un côté de la pièce.
L'autre est occupé par un meuble en ébène sculptée,
rehaussé de bronzes de Gouthières. Deux tableaux
seulement sur les murs : *le Départ des jeunes mariés*,
une toile exquise due à l'habile pinceau de Lancret et
la Prédiction, cette œuvre adorable de Watteau, achetée un prix insensé à la vente Pourtalès. Sur la cheminée une miniature de Pommayrac, représentant
Micheline enfant, un bijou que Mme Desvarennes ne
peut regarder sans que ses yeux s'emplissent de
larmes. Une porte sous tentures donne accès dans un
petit escalier qui descend directement dans la cour.

La salle à manger est du plus pur style Renaissance. Boiseries sévères, bahuts immenses en poirier
sculpté, sur lesquels reposent des aiguières précieuses
en faïence d'Urbino et des plats de Bernard Palissy.
La haute cheminée en grès, surmontée d'un portrait
de Diane de Poitiers avec le croissant au front, est
garnie de landiers en fer travaillé. La plaque en fonte
du foyer porte en relief les armes de l'amiral Bonni-

vet. Des vitraux laissent entrer par les fenêtres une
lumière teintée de leurs brillantes couleurs. Du haut
du plafond splendidement peint, un lustre en cuivre
repoussé descend, attaché à la serre d'un aigle pla-
nant, superbe, dans le ciel qui bleuit entre les quatre
côtés d'une balustrade de marbre sur laquelle flotte
une draperie de pourpre.

La salle de billard est de style indou. De magnifiques panoplies réunissent les boucliers damasquinés
des radjahs, les cimeterres mahrattes, les casques à
bavolets de mailles d'acier, à nasal niellé d'or des
chefs afghans, et les longues lances ornées de queues
de juments blanches des cavaliers du Caboul. Les
murailles sont peintes d'après des dessins rapportés
de Lahore. Les panneaux des portes ont été décorés
par Gérome. Le grand artiste y a peint des bayadères
aux écharpes tournoyantes et des jongleurs lançant
des poignards éclatants. De larges divans bas, recou-
verts avec de rugueuses et brillantes étoffes d'Orient,
entourent le billard. La suspension au gaz, de forme
entièrement originale, est exactement la reproduction
en argent brun d'un Vichnou. Du nombril du dieu
pend une feuille de lotus faite d'émeraudes, et chacun
de ses quatre bras soutient une lampe, en forme de
pagode indienne, de laquelle jaillit la lumière.

Dans ces appartements célèbres, Mme Desvarennes
se tenait par extraordinaire ce soir-là. Maréchal et
Pierre venaient d'entrer, et causaient ensemble près
de la cheminée. A quelques pas d'eux, un groupe était
formé par Cayrol, Mme Desvarennes, et un personnage qui n'avait jamais, jusque-là, mis les pieds dans
la maison, en dépit des instances faites par le banquier auprès de la patronne. Au physique, grand,
maigre, le teint pâle et la peau tirée sur les os, la
mâchoire inférieure très développée, comme celle de
tous les carnassiers, les yeux d'une couleur indéfinis-
sable, presque changeants, abrités jésuitiquement
derrière des lunettes d'or. Des mains molles et lisses

et aux paumes mouillées, avec des ongles coupés ras. Mains vicieuses, faites pour prendre sournoisement ce qu'elles convoitaient. Une chevelure rare, d'un blond aigre, avec une raie à la hauteur de l'oreille pour permettre un ramenage savant sur le haut de la tête. Ce personnage, vêtu d'une large redingote croisée sur un gilet blanc, dont les revers faisaient transparent, et décoré d'une rosette multicolore, se nommait Hermann Herzog.

Financier hardi, il était venu du Luxembourg, précédé d'une grande réputation, et, en quelques mois, il avait lancé sur la place de Paris une série d'affaires tellement considérables que les plus gros bonnets de la Bourse s'étaient crus obligés de compter avec lui. Les bruits les plus divers couraient sur son compte. D'après les uns, c'était un des hommes les plus intelligents, les plus actifs et les plus délicats qu'il fût possible de rencontrer. A en croire les autres, jamais pareil gredin n'avait aussi audacieusement bravé les lois après avoir dévalisé les honnêtes gens. De nationalité indéfinie, ceux qui le décriaient le disaient né à Mayence. Ceux qui traitaient de légendes les infamies narrées sur lui, le disaient originaire de Francfort, la plus française des cités d'outre-Rhin.

Il venait de terminer les travaux d'une importante ligne de chemin de fer allant du Maroc au centre de notre colonie algérienne, et il lançait actuellement une grosse affaire de grains et de farines avec l'Amérique. Plusieurs fois déjà, Cayrol avait fait des efforts pour mettre en rapport Herzog et Mme Desvarennes. Le banquier avait un intérêt dans la spéculation des grains et farines, mais il prétendait que rien ne réussirait tant que la patronne ne serait pas de l'affaire. Cayrol avait une foi aveugle dans la chance de la patronne.

Mme Desvarennes, défiante pour tout ce qui venait de l'étranger, et parfaitement au courant des bruits

qui circulaient sur Herzog, s'était toujours refusée à
le recevoir chez elle. Mais Cayrol avait si vivement
insisté, était revenu si souvent à la charge, que, lassée,
et, d'ailleurs, disposée à favoriser Cayrol qui avait
conduit discrètement les négociations du mariage de
Micheline, elle avait fini par consentir.

Herzog venait d'arriver. Il exprimait à Mme Desvarennes toute la satisfaction qu'il éprouvait à être
admis auprès d'elle. Il avait entendu vanter si souvent
ses hautes facultés, qu'il s'était fait d'elle une idée,
bien éloignée pourtant encore de la réalité, il le comprenait, maintenant qu'il avait l'honneur de la connaître. Il patelinait avec des grâces surannées et avec
un affreux accent juif qui rappelait les marchands
ambulants qui vous offrent avec persistance « *un pon
lorgnette* ».

La patronne avait été, au premier abord, un peu
froide, mais les amabilités enveloppantes d'Herzog
l'avaient déraidie. Ce diable d'homme, avec son parler
lent et ses yeux troubles, produisait des effets de
fascination comme un serpent. Il répugnait, et, malgré soi, on se laissait aller. Il avait attaqué tout de
suite la grande affaire des grains. Mais là il s'était
trouvé en face de la véritable Mme Desvarennes, et
il n'y avait plus eu de politesse qui tînt devant le flair
infaillible de la commerçante. Dès les premiers mots,
elle avait trouvé le point faible de la combinaison et
l'avait attaqué avec une telle netteté, que le financier,
voyant son affaire tomber, à la voix de la patronne,
comme les murailles de Jéricho au son des trom-
pettes des Hébreux, avait battu en retraite et s'était
rejeté sur un autre sujet. Il était en train de monter
une société de crédit comme il y en avait peu au
monde. Il reviendrait causer avec Mme Desvarennes,
car il fallait qu'elle participât aux bénéfices formidables que l'affaire promettait. Il n'y aurait pas un
centime à risquer, la nouveauté de la combinaison
consistant dans la participation des plus grandes mai-

sons de banque de France et de l'étranger, ce qui supprimait toute espèce de concurrence et empêchait l'hostilité des grands manieurs d'argent. C'était très curieux, et Mme Desvarennes éprouverait certainement une grande satisfaction à connaître le mécanisme de cette société, destinée à devenir, du premier coup, la plus considérable du monde, et reposant sur une idée d'une simplicité extrême.

Mme Desvarennes ne disait ni oui ni non. Troublée par la loquacité doucereuse et insinuante d'Herzog, elle se sentait avec cet homme sur un terrain dangereux. Il lui semblait que le pied enfonçait comme dans ces dangereuses tourbières dont la surface est recouverte d'une herbe verdoyante qui invite à courir. Cayrol, lui, était sous le charme. Il buvait toutes les paroles du financier et les ponctuait de ah ! et de oh ! pleins d'admiration. Cet habile homme, qui n'avait jamais été dupé jusque-là, avait, en Herzog, trouvé son maître.

Pierre et Maréchal s'étaient rapprochés, et Mme Desvarennes avait profité de cette fusion des deux groupes pour présenter les hommes les uns aux autres. En entendant le nom de Pierre Delarue, Herzog avait pris son air grave et avait demandé si le jeune homme était « le remarquable » ingénieur dont les travaux sur le littoral de l'Afrique avaient fait tant de bruit en Europe. Et, sur la réponse affirmative de Mme Desvarennes, il avait comblé Pierre de compliments très habilement tournés. Il avait eu le plaisir de rencontrer Delarue en Algérie, lorsqu'il était allé lui-même pour terminer le chemin de fer du Maroc.

Mais Pierre avait fait un pas de retraite en apprenant qu'il avait devant lui le concessionnaire de cette ligne importante.

— Ah ! c'est vous, monsieur, qui avez exécuté l'entreprise ? dit-il. Diable, vous les avez traités un peu durement, ces pauvres Marocains !

Il se rappelait quelle misère c'était pour les pauvres

indigènes exploités par les Européens qui condui-
saient les travaux. Des vieillards, des femmes, des
enfants, mis à la disposition des entrepreneurs par
l'autorité indigène, pour remuer et transporter les
terres. Et ces malheureux, écrasés de travail, menés
à coups de trique par des surveillants ivres, qui com-
mandaient, le revolver au poing, sous la chaleur étouffante d'un implacable soleil, dans les miasmes exhalés
par le sol remué, mouraient comme des mouches.
C'était un spectacle horrible, et que Pierre n'avait pu
oublier.

Mais Herzog, avec sa douceur câline, protestait
contre ce tableau exagéré. Delarue était arrivé pendant la canicule : un mauvais moment. Et puis, il
fallait que les travaux fussent menés rondement.
D'ailleurs, qu'importaient quelques Marocains de plus
ou de moins ? Des nègres, presque des singes !

Maréchal, qui avait écouté silencieusement jusque-
là, avait alors pris la parole pour défendre les singes
au nom de Littré. Il avait fait une théorie appuyée
sur le darwinisme, tendant à prouver que les hommes
qui méprisaient les singes se méprisaient eux-mêmes.
Herzog, un peu interloqué par cette réplique inattendue, avait regardé sournoisement Maréchal, se
demandant si cette sortie faite sur le ton le plus grave
était une plaisanterie. Mais voyant rire Mme Desvarennes, il avait repris son aplomb et riposté aussitôt.
Les affaires, d'ailleurs, ne pouvaient se traiter en
Orient comme en Europe. Et puis, est-ce qu'il n'en
avait pas toujours été ainsi ? Les grands explorateurs
n'avaient-ils pas tous exploité les pays qu'ils avaient
découverts ? Christophe Colomb, Fernand Cortez,
n'avaient-ils pas pris aux Indiens leurs richesses en
échange de la civilisation qu'ils leur apportaient ? Lui,
Herzog, il avait, en créant un chemin de fer au Maroc,
donné aux indigènes les moyens de se civiliser. Il était
bien juste qu'il leur en eût coûté quelque chose.

Herzog avait débité sa tirade avec tout l'agrément

dont il était capable. Il s'était penché à droite et à gauche pour recueillir l'effet. Il n'avait vu que des visages contraints. Il semblait qu'on attendît quelqu'un ou quelque chose. Le temps passait. Dix heures venaient de sonner. Du petit salon gris de lin, au travers des portières baissées, des bouffées de musique arrivaient par instants, quand la main nerveuse de Micheline frappait, avec plus de force, un accord sur son piano. Elle était là, troublée, attendant effectivement quelqu'un et quelque chose. Jeanne de Cernay, étendue dans un fauteuil, la tête appuyée sur sa main, songeait.

Depuis trois semaines, l'attitude de la jeune fille avait changé. Elle était devenue silencieuse et taciturne. Les éclats de sa vive gaieté ne secouaient plus le calme un peu dolent de Micheline. Ses yeux si brillants étaient cernés d'un cercle bleu qui dénonçait des nuits passées sans sommeil. Ce changement avait coïncidé étrangement avec le départ du prince Panine pour l'Angleterre et l'envoi de la fameuse lettre qui avait rappelé Pierre à Paris. Moins occupés de leurs propres soucis, les habitants de l'hôtel Desvarennes auraient pu constater cette métamorphose soudaine et en chercher les motifs. Mais l'attention de tous était concentré sur les événements qui avaient troublé déjà, et devaient troubler bien davantage encore, cette maison naguère si tranquille.

Le timbre d'avertissement du grand escalier, retentissant, fit dresser Micheline. Un flot de sang colora subitement son visage. Elle murmura à demi-voix ces mots : « C'est lui ! » Et, hésitante, elle resta un instant appuyée au piano, écoutant vaguement les bruits du salon. La voix du domestique annonçant apporta jusqu'aux deux jeunes filles ce nom : « Le prince Panine. » Jeanne aussi se leva alors, et si Micheline se fût retournée, elle eût été effrayée de la pâleur de sa compagne. Mais Mlle Desvarennes ne songeait point à Mlle de Cernay : elle venait de soulever vive-

ment la lourde portière, et, jetant à Jeanne cet appel :
« Viens-tu ? », elle était entrée dans le salon.

C'était bien le prince Serge, qui était attendu avec
impatience par Cayrol, avec une sourde irritation par
Mme Desvarennes, avec une angoisse profonde par
Pierre. Le beau Panine, calme et souriant, cravaté de
blanc, correctement vêtu d'un habit noir qui dessinait
sa taille élégante et fine, s'avança vers Mme Desvarennes, devant laquelle il s'inclina. Il semblait n'avoir
vu que la mère de Micheline. Pas un regard pour les
deux jeunes filles ni pour les hommes qui se trouvaient autour de lui. Le reste de l'univers semblait ne
pas compter. Il s'était courbé comme devant une
reine, avec une sorte de respectueuse adoration. Il
semblait dire : Me voici à vos pieds : ma vie dépend
de vous. Faites un signe, et je suis le plus heureux
ou le plus infortuné des hommes.

Micheline le suivait des yeux avec orgueil : elle
admirait sa grâce hautaine et son humilité caressante.
C'était par ces contrastes que Serge avait attiré l'attention de la jeune fille. Pas un instant il ne lui avait
été indifférent. Elle s'était sentie en face d'une nature
étrange, rompant avec la banalité désolante des
hommes qui l'entouraient ; elle s'était intéressée à
Serge. Puis alors il avait parlé, et sa voix si douce et
si pénétrante avait été jusqu'au cœur de la jeune fille.

Ce qu'il avait fait pour Micheline, il voulut le faire
pour Mme Desvarennes. Après s'être mis aux pieds
de la mère de celle qu'il aimait, il chercha le chemin
de son cœur. Il était seul près de la patronne ; il parla.
Il espérait que Mme Desvarennes voudrait bien excuser la promptitude de sa visite. L'obéissance qu'il
avait montrée au premier de ses désirs, en s'éloignant, était pour elle une preuve de sa soumission. Il
était son serviteur le plus respectueux et le plus
dévoué. Il se résignait à tout ce qu'elle pourrait exiger
de lui.

Mme Desvarennes écoutait cette voix tendre. Elle

ne l'avait jamais entendue aussi pleine de charme. Elle comprenait quelle séduction cette douceur avait exercée sur Micheline ; elle se repentait de n'avoir pas mieux veillé, et maudissait le hasard qui avait fait tout le mal. Il fallait répondre cependant. La patronne alla droit au fait. Elle n'était point pour les atermoiements, une fois que sa résolution était prise.

— Vous venez sans doute, monsieur, chercher la réponse à la demande que vous m'avez fait adresser avant votre départ pour l'Angleterre ?

Le prince pâlit légèrement ; les paroles qu'allait prononcer Mme Desvarennes étaient tellement importantes qu'il ne put se défendre d'une vive émotion. Il répondit d'une voix étouffée :

— Je n'aurais pas osé vous en parler, madame, surtout publiquement. Mais puisque vous allez au-devant de mon désir, je l'avoue, j'attends, le cœur profondément troublé, une parole de vous qui décidera de ma vie.

Il restait devant Mme Desvarennes, toujours courbé comme un coupable devant son juge. La patronne resta une seconde silencieuse, comme si elle hésitait à répondre, puis, gravement :

— Cette parole, j'hésitais à la prononcer, mais quelqu'un, en qui j'ai toute confiance, m'a engagée à vous accueillir favorablement.

Serge se releva, le visage illuminé par la joie :

— Celui-là, madame, quel qu'il soit, dit-il avec feu, s'est acquis des droits éternels à ma reconnaissance.

— Témoignez-la-lui donc, reprit Mme Desvarennes, c'est le compagnon d'enfance de Micheline, presque un fils pour moi.

Et, se retournant vers Pierre, elle le désigna à Panine.

Serge fit trois pas rapides vers le jeune homme. Mais, si prompt qu'il eût été, il avait été devancé par Micheline. Chacun des deux amoureux saisit une main de Delarue et la serra avec une tendre effusion.

Panine, avec toute la fougue polonaise, faisait à Pierre les protestations les plus ardentes. Il n'aurait pas trop de sa vie entière pour payer la dette qu'il venait de contracter envers lui. Mais il était riche de reconnaissance, et il saurait faire honneur à ses engagements.

L'ex-fiancé de Micheline, le désespoir dans le cœur, se laissait presser et serrer en silence. La voix de celle qu'il aimait lui mit les larmes dans les yeux.

— Comme tu es bon et généreux ! disait la jeune fille. Comme tu t'es noblement sacrifié !

— Ne me remercie pas, répondit Pierre, je n'ai pas de mérite à avoir accompli ce que tu admires. Je suis faible, je n'aurais pas pu te voir pleurer.

Un grand mouvement s'était fait dans le salon. Cayrol expliquait à Herzog, qui l'écoutait avec une extrême attention, la portée de l'incident qui venait de se produire sous ses yeux. Serge Panine devenait le gendre de Mme Desvarennes. C'était un gros événement.

— Certes, dit l'Allemand, le gendre de Mme Desvarennes va devenir une puissance financière. Et prince avec cela ! Quel beau nom à inscrire dans un conseil d'administration !

Les deux financiers se regardèrent un instant. La même pensée leur était venue.

— Oui, mais, reprit Cayrol, Mme Desvarennes ne laissera jamais le prince entrer dans une affaire.

— Qui sait ? dit Herzog ; il faudra voir comment sera fait le contrat.

— Mais, s'écria vivement Cayrol, je ne voudrais pas avoir l'air d'entraîner le gendre de Mme Desvarennes à ma suite dans la spéculation.

— Qui vous parle de cela ? riposta froidement Herzog. Est-ce que je cherche des actionnaires ? J'ai plus d'argent qu'il ne m'en faut ; je refuse tous les jours des millions.

— Oh ! je sais que les capitalistes courent après vous, dit Cayrol en riant. Et, pour les accueillir, vous faites des manières, comme une jolie femme. Mais allons féliciter le prince.

Pendant que Cayrol et Herzog échangeaient ces quelques mots, qui eurent une importance si considérable pour l'avenir de Serge Panine, une scène terrible par sa simplicité, se passait, absolument inaperçue. Micheline s'était jetée, avec une furie de tendresse satisfaite, dans les bras de sa mère. Serge assistait, ému, à cette effusion, dont l'amour de la jeune fille pour lui était la cause, quand une main tremblante se posa sur son bras. Il se retourna. Jeanne de Cernay était devant lui, blême, les yeux rentrés au fond de la tête comme deux clous noirs, les lèvres serrées par une contraction violente. Le prince, à sa vue, resta interdit. Il lança vivement un coup d'œil autour de lui. Nul ne l'observait. Pierre était près de Maréchal qui lui disait à voix basse de ces choses que les véritables amis seuls savent trouver aux heures tristes de la vie. Mme Desvarennes tenait Micheline dans ses bras. Serge s'approcha de Mlle de Cernay ; Jeanne fixait toujours sur lui le même regard menaçant. Il eut peur.

— Prenez garde ! dit-il.

— A quoi ? répondit d'une voix égarée la jeune fille : qu'ai-je à craindre maintenant ?

— Que voulez-vous ? reprit Panine avec une fermeté froide et avec un geste d'impatience.

— Je veux vous parler immédiatement.

— C'est impossible, vous le voyez bien.

— Il le faut !

Cayrol et Herzog venaient au prince. Serge sourit à Jeanne avec un signe de tête qui voulait dire : oui. La jeune fille se détourna en silence, attendant visiblement l'exécution de la promesse faite.

Cayrol la prit par la main avec une tendre familiarité :

— Que lui disiez-vous, mademoiselle, à cet heureux prince qui touche au but entrevu dans ses rêves ? Ce n'est pas à lui qu'il faut parler, c'est à moi, pour me donner quelque espoir. L'instant est propice ; c'est la journée aux fiançailles. Vous savez combien je vous aime : faites-moi la faveur de ne plus me repousser comme vous l'avez fait jusqu'ici ! Si vous vouliez être bonne, voyez comme ce serait charmant ! On célébrerait les deux mariages le même jour. Une seule église, une seule cérémonie, et une fête splendide qui réunirait les quatre époux. Est-ce que ce tableau n'a rien qui puisse vous séduire ?

— Je ne suis pas facile à séduire, vous le savez, répondit Jeanne d'une voix ferme, en s'efforçant de sourire.

Micheline et Mme Desvarennes s'étaient rapprochées.

— Voyons, Cayrol, dit Serge avec un entrain de commande, je suis heureux aujourd'hui ; je réussirai peut-être pour vous comme pour moi. Voulez-vous me laisser plaider votre cause auprès de Mlle de Cernay ?

— De grand cœur. J'ai tant besoin d'un avocat éloquent, soupira le banquier en secouant la tête avec mélancolie.

— Et vous, mademoiselle, voulez-vous vous soumettre à l'épreuve ? demanda le prince en se tournant vers Jeanne. Nous avons toujours été fort bons amis, et je vais presque devenir un frère pour vous. Cela me donne quelques droits sur votre esprit et votre cœur, il me semble. M'autorisez-vous à les faire valoir ?

— Faites, monsieur, répondit froidement Jeanne. La tentative est nouvelle. Qui sait ? Elle réussira peut-être !

— Fasse le ciel que cela soit ! s'écria Cayrol.

Puis, s'approchant de Panine :

— Ah ! cher prince, que de reconnaissance ! Vous savez, ajouta-t-il à voix basse, si vous avez besoin de quelques milliers de louis pour la corbeille...

— Là ! Là ! corrupteur ! répliqua Serge, avec la

même gaieté un peu forcée, voilà que vous mettez
votre argent en avant. Vous voyez qu'il n'est pas invincible, puisque vous êtes forcé d'avoir recours à mes
faibles talents. Mais sachez que je veux travailler pour
la gloire.

Et se tournant vers Mme Desvarennes :

— Je ne demande qu'un quart d'heure.

— Ne te défends pas trop, dit Micheline à l'oreille
de sa compagne, en lui donnant un tendre baiser que
celle-ci ne lui rendit pas.

— Viens avec moi, dit Micheline à Pierre en lui prenant le bras, je veux être à toi seul pendant que Serge
va confesser Jeanne. Je redeviens ta sœur comme
autrefois. Si tu savais comme je t'aime !

La vaste porte-fenêtre qui donnait sur le jardin
venait d'être ouverte par Maréchal, et les tièdes senteurs d'une belle nuit de printemps avaient embaumé
le salon. Ils descendirent tous auprès de la verte
pelouse. Des milliers d'étoiles étincelaient dans le ciel.
Les yeux de Micheline et ceux de Pierre se levèrent
vers la voûte d'azur sombre, et cherchèrent vaguement l'astre qui présidait à leur destinée. Elle, pour
savoir si la vie serait le long poème d'amour qu'elle
avait rêvé, lui pour demander si la gloire, cette maîtresse si exigeante à laquelle il avait fait tant de sacrifices, viendrait au moins le consoler de sa tendresse
perdue.

VII

Dans le salon, Jeanne et Serge étaient restés debout
en face l'un de l'autre. Le masque était tombé de leur
visage ; le sourire de commande avait disparu. Ils se
regardaient attentivement, comme deux duellistes qui

cherchent à lire dans leur jeu réciproque, afin de se
mettre en garde contre le coup mortel et de préparer
la riposte décisive. Ce fut Jeanne qui attaqua :

— Pourquoi êtes-vous parti pour l'Angleterre il y a
trois semaines, sans me voir, sans me parler ?

— Qu'aurais-je pu vous dire ? répondit le prince
d'un air de fatigue et de profond abattement.

Jeanne lui lança un regard brillant comme un
éclair :

— Vous auriez pu me dire que vous veniez demander la main de Micheline !

— C'eût été brutal !

— C'eût été honnête ! Mais il aurait fallu risquer
une explication et vous n'aimez pas à vous expliquer.
Vous avez préféré me laisser deviner cette nouvelle
dans les réticences de ceux qui m'entourent, aux
chuchotements des étrangers. C'était plus simple, en
effet, et plus commode pour vous !

Toutes ces paroles avaient été dites par Jeanne
avec une vivacité fiévreuse. Les phrases sifflaient, cou-
pantes comme des coups de fouet. L'agitation de la
jeune fille était violente, ses joues devenaient rouges,
et sa respiration s'embarrassait dans sa gorge, étranglée par l'émotion. Elle s'arrêta un instant, puis, se
tournant vers le prince, et le regardant bien en face :

— Ainsi, c'est décidé, ce mariage ?

Serge répondit :

— Oui.

Ce fut plus faible qu'un souffle. Comme si elle ne
pouvait y croire, Jeanne répéta :

— Vous épousez Micheline ?

Et comme Panine, d'une voix plus ferme, répondait
encore : oui ! la jeune fille fit deux pas rapides, et,
approchant son visage enflammé de celui du prince :

— Et moi, alors ? dit-elle avec une violence qu'elle
ne parvenait plus à contenir.

Serge fit un geste. La fenêtre du salon était encore
ouverte et du dehors on pouvait les entendre.

— Jeanne, par grâce, calmez-vous ! reprit-il. Je vous vois dans une exaltation...

— Qui vous inquiète ? interrompit la jeune fille en ricanant.

— Oui, mais pour vous seule, dit le prince froidement.

— Pour moi ?

— Certes. Je crains que vous ne commettiez une imprudence qui vous perdrait sans retour.

— Oui, mais vous avec moi ! Et c'est cela seulement qui vous fait peur.

Le prince regarda Mlle de Cernay en souriant. Il changea de ton et lui prenant la main :

— Comme vous êtes donc méchante ce soir ! Et que de colère contre ce pauvre Serge ! Quelle idée va-t-il concevoir de son mérite, en vous voyant lui faire une si flatteuse scène de jalousie ?

Jeanne se dégagea avec brusquerie :

— Ah ! n'essayez pas de plaisanter. Ce n'est pas le moment, je vous le jure. Il faut que vous ne vous rendiez pas un compte exact de votre situation. Vous ne comprenez donc pas que je suis prête à tout dire à Mme Desvarennes... ?

— Tout ? dit le prince. En vérité, ce ne sera pas grand-chose. Vous lui raconterez que je vous ai rencontrée en Angleterre, que je vous ai fait la cour et que vous avez bien voulu trouver mes assiduités agréables. Et puis ?... Il vous plaît de prendre au tragique ce songe d'une nuit d'été sous les grands arbres de Churchill-Castle, et vous venez me reprocher mes torts ! Mais quels sont-ils ? Sérieusement, je ne les vois pas. Nous vivions dans un monde très bruyant, où nous jouissions de la liberté que les mœurs anglaises accordent à la jeunesse. Votre tante ne trouvait rien à redire à ce marivaudage charmant que nos voisins appellent la flirtation. Je vous ai dit que je vous aimais : vous m'avez laissé entendre que je ne vous déplaisais pas. Nous avons, grâce à ce bel accord, passé un été charmant, et voilà que vous ne voulez plus revenir de cette petite excursion galante, faite hors des limites tracées par notre monde parisien, si rigoriste, quoi qu'on en dise ! Cela n'est pas raisonnable et c'est très imprudent. Si vous donniez suite à vos propos menaçants, si vous preniez ma future belle-mère comme juge des droits que vous invoquez, ne comprenez-vous pas que vous seriez condamnée d'avance ? Ses intérêts sont directement opposés aux vôtres. Entre sa fille et vous, est-ce qu'elle peut hésiter ?

— Oh ! vas calculs sont habiles et vos mesures étaient bien prises, répondit Jeanne. Cependant, si Mme Desvarennes n'était pas la femme que vous croyez, si elle prenait fait et cause pour moi, et, pensant que celui qui a été amant déloyal sera mari infidèle, elle augurait de l'avenir de sa fille par mon passé à moi, qu'arriverait-il ?

— Simplement ceci, répondit Serge. Las de la vie précaire et hasardeuse que je mène, je partirais en Autriche et reprendrais du service. L'uniforme est le seul vêtement qui puisse déguiser honorablement la misère.

Jeanne regarda le prince avec angoisse, puis, faisant un effort :

— Ainsi, en tout cas, dit-elle, pour moi, l'abandon ?

Et, se laissant tomber sur un siège, elle se cacha le visage entre les mains. Panine resta un instant silencieux. La douleur de la jeune fille, qu'il devinait sincère, le troublait plus qu'il ne voulait le laisser voir. Il avait aimé Mlle de Cernay, et il l'aimait encore. Mais il sentait qu'un mouvement de faiblesse le mettait à la merci de Jeanne, et qu'un aveu tombé de ses lèvres, en ce grave moment, équivalait à la rupture de son mariage avec Micheline. Il se raidit contre ses impressions et répliqua avec une douceur insinuante :

— Que parlez-vous d'abandon, quand un brave garçon qui vous aime et qui a une superbe fortune veut vous épouser ?

Mlle de Cernay releva brusquement la tête.

— Ainsi, c'est vous qui me proposez d'épouser M. Cayrol ? Et rien ne se révolte en vous à l'idée que je peux me laisser aller à suivre votre conseil ? Mais, vous m'avez donc trompée depuis le premier instant où vous m'avez parlé ? Vous ne m'avez donc pas aimée un jour ? Pas une heure ?

Serge sourit, et reprenant son ton caressant et léger :

— Ma chère Jeanne, si j'avais cent mille francs de rentes, je vous donne ma parole d'honneur que je n'épouserais pas une autre femme que vous, car vous feriez une adorable princesse.

Mlle de Cernay fit un geste d'indifférence superbe :

— Eh ! que m'importe ce titre ? dit-elle avec passion. Ce que je veux, c'est vous ! Rien que vous !

— Vous ne savez pas ce que vous me demandez. Je vous aime trop pour vous associer à ma destinée. Si vous la connaissiez, cette gêne dorée, cette misère en gants blancs qui est mon lot, vous seriez effrayée, et vous comprendriez que, dans ma résolution de m'écarter de vous, il y a beaucoup de tendresse et de générosité. Croyez-vous qu'on renonce facilement à une femme aussi adorable que vous l'êtes ? Je m'y résigne cependant. Que ferais-je de ma belle Jeanne dans le petit appartement de trois pièces que j'habite rue Madame ? Est-ce avec les dix ou douze mille francs que je tiens de la libéralité des Panine de Russie, que je pourrais subvenir aux dépenses d'un ménage ? J'ai déjà de la peine à me suffire à moi-même. Je vis au cercle où je mange à bon marché. Je monte les chevaux de mes amis, et je ne touche jamais une carte, quoique je sois passionnément joueur. Je vais beaucoup dans le monde ; on m'y voit briller, superbe, et je rentre chez moi à pied pour économiser une course de voiture. C'est ma concierge

qui fait ma chambre et s'occupe de tenir mon linge
en bon état. Ma vie intime est triste, sombre, humiliée. Elle est la noire chrysalide du papillon éclatant
que vous connaissez. Voilà ce qu'est le prince Panine,
ma chère Jeanne. Un gentilhomme de bonne mine, de
haute apparence, qui vit avec l'économie d'une vieille
fille. On le voit passer élégant et joyeux, et on envie
son luxe. Luxe de pacotille, trompeur comme les
chaînes de montre en chrysocale. Vous comprenez,
n'est-il pas vrai, maintenant, que je ne puis sérieusement vous offrir la moitié d'une existence pareille ?

Mais si, avec ce tableau, d'ailleurs rigoureusement
exact, de sa vie, Panine avait cru détourner de lui la
jeune fille, il s'était trompé. Il avait compté sans
l'exaltation de Jeanne, qui devait l'entraîner à accepter tous les sacrifices pour conserver l'homme qu'elle
adorait.

— Si vous étiez riche, Serge, dit-elle, je n'aurais
pas fait un effort pour vous ramener à moi. Mais vous
êtes pauvre, et j'ai le droit de vous dire que je vous
aime : la vie, près de vous, serait toute de dévouement
et d'abnégation. Chaque peine endurée serait une
preuve d'amour, et c'est pour cela justement que je
veux souffrir. Votre vie, avec moi, ne serait ni triste
ni humiliée. Je la ferais douce par ma tendresse et
rayonnante de ma joie. Et nous serions tellement
heureux que vous diriez : Comment ai-je pu jamais
rêver autre chose ?

— Hélas ! Jeanne, reprit le prince, c'est une idylle
poétique et charmante que vous me faites entrevoir.
Nous fuirions, n'est-il pas vrai, loin du monde ? Nous
irions dans un coin ignoré reconquérir le paradis
perdu. Combien ce bonheur durerait-il ? Une saison,
le printemps de notre jeunesse. Puis l'automne viendrait, âpre et morose. Les illusions s'envoleraient
comme des hirondelles dans les romances, et nous
nous apercevrions avec épouvante que ce que nous
avions pris pour une félicité éternelle n'était que le

rêve d'un jour ! Pardonnez-moi ces paroles pleines de désenchantement, ajouta Serge en voyant Jeanne se lever brusquement, mais notre existence se décide en ce moment. C'est la raison seule qu'il faut écouter.

— Et moi je vous supplie de n'écouter que votre cœur ! s'écria Mlle de Cernay en saisissant les mains du prince, qu'elle serra dans ses doigts frémissants. Souvenez-vous que vous m'aimiez. Dites que vous m'aimez toujours !

Jeanne s'était rapprochée de Serge. Son visage brûlant touchait presque celui du jeune homme. Ses yeux, brillants de fièvre, imploraient avec passion un regard plus doux. Elle était ainsi d'une beauté tellement entraînante, que Panine, si maître de lui qu'il fût, perdit la tête un moment. Ses bras entourèrent les épaules de l'adorable suppliante, et, brusquement, ses lèvres se plongèrent dans les masses sombres de ses cheveux.

— Serge ! s'écria Mlle de Cernay en saisissant ardemment celui qu'elle aimait.

Mais le prince fut aussi vite calmé qu'il avait été irrésistiblement enivré. Il repoussa doucement Jeanne.

— Voyez, dit-il avec un sourire, comme nous sommes peu raisonnables l'un et l'autre, et avec quelle facilité nous ferions une sottise irréparable ! Et cependant nos moyens ne nous le permettent pas !

— Par grâce, ne m'éloignez pas de vous ! dit Jeanne désespérée. Vous m'aimez, je le sens, tout me le dit ! et vous voulez m'abandonner parce que vous êtes pauvre et que je ne suis pas riche ! Est-ce qu'un homme est jamais pauvre quand il a deux bras ? Travaillez !

Cette apostrophe avait été lancée par Jeanne avec une admirable énergie. On sentait en elle une force de passion capable de surmonter tous les obstacles. Serge tressaillit. Pour la seconde fois, il se sentait atteint jusqu'à l'âme par cette étrange fille. Il comprit qu'il fallait ne lui laisser aucune illusion, et jeter de la glace sur le feu qui la dévorait.

— Ma chère Jeanne, dit Serge avec une affectueuse douceur, vous déraisonnez tout à fait. Pour le prince Panine, mettez-vous bien cela dans la tête, il n'y a que trois conditions sociales possibles : Etre riche, soldat ou prêtre. J'ai le choix. A vous de décider.

Cette nette définition brisa les dernières résistances de Mlle de Cernay. Elle sentit que tout était inutile, et, se laissant aller sur un canapé, écrasée de douleur, elle balbutia :

— Ah ! cette fois, c'est fini, je suis perdue !

Panine alors, s'approchant d'elle, insinuant et souple, tel que le serpent auprès de la première femme, lui murmura tout près de l'oreille, comme s'il eût craint que ses paroles, en se répandant dans l'air, perdissent leur subtil poison :

— Non, vous n'êtes pas perdue. Vous êtes sauvée, au contraire, si vous voulez seulement m'écouter et me comprendre. Que sommes-nous l'un et l'autre ? Vous, une enfant recueillie par une femme généreuse ; moi, un gentilhomme ruiné. Vous vivez dans le luxe grâce à la libéralité de Mme Desvarennes ; moi, je me soutiens à peine dans le monde grâce aux secours de ma famille. Notre présent est précaire, notre avenir est hasardeux. Et voilà que tout à coup la fortune passe à notre porte. Il suffit que nous tendions la main et, d'un seul coup, nous conquérons la puissance inconnue que donne la richesse ! La richesse ! ce but vers lequel court toute l'humanité ! Comprenez-vous ? Nous, les faibles et les dédaignés, nous devenons les forts et les superbes. Et que faut-il pour cela ? Un éclair de raison, une minute de sagesse : oublier un rêve et accepter la réalité.

Jeanne le laissa jusqu'au bout développer sa pensée. Un pli amer avait creusé sa lèvre. Désormais, elle ne devait plus croire à rien. Après avoir écouté ce que Serge venait de dire, elle pouvait tout entendre.

— Ainsi, reprit-elle, le rêve, c'est l'amour ; la réalité, c'est l'intérêt ! Et c'est vous qui me tenez ce langage, pour qui j'étais prête à tous les sacrifices ! Vous, que j'aurais servi à genoux ! Et quelle raison me donnez-vous pour justifier votre conduite ? L'argent ! l'argent indispensable et stupide ! Rien que l'argent ! Mais c'est odieux ! Et infâme, et ignoble !

Serge reçut cette bordée d'injures sans baisser le front. Il s'était fait sourd aux insultes. Jeanne poursuivit avec une rage grandissante :

— Cette Micheline qui a tout, elle, famille, fortune, amis, et qui me prend mon seul bien : votre amour, dites-moi donc que vous l'aimez. Ce sera plus cruel ; mais ce sera moins vil ! Mais non, voyons, ce n'est pas possible ! Vous avez cédé à la tentation en la voyant si riche, vous avez eu une heure de convoitise, mais vous allez revenir à vous-même et agir en honnête homme. Pensez donc qu'à mes yeux vous vous déshonorez ! Serge ! répondez-moi !

Et elle le saisissait de nouveau, elle essayait de l'entraîner par son ardeur, de l'échauffer par sa passion. Lui, il restait immobile, silencieux et glacé. Elle eut une révolte de conscience :

— C'est bien, dit-elle, épousez-la !

Elle resta sombre et farouche, semblant avoir oublié qu'il était là. Elle songeait profondément. Puis, avec violence, se mettant à marcher dans le salon :

— Puisque décidément c'est cet implacable intérêt, auquel je viens de me heurter, qui est la loi du monde, le mot d'ordre social ! Puisqu'en refusant de partager la folie commune je risque de rester isolée dans ma faiblesse et qu'il faut être forte pour s'imposer à tous ! C'est bien ! Je vais agir désormais de façon à n'être plus ni dupe ni victime. A l'avenir tout pour moi, et malheur à qui me fera obstacle ! C'est là, n'est-ce pas, la morale du siècle ?

Elle se mit à rire nerveusement :

— Etais-je bête ! Allons, prince, vous m'avez déniaisée. Grand merci de la leçon. Elle a été dure, mais elle me profitera.

Le prince, étourdi d'un si prompt changement, écoutait Jeanne avec stupeur. Il ne comprenait pas encore bien.

— Qu'allez-vous faire ? dit-il.

Jeanne le regarda avec une expression diabolique. Ses yeux étaient brillants comme des étoiles, ses dents blanches étincelaient entre ses lèvres.

— Je vais, répondit-elle, poser les premières bases de ma puissance et, pour suivre votre conseil, épouser un millionnaire !

Elle courut à la fenêtre et se penchant vers le jardin plein d'ombre, elle cria :

— Monsieur Cayrol !

Serge, plein de surprise et mordu par une soudaine jalousie, s'élança vers elle comme pour la rappeler.

— Jeanne ! dit-il en tendant vaguement les bras.

— Eh bien ! Qu'y a-t-il ? fit la jeune fille avec une écrasante hauteur. Etes-vous effrayé d'avoir si vite gagné votre procès ?

Et comme Serge se taisait :

— Allons, remettez-vous, ajouta-t-elle, vous toucherez de beaux honoraires. La dot de Micheline vaut la peine que vous vous êtes donnée !

On entendait le pas pressé de Cayrol qui gravissait l'escalier.

— Vous m'avez fait la faveur de m'appeler, mademoiselle ? dit-il en s'arrêtant sur le seuil du salon. Suis-je assez heureux pour avoir enfin trouvé grâce à vos yeux ?

— Voici ma main, répondit simplement Mlle de Cernay en tendant à Cayrol ses doigts blancs et effilés qu'il couvrit de baisers.

Mme Desvarennes était entrée derrière le banquier. Elle poussa une exclamation joyeuse.

— Cayrol, dit-elle, vous n'épouserez pas Jeanne seulement pour ses beaux yeux : je la dote !

Micheline venait de sauter au cou de sa compagne. Ce fut un concert de félicitations. Mais Jeanne, avec un air grave, emmenant Cayrol à part :

— Je veux agir honnêtement avec vous, monsieur. Je cède aux sollicitations dont je suis l'objet. Mais sachez que mes sentiments ne changent point si promptement. C'est ma main seule que je vous accorde aujourd'hui.

— Je n'ai pas la fatuité de penser que vous m'aimez, mademoiselle, dit humblement Cayrol. Vous me donnez votre main ; ce sera à moi de gagner votre cœur, et avec le temps et une sincère affection, je ne désespère point d'y parvenir. Je suis profondément heureux, croyez-le bien, de la grâce que vous me faites, et toute ma vie se passera à vous en prouver ma reconnaissance.

Jeanne fut émue : elle regarda Cayrol et ne le trouva plus aussi commun qu'il lui paraissait d'habitude. Elle promit de faire tout ce qui dépendrait d'elle pour s'attacher à ce brave homme.

Serge, prenant congé de Mme Desvarennes, lui disait :

— En échange de tout le bonheur que vous me donnez, je n'ai à vous offrir que ma vie, acceptez-la, madame, elle est bien à vous.

La patronne regarda profondément le prince ; puis, d'un ton singulier :

— J'accepte, dit-elle. A compter d'aujourd'hui, vous m'appartenez.

Maréchal prit le bras de Pierre et l'emmenant au-dehors :

— Le prince vient de prononcer des paroles, dit-il, qui me rappellent Antonio disant au Juif dans *le Marchand de Venise :* « Tes sequins en échange d'une livre de ma chair. » Mme Desvarennes aime sa fille d'une tendresse plus redoutable que celle qu'avait Shylock pour son or. Le prince fera bien d'être exact à l'échéance, et de payer fidèlement les arrérages de bonheur qu'il a promis.

VIII

Le lendemain de cette mémorable soirée, Pierre partit pour Alger, malgré les prières de Mme Desvarennes qui voulait le garder auprès d'elle. Il allait terminer ses affaires. Il promit d'être de retour pour le mariage. Décidé à faire contre mauvaise fortune bon cœur, il était prêt à boire jusqu'à la lie le calice amer de ses désillusions. La patronne, voulant lui donner un dédommagement, lui avait proposé la direction de l'usine de Jouy avec un important intérêt dans la maison.

— De la sorte, disait-elle, si tu n'es pas mon fils, tu seras au moins mon associé. Et si je ne te laisse pas toute ma fortune à ma mort, je pourrai t'enrichir de mon vivant.

Pierre n'accepta pas. Il ne voulut point qu'on pût le soupçonner d'avoir, en rêvant d'épouser Mme Desvarennes, essayé de faire une spéculation. Il voulut sortir, les mains vides, de cette maison dans laquelle il avait espéré passer toute sa vie, afin que nul ne pût douter que c'était la femme qu'il aimait en Micheline, et non l'héritière. On lui avait offert une fort belle affaire de mines à diriger en Savoie ; il trouverait là, en même temps, profit et honneur, car il y avait des études scientifiques très intéressantes à faire pour mener à bien l'exploitation dont il se chargeait. Il projetait de se jeter à corps perdu dans le travail, et de demander à l'étude l'oubli de ses chagrins.

A l'hôtel de la rue Saint-Dominique, le mariage était

poussé grand train. D'un côté, le prince, et, de l'autre, Cayrol, mettaient une ardeur extrême à hâter les préparatifs de ce beau jour, l'un, parce qu'il y voyait la réalisation de ses rêves ambitieux, l'autre, parce qu'il y trouvait la satisfaction de sa folle passion. Serge, gracieux et attentionné, se laissait adorer par Micheline, qui ne pouvait se rassasier de voir et d'entendre celui qu'elle aimait. C'était une sorte de délire qui s'était emparé de la jeune fille. Mme Desvarennes assistait, avec une stupéfaction profonde, à cette métamorphose de son enfant. La Micheline indolente et un peu froide, se laissant vivre, avec une morbidesse d'odalisque couchée sur des coussins de soie, s'était changée en une amoureuse remuante et agitée, les yeux flambants, les lèvres épanouies. Il s'exhalait d'elle comme un immense désir d'amour. Ainsi que ces fleurs qu'un rayon de soleil fait fleurir et embaumer, Micheline s'était, sous un regard de Serge, animée et embellie.

La mère en avait conçu une violente amertume. Elle parlait de cette transformation de sa fille avec un ironique dédain. Pour elle, Micheline n'était pas sérieuse. Seule, une poupée était capable de s'enamourer aussi follement d'un homme pour sa seule beauté. Car, à son avis, au moral, ce prince était d'une médiocrité navrante. Nul d'esprit, muet aussitôt que la conversation prenait un tour sérieux. Ne parlant que chiffons comme une femme, ou chevaux comme un maquignon. Et c'était un tel personnage qui affolait littéralement Micheline ! La patronne se sentait humiliée ; elle n'osait rien dire à sa fille, mais elle se soulageait auprès de Maréchal, dont la discrétion lui était connue, et qu'elle appelait volontiers le tombeau des secrets. Maréchal écoutait patiemment les confidences de Mme Desvarennes, et il essayait de combattre l'animosité croissante de la patronne contre son futur gendre. Non qu'il aimât le prince — il était trop du parti de Pierre pour être bien disposé à l'égard de

Panine —, mais, avec son bon sens, il comprenait que
Mme Desvarennes aurait tout à gagner à dissimuler
ses sentiments. Et quand la patronne, si redoutable
pour tout le monde, excepté pour sa fille, s'écriait
avec colère :

— Cette Micheline ! Je viens encore de la voir
passer dans le jardin, pendue au bras de ce grand
flandrin, les yeux fixés sur les siens, comme une
alouette fascinée par un miroir. Mais qu'est-ce qui
s'est passé en elle pour qu'elle soit dans un pareil
état ?

Maréchal l'interrompit doucement :

— Toutes les blondes sont comme cela, affirmait-il
dans sa gaieté ironique. Vous ne pouvez pas comprendre, vous, madame : vous êtes brune.

Alors Mme Desvarennes se fâchait :

— Laissez-moi tranquille, disait-elle, vous êtes stupide ! Elle a besoin d'être douchée, voilà tout ! Elle
est folle !

Cayrol, lui, vivait dans l'extase d'un Italien agenouillé devant la madone. Jamais il n'avait été si
satisfait. Un trouble profond s'était emparé de lui, il
pliait sous le poids de sa joie. Jusque-là il n'avait
jamais pensé qu'aux affaires. S'enrichir était le but
de sa vie, et maintenant il allait travailler à son
bonheur. Tout était plaisir pour lui. Il n'était pas
blasé ; il s'amusait comme un enfant à orner l'appartement qu'il devait habiter avec Jeanne. A son gré
rien n'était trop beau, ni trop coûteux pour le temple
de la déesse, comme il disait, avec un gros rire qui
éclairait toute sa figure. Et quand il parlait de ce
futur nid de ses amours, il disait, avec un frisson
voluptueux :

— C'est ravissant ! Un vrai petit paradis !

Puis, le financier reparaissant malgré tout, il ajoutait :

— Et je sais ce que cela me coûte !

Mais il ne regrettait pas son argent. Il savait qu'il

toucherait les intérêts. Sur un seul point, il avait des inquiétudes : la santé de Mlle de Cernay. Depuis le jour de leurs accordailles, Jeanne était devenue encore plus grave et plus sombre. Elle avait maigri, et les yeux s'étaient creusés, comme si, secrètement, elle pleurait. Quand il parla de ses préoccupations à Mme Desvarennes :

— Ces jeunes filles sont insensées, s'écria la patronne. Le mariage les met dans un état incompréhensible ! Regardez ma fille. Elle bavarde comme une pie, elle saute comme une chèvre. Elle a une paire de vers luisants sous les sourcils ! Quant à Jeanne, c'est une autre chanson ; elle a le *conjungo* mélancolique ; elle prend des airs penchés, comme une jeune victime ! Laissez faire, tout ça passera. Mais il faut avouer que la gaieté de l'une est, au moins, aussi irritante que la langueur de l'autre !

Cayrol, un peu rasséréné par cette sortie de Mme Desvarennes, et pensant comme elle que c'était l'inconnu du mariage qui troublait Jeanne, n'attacha plus d'importance aux tristesses de sa fiancée. Micheline et Serge s'isolaient complètement. Ils fuyaient au jardin aussitôt qu'un importun venait au salon troubler leur tête-à-tête. Si on descendait au jardin, ils se sauvaient dans la serre.

Cette manœuvre avait plu beaucoup à Serge qui se sentait toujours gêné sous le regard de Jeanne. Mlle de Cernay avait un certain pli dans le sourcil, quand elle voyait passer Micheline au bras du prince, qui mettait Panine au supplice. Il fallait cependant se retrouver à table le soir, car Serge et Cayrol dînaient rue Saint-Dominique. Le prince avait beau s'absorber dans ses conversations à voix basse avec Micheline, il était difficile, qu'à un moment donné, il n'adressât pas la parole à Jeanne. Ces moments-là étaient très pénibles pour Serge. Il craignait toujours quelque éclat, connaissant la nature ardente et passionnée de celle qu'il avait délaissée. Aussi, devant Jeanne, contenait-il

Micheline dans les limites d'une tendresse moins débordante. Mlle Desvarennes faisait honneur de cette réserve au tact et au bon ton du prince, sans se douter que ce qu'elle prenait pour la retenue de l'homme du monde n'était que la prudence de l'amant inquiet.

Jeanne endurait toutes les tortures de l'enfer. Trop orgueilleuse pour rien dire, après l'explication qu'elle avait eue avec Serge, trop éprise pour supporter d'un cœur impassible le spectacle du bonheur de sa rivale, elle voyait approcher, avec une profonde horreur, l'instant où elle appartiendrait à l'homme qu'elle était résolue à épouser, mais qu'elle n'aimait pas. Elle avait eu un moment l'idée de rompre, et, ne pouvant être à celui qu'elle adorait, au moins, de se garder à elle-même. Mais la pensée de la lutte qu'il lui faudrait soutenir contre tous ceux qui l'entouraient l'arrêta. Que ferait-elle chez Mme Desvarennes ? Il lui faudrait assister aux épanchements de Serge et de Micheline. Elle aimait mieux quitter la maison. Au moins, avec Cayrol, elle s'éloignerait, elle serait libre, et peut-être l'estime qu'elle ne pouvait manquer d'avoir pour son mari lui tiendrait-elle lieu d'amour. Une tendresse filiale, fraternelle, une tendresse quelconque enfin, ferait illusion à ce pauvre homme, qui ne demandait qu'à tout accepter de Jeanne. Et elle n'aurait plus devant les yeux ce groupe tournoyant de Micheline et de Serge, se promenant autour de la pelouse, et disparaissant, tendrement enlacés dans les sentiers étroits. Elle n'aurait plus dans l'oreille le bourdonnement de leur causerie amoureuse, entrecoupée, quand ils s'enfonçaient dans les coins pleins d'ombre, par un vague bruit de baisers.

Un soir, Serge, en arrivant dans le petit salon de la rue Saint-Dominique, trouva Mme Desvarennes toute seule. Elle avait sa mine grave des jours où il y avait une grosse affaire à lancer. Elle était debout devant la cheminée, les mains croisées derrière le dos, comme un homme. Visiblement, elle avait éloigné tout le monde. On entendait Cayrol, Micheline et Jeanne dans le jardin. Serge eut un froid au cœur. Il pressentit une difficulté. Mais, décidé à tout pour faire disparaître l'obstacle, quel qu'il fût, il fit bonne contenance et salua Mme Desvarennes, sans que son visage trahît son inquiétude.

— Bonjour, prince, dit la patronne, vous êtes venu de bonne heure aujourd'hui, pas autant que Cayrol, il est vrai, mais maintenant Cayrol ne sait plus ce qu'il fait. Asseyez-vous ; nous avons à causer. Vous pensez bien qu'une fille comme Mlle Desvarennes ne se marie pas sans que ses fiançailles fassent quelque bruit. Les langues marchent ferme, dans notre entourage, et les plumes aussi. On est venu me dire beaucoup de mal de vous, et j'ai reçu un joli lot de lettres anonymes sur votre compte.

Et comme Serge faisait un geste d'indignation :

— Ne vous faites pas d'émotion, continua la patronne, je n'ai pas écouté les bavardages et j'ai brûlé les lettres. Les uns disaient que vous étiez un homme dissolu, capable de tout pour arriver à votre but. Les autres insinuaient que vous n'étiez pas prince, que vous n'étiez pas Polonais, que vous étiez né aux Ternes d'un cocher russe et d'une couturière, que vous aviez vécu aux crochets de Mlle Anna Montplaisir, l'étoile des *Variétés*, et que vous vous mariiez pour payer vos dettes avec l'argent de ma fille.

Panine, pâle comme un mort, se leva cette fois, et d'une voix étranglée :

— Madame ! s'écria-t-il...

— Asseyez-vous, mon cher enfant, interrompit la patronne, si je vous raconte ces choses, c'est que j'ai la preuve qu'elles ne sont pas vraies. Autrement, je ne me serais même pas donné la peine de causer avec vous ; je vous aurais consigné ma porte, et tout aurait été dit. Certes, vous n'êtes pas un ange, mais les peccadilles que vous avez commises sont de celles qu'on pardonne à un fils, et qui, de la part d'un gendre, font sourire certaines mères.

« Vous êtes prince, vous êtes beau, vous avez été aimé. Vous étiez garçon ; c'était votre affaire. Mais vous allez être, dans une dizaine de jours, le mari de ma fille, et il est nécessaire que nous prenions quelques dispositions. Or, je vous ai attendu pour vous parler de votre femme, de vous et de moi. »

Ce que Mme Desvarennes venait de dire avait soulagé Serge d'un grand poids. Il se sentit tellement heureux qu'il résolut de tout faire pour que la mère de sa fiancée fût satisfaite.

— Parlez, madame, répondit-il, je vous écoute avec autant d'attention que de confiance, car de vous je ne puis rien attendre que de bon et de sensé.

La patronne sourit.

— Oh ! Je sais que vous avez la langue dorée, mon bel ami, mais je ne me paie pas de mots, moi, et je ne suis pas facile à enjôler.

— Ma foi, reprit Serge, je ne mettrai pas de malice à essayer de vous plaire ; je me contenterai d'y mettre beaucoup de cœur.

Le visage de Mme Desvarennes, à ces paroles, s'illumina subitement, comme un paysage masqué par la brume et que vient éclairer un rayon de soleil.

— Alors, nous allons nous entendre tout de suite, dit-elle. Depuis quinze jours, nous vivons dans les préparatifs du mariage ; nous n'avons pas pu parler raison. Du reste, tout le monde divague ici. Cependant, nous allons commencer une nouvelle existence, et je crois qu'il serait bon d'en poser les bases. J'ai l'air de rédiger un contrat, n'est-ce pas ? Que voulez-vous, c'est une vieille habitude de commerçante. J'aime à savoir où je vais.

— Je ne vois là rien que de très légitime. Je trouve même qu'en ne m'imposant pas vos conditions avant de donner votre consentement, vous avez agi avec une extrême délicatesse.

— Est-ce que cela vous a bien disposé pour moi ?
Tant mieux ! dit la patronne. Car, vous le savez, je
dépends de ma fille qui va désormais dépendre de
vous et il est de mon intérêt de me mettre dans vos
petits papiers.

En prononçant ces paroles avec une bonhomie en-
jouée, Mme Desvarennes avait un léger tremblement
dans la voix. Elle se rendait compte de l'importance
de la partie qu'elle jouait, et elle tenait à la gagner
à tout prix.

— Voyez-vous, continua-t-elle, je ne suis pas une
femme commode. Je suis un peu despote, je le sais ;
j'ai tellement pris l'habitude de commander depuis
trente-cinq ans ! Les affaires étaient lourdes, et il fallait de la volonté. J'en ai eu. Et dame, le pli est pris.
Aussi, cette diablesse de volonté, qui m'a si bien réussi
dans mon commerce, j'ai peur qu'avec vous, elle ne
me joue des tours. Ceux qui vivent autour de moi
depuis longtemps savent que si j'ai la tête vive, j'ai
bon cœur. Ils se plient à ma tyrannie ; mais vous, qui
êtes nouveau dans la maison, comment allez-vous
prendre ça ?

— Je ferai comme les autres, répondit Serge, très
simplement, je me laisserai mener, et avec joie. Pensez donc que je vis, depuis des années, sans famille,
sans lien, à l'abandon. Et soyez sûre que toute chaîne
me sera légère et douce qui m'attachera à quelqu'un
et à quelque chose. Et puis franchement, dit-il en
changeant de ton et en regardant Mme Desvarennes
avec tendresse, si je ne faisais pas tout pour vous
plaire, je serais bien ingrat.

— Oh ! s'écria Mme Desvarennes, ce n'est malheureusement pas une raison.

— En voulez-vous une meilleure ? reprit le jeune
homme en donnant à sa voix si pénétrante tout le
charme qu'elle pouvait avoir. Si je n'avais pas épousé
votre fille pour elle-même, je crois que je l'aurais
épousée à cause de vous.

Pour le coup, la patronne se dérida tout à fait. Et
menaçant Serge du bout du doigt :

— Ah ! Polonais, dit-elle, gascon du Nord !

— Sérieusement, continua Serge, avant de savoir
que je deviendrais votre gendre, je vous considérais
comme une femme tout à fait hors ligne. A l'admiration que j'avais pour vos hautes capacités, joignez
l'affection que m'a inspirée votre bonté, et vous com-
prendrez que je sois, à la fois, très heureux et très fier
d'avoir une mère telle que vous.

Mme Desvarennes regarda Panine attentivement ;
elle le vit sincère. Alors, prenant son courage, elle
aborda le point capital de cet entretien, le point
auquel elle subordonnait tout.

— S'il en est ainsi, interrogea-t-elle, vous n'aurez
donc pas de répugnance à vivre auprès de moi ? Elle
s'arrêta, puis, appuyant : chez moi ?

— Mais, est-ce que cela n'était pas sous-entendu ?
riposta vivement Serge, je l'ai toujours compris ainsi.
Vous avez dû voir que je ne m'étais pas occupé de
chercher une habitation pour ma femme et pour moi.
Si vous ne m'aviez pas offert de rester chez vous, je
vous l'aurais demandé.

Mme Desvarennes eut une telle expression de joie
qu'elle stupéfia Panine. Ce fut là seulement, dans cette
pâleur, dans ce tremblement soudain et dans cette
voix changée, qu'il comprit toute l'immensité de la
tendresse de cette mère pour sa fille.

— J'ai tout à gagner à cet arrangement, continua-
t-il ; ma femme sera heureuse de ne pas vous quitter,
et vous, vous me saurez gré de ne pas vous avoir
enlevé Mlle Micheline. L'une et l'autre vous m'en
aimerez davantage, et c'est tout ce que je souhaite.

— Que c'est bien, ce que vous faites là ! reprit
Mme Desvarennes, et que je vous remercie ! Je craignais que vous n'eussiez des idées d'indépendance.

— J'aurais été heureux de vous les sacrifier, mais
je n'ai même pas ce mérite.

Tout ce que Serge avait dit était si franc, si net, et exprimé avec une douceur si pénétrante que peu à peu les préventions de Mme Desvarennes s'effaçaient. Il s'empara d'elle comme il s'était emparé de Micheline et comme il devait s'emparer de tous ceux qu'il se proposait de conquérir. Son charme agissait irrésistiblement. Il entrait en vous par les yeux et les oreilles. Séducteur-né, mouvant, captieux, hardi, il gardait toujours ses airs naïfs et tendres qui le faisaient ressembler à une fille.

— Je vais vous expliquer comment nous nous arrangerons, reprit la patronne. En prévision du mariage de ma fille, j'ai fait diviser mon hôtel en deux habitations bien distinctes. On dit que la vie en commun offre beaucoup d'inconvénients pour une belle-mère et pour un gendre. Aussi je tiens à ce que vous soyez chez vous complètement. Je sais qu'une vieille figure comme moi effarouche les amoureux. Je ne viendrai chez vous que quand vous m'inviterez. Mais, même enfermée au fond de mon appartement, je serai avec ma fille, je respirerai le même air qu'elle. Je l'entendrai aller, venir, chanter, rire, et je me dirai : « Cela va bien ! Elle est contente ! » Voilà tout ce que je demande : un petit coin d'où je puisse assister à sa vie.

Serge lui prit la main avec effusion :

— Ne craignez rien, dit-il, votre fille ne vous quittera jamais.

Mme Desvarennes, incapable de contenir la joie qui l'inondait, ouvrit ses bras, dans lesquels Serge se jeta avec la fougue d'un véritable fils.

— Savez-vous que je vais vous adorer ! s'écria-t-elle en montrant à Panine un visage rayonnant de contentement.

— Mais je l'espère bien ! répliqua vivement le jeune homme.

Mme Desvarennes devint songeuse :

— Quelle étrange chose que la vie ! reprit-elle. Je

ne voulais pourtant pas de vous pour gendre. Je vous ai fait une opposition acharnée, et voilà que vous vous conduisez envers moi de façon à me donner des remords. Oh ! Je comprends que vous passiez pour un homme dangereux, si vous vous entendez à retourner le cœur des autres femmes, comme vous venez de retourner le mien.

Elle regarda fixement le prince, puis de sa voix de commandement haute et claire, avec une nuance de gaieté :

— Ah çà ! j'espère que tous vos moyens de séduction vous les réserverez pour ma fille maintenant. Plus de marivaudages, hein ? Elle vous aime ; elle serait jalouse. Et vous, vous feriez une mauvaise affaire avec moi ! Faites à ma Micheline une bonne existence calme, sans un nuage... Du bleu ! Toujours du bleu !

— Cela sera facile, dit Serge. Pour être malheureux il faudrait aller au-devant du malheur, et certes je n'irai pas.

Il se mit à rire.

— Et puis vos bons amis, poursuivit-il, qui vous ont tant critiquée quand vous m'avez accordé la main de Mlle Micheline, seraient trop contents ! Je ne leur ferai pas ce plaisir de leur permettre de se poser en augures et de crier sur tous les tons : Nous l'avions bien dit !

— Il faut les excuser, répondit Mme Desvarennes. Vous avez fait bien des jaloux. Sans parler de certains projets que j'avais en tête, ma fille a été demandée par tout ce qu'il y a de mieux sur la place de Paris. Des maisons de première marque ! On a été un peu mécontent dans notre monde. On a dit : Mme Desvarennes a voulu que sa fille fût princesse. Nous verrons comment cela lui réussira. Son gendre lui mangera son argent et la méprisera. Propos de gens vexés. Donnez-leur un démenti, arrangez-vous pour que nous

soyons tous heureux, et nous aurons raison contre
tout le monde.

— Espérez-vous que cela sera ?

— J'en suis sûre, conclut la patronne en serrant
affectueusement la main de son futur gendre.

Micheline entrait, anxieuse de voir la conversation
se prolonger entre sa mère et son fiancé. Elle vit
Serge et Mme Desvarennes la main dans la main. Elle
poussa un cri de joie, et, s'élançant au cou de sa mère,
elle l'embrassa avec une tendresse à laquelle celle-ci
n'était plus habituée.

— Eh bien ! Vous êtes d'accord ? dit-elle, en faisant
à Serge un signe gracieux.

— Il a été charmant, répondit Mme Desvarennes en
parlant à l'oreille de sa fille. Il consent à habiter
l'hôtel et il y met une bonne grâce exquise. Voilà,
chère enfant, le premier bon moment que j'ai depuis
que tu es fiancée. Mais j'avoue que je ne regrette
rien.

Puis, continuant tout haut :

— Nous partirons, dès demain, pour Cernay, où le
mariage aura lieu. Il faut que je mette les ouvriers
ici, afin de tout préparer pour vous. Du reste, la noce
sera plus brillante à la campagne. Nous aurons
tous les ouvriers de l'usine. On ouvrira le parc aux
paysans : ce sera une véritable fête... Car nous sommes seigneurs dans ce pays-là, ajouta-t-elle avec un
peu d'orgueil.

— Tu as raison, maman, ce sera bien mieux, s'écria
Micheline.

Et, prenant Serge par la main :

— Allons ! dit-elle.

En courant, elle l'entraîna dans le jardin. Et, au
travers des bosquets odorants, ils reprirent leur
même, et cependant toujours nouvelle promenade,
bras dessus, bras dessous, la jeune fille suspendue à
celui qu'elle aimait, et lui, la couvrant d'un regard
ardent, pendant que de sa voix caressante il lui redi-

sait les mêmes mots cent fois entendus et toujours écoutés avec un tressaillement de joie.

IX

Le château de Cernay est une vaste et belle cons-
truction de l'époque Louis XIII. Un parc de cinquante
hectares clos de murs l'entoure d'une ceinture d'arbres séculaires. On y arrive par une large avenue plan-
tée de quatre rangées d'ormes immenses. Une bar-
rière de bois, peinte en blanc, sépare l'avenue de la
route qui va à Pontoise en passant par Conflans. Un
tapis de gazon, sur lequel les voitures roulent comme
sur du velours, conduit jusqu'à la grille du parc.
Avant de la franchir, il faut passer sur un pont de
pierre, qui enjambe une large douve pleine d'eau courante qui suit les quatre côtés d'un terre-plein rectan-
gulaire, d'une superficie au moins égale à celle de la
place du Carrousel. Un pavillon de pierre piquée de
brique, aux larges fenêtres, dont le toit aigu supporte
des cheminées monumentales curieusement sculptées,
s'élève à chacun des quatre angles du terre-plein. Au
centre, entouré d'arbres habilement distribués, le château se présente, posé sur un massif de granit rose du
Jura. Un escalier splendide, à double révolution,
conduit au rez-de-chaussée haut comme un entresol.
Un immense vestibule, en forme de hall, s'élevant jusqu'au toit du château, et éclairé par un large vitrail
décoré de verreries anciennes, s'offre d'abord au visiteur. Un grand orgue de Cavaillé-Coll dresse ses longs
tuyaux brillants dans le fond du vestibule, jusqu'aux
balustres de bois sculpté de la galerie, formant
balcon, qui court tout autour du hall à la hauteur du
premier étage. Aux quatre coins, un chevalier, heaume

en tête, couvert de son armure d'acier, la lance au poing, se dresse sur son destrier chargé du lourd harnais de guerre. Des vitrines pleines d'objets d'art de la plus grande valeur, des bibliothèques, contenant tous les livres nouveaux, sont placées le long des murs. Un billard et une série de jeux de toutes sortes sont logés sous la cage du vaste escalier. Les larges baies, par lesquelles on gagne les appartements de réception et le grand escalier, sont fermées par d'immenses tapisseries du XVe siècle représentant des chasses. De longues cordelières de soie tressées d'or relèvent à l'italienne ces merveilleuses portières. Les tapis épais, dans lesquels on enfonce jusqu'à la cheville, étouffent le bruit des pas. Des divans profonds, couverts d'étoffes orientales, s'étendent autour de la pièce. Sur la face principale s'élève une immense cheminée de bois sculpté, dont le retable est orné d'un splendide miroir de la Renaissance, au cadre de bronze niellé d'argent, sur lequel court une sarabande de faunes grimaçants et de nymphes échevelées. Des banquettes sont placées autour de l'âtre de cette cheminée, sous le manteau de laquelle six personnes peuvent tenir à l'aise. Au-dessus des divans, accrochées au mur, de grandes toiles de maîtres, appartenant aux écoles anciennes : *Une assomption*, de Jordaëns, qui est un chef-d'œuvre ; *Les Joueurs*, de Valentin ; *Une famille espagnole à cheval*, peinte par Vélasquez ; et la merveille de la collection : *Une sainte famille*, de Francia, achetée en Russie. Puis à hauteur de tête, *La Jeune Fille au serin*, de Metzu ; *Une kermesse*, de Brauwer, étincellent, bijoux exquis, au milieu des panoplies, entre les hautes tiges des palmiers qui se dressent hors des bacs énormes en faïence de Deck, dans lesquels ils sont plantés. Un jour mystérieux, filtrant au travers des fenêtres garnies de vitraux gothiques, éclaire cette salle si pittoresque, pleine de fraîcheur et de recueillement.

Du vestibule, on pénètre dans l'aile gauche du châ-

teau où se trouvent les salons de réception, et les
yeux sont éblouis par la clarté qui y règne, comme
lorsqu'on sort d'une cathédrale au grand jour de
la place publique. L'ameublement, en bois doré et
velours de Gênes, est très gai, les murs sont blanc
et or ; partout des fleurs. Au bout, la chambre de
Mme Desvarennes qui n'aime pas à monter et habite
le rez-de-chaussée. Attenant à cette chambre, et faisant retour, une serre meublée comme un salon et
qui sert de lieu de repos à la maîtresse de céans. La
salle à manger, la salle de classe et le fumoir, occupent l'aile droite. La salle de chasse mérite une des-
cription particulière. Quatre vitrines, pleines de fusils
de tous genres et de tous calibres, offrent au regard
des amateurs ce que la France et l'Angleterre pro-
duisent de plus perfectionné. Tous les meubles sont
faits avec des bois de cerfs, et couverts en peaux de
renards et de loups. Un immense tapis fait de quatre
ours, dont les mufles menaçants montrent leurs dents
blanches aux quatre coins, s'étale au milieu de la
pièce. Sur les murs, quatre sujets de chasse à courre
remarquablement peints par Princeteau, dans des
bordures dorées. Des divans bas, larges comme des
lits, couverts en drap gris, invitent le chasseur
fatigué à s'allonger. De grands cabinets de toilette,
avec des appareils hydrothérapiques, sont préparés
pour recevoir les invités, et leur permettre de se
réconforter par des ablutions. Tout a été prévu pour
satisfaire le goût le plus raffiné. Dans le sous-sol, les
cuisines.

Au premier étage, les appartements particuliers.
Douze chambres avec cabinets de toilette, tendues en
perse à dessins charmants. De là une vue ravissante
sur le parc et la campagne. Au premier plan, la pièce
d'eau, qui bat de son courant rapide les berges gazon-
nées qui longent le bois. Les arbres baignent leurs
branches basses dans les eaux sur lesquelles nagent
lentement des cygnes éclatants de blancheur. Sous

un vieux saule, dont les rameaux forment une voûte
de verdure pâle, une escadre de bateaux multicolores
est attachée à la balustrade d'un embarcadère. Par
une échappée, percée dans les profondeurs du parc,
on voit au loin la campagne jaunissante, et dans
le fond, derrière une ligne de peupliers mouvants
comme un éclair d'argent, l'Oise qui coule à pleins
bords entre ses rives abaissées.

Cette somptueuse demeure, le soir du 14 juillet,
était dans tout son éclat. Les sombres massifs du
parc étaient éclairés brillamment par des cordons de
lanternes vénitiennes ; sur la pièce d'eau glissaient
des bateaux chargés de musiciens qui jetaient à l'écho
les notes cuivrées de leurs instruments. Sous une
tente installée au centre de la large avenue, la jeunesse du pays dansait avec furie, pendant que les
vieux, plus calmes, assis sous les grands arbres, faisaient honneur à un buffet copieusement approvi-
sionné. Une gaieté énorme jetait sa rumeur dans la
nuit, et dominant le tumulte, les notes stridentes du
cornet à pistons écorchant une pastourelle, retentis-
saient, attirant les curieux vers le bal.

Il était neuf heures. Vers le château étincelant
de lumières, des voitures amenaient les invités. Au
milieu du splendide vestibule, éclairé d'en haut par
un foyer de lumière électrique, Mme Desvarennes, en
grande toilette, ayant quitté le noir pour un jour,
faisait les honneurs de sa maison aux arrivants. Derrière elle, Maréchal et Savinien, comme deux aides
de camp, se tenaient prêts, sur un signe, à offrir leurs
bras aux dames pour les conduire dans les salons. La
réunion était nombreuse, le haut commerce était venu
pour Mme Desvarennes, la finance pour Cayrol, et le
faubourg Saint-Germain, ainsi que la société étrangère, pour le prince. Un assemblage de gens aussi
opposés par leurs idées que par leurs mœurs : les uns
n'estimant que la fortune, les autres ne considérant
que la naissance, tous orgueilleux et se coudoyant

avec une hautaine assurance, disant pis que pendre les uns des autres, et se jalousant secrètement. Il y avait là des héritiers de rois détrônés, des princes sans apanage, qu'on nommait Altesses gros comme le bras, et qui n'avaient pas comme revenu la somme que jadis leurs pères allouaient par an à leurs chambellans. Des millionnaires, partis de rien, qui menaient grand train, et auraient donné la moitié de leur fortune pour un seul des quartiers de noblesse de ces grands seigneurs qu'ils affectaient de mépriser. Tout ce monde se regardant avec curiosité, se tenant à distance et passant dans ces salons sans se mêler.

De groupe en groupe, allant et se multipliant, Serge et Cayrol, l'un avec son élégance délicate et gracieuse, l'autre avec sa rondeur un peu lourde, rayonnant et comme enflé par la conscience de son triomphe. Herzog venait d'arriver, accompagné de sa fille, une charmante enfant de seize ans, à qui Maréchal donnait le bras. Une rumeur sourde s'était élevée sur le passage du financier. Lui, impassible, et habitué à l'effet que produisait sa présence, avait accaparé Cayrol auquel il faisait ses compliments.

Serge venait de présenter à Micheline le comte Soutzko, un vieillard à cheveux blancs coupés en brosse, militairement, la manche droite de son habit vide ; un vétéran des guerres de Pologne, ancien ami du prince Panine, aux côtés duquel il avait reçu l'affreuse blessure qui l'avait mutilé. Micheline, souriante, écoutait les flatteuses paroles que le vieux soldat lui disait sur le compte de Serge. Cayrol, débarrassé d'Herzog, cherchait Jeanne qui venait de disparaître du côté de la terrasse.

Il faisait une chaleur suffocante dans les salons, et déjà bon nombre d'invités avaient gagné la terrasse. Le long de la balustrade de marbre qui bordait la pièce d'eau, des chaises avaient été disposées. Les femmes, couvertes de leurs écharpes de dentelles, s'étaient groupées et, dans la clarté confuse des girandoles qui illuminaient le parc, elles jouissaient des splendeurs de cette adorable nuit. Des éclats de rire, discrètement étouffés, partaient sous les éventails pendant que les hommes penchés causaient à voix basse. Et, par-dessus ce chuchotement mondain, le son affaibli du cornet à pistons du bal des paysans retentissait dans le lointain.

Accoudé à la balustrade, dans un coin plein d'ombre, retiré à l'écart, loin de ce bruit qui le troublait, loin de cette fête qui lui faisait mal, Pierre songeait. Les yeux fixés sur les illuminations du parc qu'il regardait sans les voir, il pensait à son rêve envolé. Un autre était aimé de Micheline, et, dans quelques heures, il l'emmènerait, triomphant et joyeux. Une immense douleur emplissait l'âme du jeune homme : il prenait la vie en dégoût et l'humanité en haine. Qu'allait-il devenir maintenant ? Sa vie était brisée : un cœur tel que le sien ne se donnait pas deux fois, et l'image de Micheline y était trop profondément gravée pour qu'elle pût jamais s'effacer. A quoi avait servi tout le mal qu'il s'était donné pour s'élever au-dessus des autres ? Un bellâtre sans valeur avait passé, Micheline était partie à son bras. Et c'était fini !

Et Pierre se demanda s'il n'avait pas pris la vie par le mauvais côté, et si les indifférents, les paresseux et les jouisseurs n'étaient pas mieux avisés que lui. Consumer sa vie dans des travaux surhumains, se lasser l'esprit à force de chercher le pourquoi des grands problèmes, tout cela pour arriver à la vieillesse sans avoir eu d'autres satisfactions que des honneurs improductifs et des récompenses banales. Ceux qui ne cherchent que le bonheur et la joie, les Epicuriens qui repoussent tout souci, toute peine, et ne se préoccupent que de capitonner leur existence et d'éclaircir leur horizon, n'étaient-ils pas les vrais sages ? La mort vient si vite ! Et c'est avec stupeur qu'on s'aperçoit, quand l'heure suprême sonne, qu'on n'a pas vécu ! Puis la voix de l'orgueil lui parlait :

Qu'est-ce qu'un homme qui reste inutile et qui ne laisse pas une trace de son passage sur la terre par des travaux et des découvertes ? Et, tout enfiévré, Pierre se disait :

— Je me jetterai à corps perdu dans la science ; je ferai mon nom illustre, et je forcerai cette enfant à me regretter. Elle fera la différence entre moi et celui qu'elle m'a préféré. Elle comprendra qu'il n'est rien, lui, que par elle, tandis qu'elle aurait été, elle, tout par moi.

Une main se posa sur son épaule, et la voix affectueuse de Maréchal dit auprès de lui :

— Eh bien ! Qu'est-ce que tu fais là, gesticulant avec une mine de songe-creux ?

Pierre se retourna. Perdu dans sa rêverie, il n'avait pas entendu son ami approcher.

— Tous nos invités sont arrivés, reprit Maréchal, j'ai pu quitter mon poste et me rapprocher de toi. Voilà un quart d'heure que je te cherche. Tu as tort de rester dans ton coin ; tu te feras remarquer. Rapprochons-nous du château : il serait bon qu'on te vît un peu, sans quoi on s'imaginerait des choses... qu'on ne doit pas s'imaginer.

— Eh ! qu'on croie ce qu'on voudra, que m'importe ? s'écria Pierre avec un geste douloureux. J'ai la mort dans l'âme.

— On peut avoir la mort dans l'âme, c'est le droit de chacun, mais, autant qu'il est en nous, il faut tâcher que personne ne s'en aperçoive. Imitons le jeune Spartiate dont un renard caché sous sa robe dévorait les entrailles et qui souriait. Evitons le ridicule, mon ami. Et dans notre société inepte, rien ne prête à rire comme un amant trahi qui roule de gros yeux et se donne des coups de poing dans l'estomac. Et puis, vois-tu, la souffrance est la loi humaine, le monde est une arène, la vie est une mêlée. Obstacles matériels, douleurs morales, tout nous arrête et nous accable. Il faut marcher, quand même,

en avant et combattre. Ceux qui se laissent choir
avec accablement, on leur passe sur le corps ! Allons !
debout !

— Et pour qui combattrais-je maintenant ? Tiens !
A l'instant je faisais des projets, mais j'étais fou !
Toute ambition est morte en moi, comme toute espé-
rance.

— L'ambition te reviendra, sois tranquille ! Dans
ce moment-ci tu as une courbature intellectuelle, mais
tu retrouveras tes forces. Quant à l'espérance, il ne
faut jamais y renoncer...

— Que puis-je attendre de l'avenir ?

— Comment ? Mais tout ! En ce monde tout
arrive ! s'écria gaiement Maréchal. D'abord, qui est-ce
qui prouve que la princesse ne sera pas prochaine-
ment veuve ?

Pierre ne put s'empêcher de rire :

— Allons ! tu dis des bêtises !

— Mon cher, conclut Maréchal, dans la vie il n'y a
encore que les bêtises qui aient le sens commun.
Viens fumer un cigare !

Ils traversèrent les groupes et se dirigèrent vers
le château. Le prince, donnant le bras à une femme
d'une grande beauté, mise avec une merveilleuse élégance, s'avançait sur la terrasse. Savinien, centre d'un
petit cercle de jeunes gommeux installé auprès du
perron, épluchait, avec son sans-gêne et sa crudité
de langage habituels, tous ceux des invités qui passaient sous le feu croisé des regards de son cénacle.
Pierre et Maréchal, sans être remarqués, arrivèrent
derrière les jeunes gens.

— Qui nous vient donc là au bras du cher prince ?
disait un petit gros, sanglé dans un gilet de satin
blanc, une branche de lilas blanc à la boutonnière
de son habit.

— Eh ! là, mais, Le Brède, mon garçon, tu ne
connais plus rien ! s'écria Savinien avec des airs

goguenards ; tu vis au Marais, en famille, ce n'est pas possible.

— Parce que je ne connais pas cette superbe blonde ? riposta Le Brède d'un air piqué. Je n'ai pas la prétention de savoir le nom de toutes les jolies femmes de Paris !

— De Paris ! Cette femme-là, de Paris ? Mais tu ne l'as pas regardée ! Voyons ! Ouvre les yeux : pur chic anglais, mon ami.

Tous les gommeux se mirent à rire en se balançant d'un air avantageux. Ils avaient, eux, reconnu tout de suite le pur chic anglais. Ils n'étaient pas hommes à s'y tromper. L'un d'eux, grand brun nommé du Tremblay, prit même un air chagrin et s'écria :

— Le Brède, mon bon, tu nous fais de la peine !

Le prince passait, parlant bas, avec un sourire, à la belle Anglaise, qui appuyait sur le bras de son cavalier le bout de ses doigts gantés de blanc.

— Qui est-ce, à la fin ? reprit Le Brède impatienté.

— Eh ! mon cher, c'est lady Harton, une cousine du prince. Richissime ! Tout un quartier de Londres !

— On dit qu'elle a eu, il y a un an, des bontés pour Serge Panine, ajouta confidentiellement du Tremblay.

— Pourquoi donc ne l'a-t-il pas épousée si elle est si riche ? Il y a un an, il était déjà tout à fait à la cote, le cher prince.

— Elle est mariée.

— Ça c'est une raison. Mais où est donc son mari ?

— Enfermé au fond d'un château d'Ecosse. On ne le voit jamais : il a l'esprit malade ; il vit entouré de soins.

— Et d'une camisole de force ! Pourquoi alors cette jolie femme ne divorce-t-elle pas ?

— La fortune est au mari.

— Vous m'en direz tant !

Pierre et Maréchal avaient écouté en silence cette froide et cependant terrible conversation. Le groupe de jeunes gens se déplaça. Les deux amis se regardèrent. Ainsi, voilà comment Serge Panine était jugé par ses compagnons de plaisir, par les habitués des cercles dans lesquels il avait passé une partie de son existence ! Pour ces aimables viveurs, le prince, étant « à la cote », avait dû se mettre à l'affût d'une femme riche. Il n'avait pu épouser lady Harton : alors il s'était retourné vers Micheline. Et la douce enfant était la femme d'un tel homme ! Et que pouvait-on faire ? Elle l'aimait !

Cependant Mme Desvarennes et Micheline avaient paru sur la terrasse. Lady Harton, du bout de son éventail, désigna la jeune mariée au prince. Celui-ci, quittant sa compagne, s'avança vers Micheline.

— Une de mes parentes d'Angleterre, une Polonaise mariée à lord Harton, désire que je vous présente à elle, dit Serge, voulez-vous y consentir ?

— De grand cœur, répondit la jeune femme, en jetant à son mari un regard tendre. Tout ce qui vous touche m'est cher, vous le savez bien.

La belle Anglaise s'était lentement approchée.

— La princesse Panine ! dit Serge avec gravité, en montrant Micheline qui s'inclina gracieusement. Puis, avec une nuance de familiarité : Lady Harton ! continua-t-il en désignant sa parente.

— J'aime beaucoup votre mari, madame, dit l'Anglaise. J'espère que vous voudrez bien me permettre de vous aimer aussi, et je vous prie de me faire la grâce d'accepter ce petit souvenir.

En parlant, elle détachait de son poignet un splendide bracelet sur le cercle d'or duquel était écrit ce mot : *Semper*. Serge fronça le sourcil, les ailes de son nez se pincèrent, et toute sa figure prit un air dur. Micheline, les yeux baissés, un peu intimidée par le grand air de l'Anglaise, répondit avec simplicité :

— Je l'accepte, milady, comme un gage d'amitié.

— Ce bracelet, milady, dit Serge, il me semble que je le reconnais.

— C'est vous, autrefois, qui me l'avez donné, répliqua tranquillement lady Harton. *Semper* — pardon, mademoiselle ; nous autres Polonaises, nous parlons toutes le latin —, *semper* veut dire toujours ! C'est un bien grand mot. Au bras de votre femme, ce bracelet sera bien placé. Au revoir, cher prince, je vous souhaite d'être heureux.

Et saluant Micheline d'un signe de tête vraiment royal, lady Harton prit le bras d'un grand jeune homme qu'elle avait appelé de la main, et s'éloigna.

Micheline, interdite, regardait le bracelet étincelant sur la blancheur de son poignet. Sans dire un mot, Serge prit le cercle d'or, l'enleva du bras de sa femme, et, s'avançant sur la terrasse, d'un rapide mouvement, il le lança dans la pièce d'eau. Le bracelet traça dans la nuit un rapide et brillant sillon ; il fit jaillir quelques éclaboussures, puis l'eau reprit sa tranquillité. Micheline, stupéfaite, avait regardé Serge. Alors celui-ci, s'approchant d'un air humble :

— Pardon, dit-il.

La jeune femme ne répondit rien, mais ses yeux s'emplirent de larmes ; un sourire radieux s'épanouit sur ses lèvres, et prenant vivement le bras de son mari, elle l'entraîna dans les salons.

Là on dansait. Les demoiselles de Pontoise, les élégantes de Creil, venues pour la fête, n'avaient pas voulu perdre une si belle occasion de se dégourdir les jambes, et, sous l'œil bienveillant de leurs mères, déployées en tapisserie le long des murs, elles s'ébattaient en dépit de la chaleur étouffante, avec toute la fougue de jeunes provinciales habituellement sevrées des plaisirs du bal. Traversant rapidement les salons entre deux figures de quadrille, Serge et Micheline arrivèrent dans la serre qui servait de boudoir à Mme Desvarennes.

Il y régnait une fraîcheur exquise. Cayrol s'y était déjà réfugié avec Jeanne et Mlle Herzog. La jeune fille, gênée de se trouver en tiers avec les nouveaux mariés, vit arriver le prince et Micheline avec un vif

plaisir. Son père l'avait laissée, pour un instant, à la
garde de Cayrol, et, depuis une heure, elle ne l'avait
pas vu reparaître.

— Mademoiselle, dit le prince gaiement, tout à
l'heure, en passant au travers des salons, j'ai entendu
prononcer ces mots : Emprunt, escompte, liquidation.
Monsieur votre père devait être là. Vous plaît-il que
j'aille le chercher ?

— Je vous en serai reconnaissante, répondit la
jeune fille.

— J'y vais.

Et tournant lestement sur ses talons, heureux
d'échapper pour un instant au regard de Jeanne,
Serge rentra dans la fournaise. Du premier coup d'œil,
il aperçut Herzog assis dans l'embrasure d'une fenêtre avec un des principaux agents de change de Paris.
Il causait. Le prince alla droit à lui.

— Pardon de vous arracher aux douceurs de votre
conversation, dit-il en souriant, mais Mademoiselle
votre fille vous attend et s'impatiente de ne pas vous
voir venir.

— Diable ! Ma fille, c'est vrai ; j'irai vous voir
demain, dit-il à son interlocuteur ; nous reparlerons
de cette combinaison : il peut y avoir gros à gagner.

L'autre, une face bouffie, encadrée de favoris blonds
en nageoires, protesta de son désir d'entrer en relations. Décidément, l'affaire était bonne.

— Oh ! mon cher prince, que je suis heureux de
me trouver seul un instant avec vous ! dit alors
Herzog avec une familiarité qui était un de ses
moyens pour entrer rapidement dans l'intimité des
gens ; je tenais à vous complimenter ! Vous voilà dans
une position superbe.

— Oui, j'épouse une femme charmante, répondit
froidement Panine.

— Et quelle fortune ! insista le financier. Ah ! c'est
là le digne lot d'un grand seigneur tel que vous ! Oh !
vous êtes comme ces toiles de maîtres auxquelles il

faut une bordure splendidement ouvragée. Eh bien !
Vous l'avez, votre cadre, et bien doré !

Il riait, semblant vraiment heureux du bonheur de
Serge. Il lui avait pris la main et la tapotait doucement entre les siennes.

— Une belle-mère pas commode, par exemple, continua-t-il, avec bonhomie, mais vous êtes si charmant !
Il n'y avait peut-être que vous qui fussiez capable
d'amadouer Mme Desvarennes, et vous y êtes par-
venu. Oh ! Elle vous aime, mon cher prince, elle me
le disait encore tout à l'heure ; vous lui avez gagné
le cœur. Je ne sais pas comment vous faites, mon
gaillard, mais vous êtes irrésistible ! A propos, je
n'assistais pas à la lecture du contrat, et j'ai oublié
de m'informer auprès de Cayrol. Sous quel régime
vous êtes-vous marié ?

Le prince regarda Herzog avec un certain air qui
n'était pas précisément bienveillant. Mais le financier,
les yeux baissés, le dos arrondi, avait un air si déta-
ché, que Serge ne put s'empêcher de lui répondre :

— Nous sommes mariés sous le régime dotal.

— Ah ! ah ! Coutume de Normandie ! reprit Herzog,
dont la figure se rembrunit. On m'avait dit que
Mme Desvarennes était une forte femme. Elle l'a
prouvé. Le régime dotal ! Et vous avez signé votre
contrat les yeux fermés, vous, mon cher prince. Parfait ! Parfait ! C'est d'un gentilhomme !...

Il avait un air bonhomme en disant cela. Puis, soudain, relevant les yeux avec un regard clair, et la
bouche plissée par un sourire ironique :

— Vous êtes roulé, mon bon, vous savez ! dit-il
nettement.

— Monsieur !... protesta Serge avec hauteur.

— Ne criez pas, il n'est plus temps, et ce serait
inutile, reprit le financier. Laissez-moi plutôt vous
expliquer votre position. Vous vous êtes lié les mains.
Vous ne pourrez pas disposer d'un centime de la fortune de votre femme sans son consentement. Il est

vrai que vous avez de l'influence sur elle, très heureusement pour vous. Cependant, il faut prévoir qu'elle sera conseillée par sa mère. Et très forte, la mère ! Ah ! mon prince ! vous vous êtes laissé mettre dedans aussi complètement ? Je ne l'aurais pas cru.

Serge, un instant désarçonné, reprit son aplomb, et, regardant bien en face :

— Je ne sais quelle idée vous vous étiez faite de moi, monsieur, et je ne comprends pas dans quel but vous me tenez un pareil langage.

— Par intérêt pour vous, reprit le financier. Vous êtes un homme charmant : vous me plaisez beaucoup. Avec les goûts que je vous connais, il est possible que dans peu de temps vous soyez gêné. Venez me trouver : je vous ferai faire des affaires. Au revoir, mon prince.

Et sans laisser à Serge le temps de lui répondre, Herzog gagna la serre où sa fille l'attendait avec impatience. Derrière lui le prince revenait, un peu troublé. Les paroles du financier avaient éveillé dans son esprit les idées importunes. Etait-ce donc vrai qu'il avait été dupé par Mme Desvarennes, et que celle-ci, avec des airs de grandeur et de générosité, l'avait attaché comme un niais au bout du doigt de sa fille ! Il fit un effort pour reprendre sa sérénité.

— Micheline m'aime, se dit-il, tout ira bien.

Mme Desvarennes était venue rejoindre les jeunes mariés. Peu à peu, les salons se dégarnissaient. Serge prit Cayrol à part.

— Que faites-vous ce soir, mon cher ? lui demanda-t-il. Vous savez qu'on vous a préparé un appartement au château ?

— Oui, j'ai remercié déjà Mme Desvarennes, mais je compte retourner à Paris. Notre petit paradis nous attend ; je veux ce soir en avoir l'étrenne ! J'ai fait amener ma voiture et des chevaux. J'emmène ma femme en poste.

— Mais c'est un enlèvement ! dit Serge gaiement.
Tout à fait Régence et talon rouge !

— Voilà, mon cher prince, comme nous sommes,
nous autres, dans la banque, répondit Cayrol en riant.

Puis, changeant de ton :

— Tenez ! je vibre, je palpite, je passe du froid au
chaud. C'est un trouble délicieux ! Pensez donc que
j'ai un cœur tout neuf, moi ! Je n'ai jamais aimé. Et
j'aime à la folie !

Serge, instinctivement, regarda Jeanne. Elle était
assise, un peu pâle, et l'air mauvais.

Mme Desvarennes, entre Jeanne et Micheline, enla-
çait avec tendresse les deux jeunes filles. Un regret
était dans ses yeux. La mère sentait bien que les
derniers instants de son règne absolu approchaient,
et elle se recueillait dans une suprême adoration de
ces deux enfants qui avaient grandi autour d'elle
comme deux frêles et précieuses plantes.

— La voilà terminée, cette fameuse journée ! leur
disait-elle. Vous êtes mariées toutes deux. Vous ne
m'appartenez plus... Comme vous allez me manquer !
Ce matin j'avais encore deux enfants et maintenant...

— Tu en as quatre, interrompit Micheline ; plains-
toi donc !

— Je ne me plains pas, reprit vivement Mme Desvarennes.

— C'est heureux ! s'écria gaiement la jeune femme.

Puis, allant vers Jeanne :

— Mais tu ne parles pas, tu restes absorbée. Est-ce
que tu es souffrante ?

Jeanne tressaillit, et faisant un effort pour détendre
les lignes dures de son visage :

— Ce n'est rien. Un peu de fatigue.

— Et l'émotion, ajouta Micheline. Moi, ce matin,
quand nous sommes entrées à l'église au son de l'orgue, au milieu des fleurs, entourées de tous nos amis,
j'ai senti que je devenais plus blanche que mon voile.
Et le trajet m'a paru si long pour aller à ma place

qu'il me semblait que je n'arriverais jamais. Je suis arrivée pourtant. Et maintenant tous m'appellent : « madame », et quelques-uns : « princesse ! », cela m'amuse !

Serge s'était avancé.

— Mais vous êtes princesse, dit-il en souriant, et chacun doit maintenant vous appeler ainsi.

— Oh ! Pas maman, ni Jeanne, ni vous, reprit vivement la jeune femme, appelez-moi toujours Micheline. Ce sera moins respectueux, mais ce sera plus tendre.

Mme Desvarennes ne put résister au désir de serrer sa fille encore une fois sur son cœur :

— Chère enfant, dit-elle avec émotion, tu as besoin d'affection comme les fleurs ont besoin de soleil ! Mais je t'aime, va.

Elle s'arrêta et reprit :

— Nous t'aimons !

Et elle tendit la main à son gendre. Puis, changeant d'idée :

— Mais, j'y pense, Cayrol, puisque vous retournez à Paris, vous emporterez avec vous des ordres que je vais rédiger pour la maison.

— Comment ? les affaires ? Même le jour de mon mariage ? reprit Micheline.

— Eh ! ma fille, il faut bien de la farine, répondit en riant la patronne. Pendant que nous nous réjouissons, Paris mange... et il a un fameux appétit !

Micheline, quittant sa mère, venait à son mari.

— Serge, il n'est pas encore tard, dit-elle. Si nous allions faire une apparition au bal des ouvriers ? Je l'avais promis. Et ces braves gens seraient si heureux !

— Comme il vous plaira : je suis à vos ordres. Faisons de la popularité !

Mme Desvarennes était entrée dans sa chambre. Cayrol, un peu gêné, profita du moment pour aller dire à son cocher de faire le tour par le parc et de venir l'attendre à la porte de la petite serre. Ainsi, sa femme et lui ne rencontreraient personne, et éviteraient les adieux gênants des amis, et les regards curieux des indifférents.

Micheline s'approcha de Jeanne.

— Puisque tu pars en cachette, je ne te verrai plus ce soir. Adieu.

Et, avec une vivacité joyeuse, elle l'embrassa. Puis, prenant le bras de son mari, elle l'entraîna vers le parc.

X

Jeanne, restée seule, les suivit du regard dans leur marche légère et comme ailée, qui est celle des amoureux.

Penché vers Micheline, Serge lui parlait tendrement. Un flot amer gonfla le cœur de Jeanne. Elle était seule, elle, tandis que celui qu'elle aimait... Elle eut un mouvement de révolte. Malheureuse ! Pourquoi allait-elle penser à cet homme ? Est-ce qu'elle en avait le droit maintenant ? Elle ne s'appartenait plus. Un autre, qui avait été aussi bon pour elle que Serge avait été ingrat, était son époux. C'était celui-là qu'il fallait qu'elle se mît à aimer. Elle pensait ainsi, dans toute la sincérité de sa conscience. Elle voulait aimer Cayrol. Ce pauvre Jean ! Elle le comblerait de prévenances, d'attentions, de caresses ! Et Serge serait jaloux, car il n'avait pu l'oublier si vite, elle qu'il adorait.

Par un retour de son esprit, elle pensait de nouveau à celui dont elle voulait chasser le souvenir. Elle fit un effort, et dans sa pensée : Serge ! Serge ! toujours ! Il la dominait, il la possédait. Elle eut peur. Est-ce qu'elle ne pourrait donc jamais se détacher de lui ?

Son nom serait-il toujours à sa bouche, son visage devant ses yeux ? Faudrait-il subir cette obsession odieuse ?...

Grâce à Dieu, elle était sur le point de partir. Le mouvement, la vue d'autres lieux que ceux où elle avait vécu près de Serge l'arracheraient à la persécution qu'elle subissait. Son mari allait l'emmener, la défendre ; c'était son devoir, et elle l'y aiderait avec énergie. De toutes les forces de sa volonté, elle appela Cayrol. Elle se rattacha à lui comme un naufragé à une épave flottante, éperdument, avec la vigueur du désespoir.

Il y avait entre Jeanne et Cayrol une communication sympathique. Appelé mentalement par sa femme, le mari parut.

— Ah ! enfin ! dit celle-ci.

Cayrol, surpris de cet accueil empressé, sourit. Jeanne, sans le voir, poursuivit :

— Eh bien ! monsieur, partons-nous bientôt ?

L'étonnement du banquier augmenta. Mais, en somme, son étonnement était agréablement motivé. Il ne réclama point :

— Dans un instant seulement, chère Jeanne, répondit-il.

— Pourquoi ce retard ? dit nerveusement la jeune femme.

— Vous allez comprendre. Il y a plus de vingt voitures dans la cour d'honneur. Notre cocher va prendre l'allée du parc, et nous sortirons par la petite porte de la serre sans être vus.

— Soit ! Attendons !

Ce retard mécontenta Jeanne. Dans l'ardeur de sa résolution prise, dans le premier feu de sa défense, elle eût voulu mettre tout de suite l'espace entre Serge et elle. Maladroitement, Cayrol ralentissait cet effort de fière révolte. Elle lui en voulut. Lui, sans pénétrer les motifs qui faisaient agir sa femme, devina qu'il venait de se passer en elle quelque chose qui lui était défavorable. Il voulut combattre la mauvaise impression et changer le cours des idées de Jeanne.

— Vous étiez merveilleusement belle, ce soir, dit-il en s'approchant d'un air galant. On vous a beaucoup admirée et j'en ai été fier. Si vous aviez entendu mes amis ! C'était un concert de félicitations : Quelle chance il a, ce Cayrol ! Tout lui réussit : il est riche, il a une femme ravissante. Vous le voyez, Jeanne, grâce à vous, aux yeux de tous, mon bonheur est complet.

Jeanne fronça le sourcil, et, sans répondre, fit de la tête un signe dédaigneux et hautain. Cayrol continua, sans voir ces symptômes précurseurs d'un orage :

— On m'envie ! et je le comprends ! Je ne changerais avec personne. Tenez ! Notre ami le prince Panine est bien heureux, il épouse une femme riche dont il est aimé et qu'il adore... Eh bien ! il n'est pas plus heureux que moi !

Jeanne se leva brusquement, et foudroyant son mari d'un regard étincelant :

— Monsieur ! s'écria-t-elle avec colère.

— Pardonnez-moi, reprit Cayrol humblement. Je vous parais ridicule, mais c'est plus fort que moi, je ne puis cacher ma joie. Et vous verrez si je sais être reconnaissant. Je passerai ma vie à essayer de vous plaire, et pour commencer, je vous ménage une surprise.

— Laquelle ? dit Jeanne avec indifférence.

Cayrol se frotta les mains d'un air mystérieux : il jouissait par avance de l'étonnement joyeux qu'il allait causer à sa femme.

— Vous croyez que nous allons rentrer à Paris pour y passer bourgeoisement notre lune de miel ?

Jeanne tressaillit. Cayrol avait des mots malheureux.

— Eh bien ! pas du tout, poursuivit le banquier. Demain, je quitte mes bureaux. Mes clients diront ce qu'ils voudront ; j'abandonne mes affaires et nous partons.

Jeanne fit un geste de contentement. Un éclair de joie passa sur son visage. Partir, s'éloigner, c'était le repos pour elle.

— Et où irons-nous ?

— C'est là qu'est la surprise ! Vous savez que le prince et sa femme partent en voyage ?

— Oui, mais ils ont refusé de dire où ils vont, interrompit Jeanne avec un commencement de trouble.

— Pas à moi. Ils vont en Suisse. Eh bien ! Nous irons les y retrouver.

Cayrol n'était décidément pas inspiré. Jeanne se dressa comme une biche qui entend dans le taillis éclater un coup de feu :

— Les y retrouver ! s'écria-t-elle.

— Pour continuer le voyage ensemble. Partie carrée, les deux jeunes ménages. Ce sera charmant ! Serge, à qui j'ai parlé de ce projet, a commencé par faire des façons, mais la princesse est venue à mon aide. Et quand il a vu que sa femme et moi nous étions d'accord, il s'est mis à rire et a dit : « Vous le voulez ? J'y consens. N'en parlons plus ! » Entre nous, il s'en défendait pour la forme. On a beau dire que l'amour est de l'égoïsme à deux, au bout de quinze jours de tête-à-tête, Serge ne sera pas fâché de nous voir arriver au travers de son duo. Nous irons jusqu'en Italie voir les lacs. Et là, en bateau, tous les quatre, quelles fêtes !

Cayrol aurait pu parler pendant une heure, défiler tout le guide Conti, Jeanne ne l'écoutait plus : elle pensait. Ainsi, tous les efforts qu'elle était décidée à faire pour échapper à celui qu'elle aimait seraient inutiles. Une fatalité invincible la ramenait sans cesse vers lui quand elle le fuyait. Et c'était son mari, à elle, qui était le metteur en œuvre de ce rapprochement forcé, inévitable, et exécré. Un sourire de sombre raillerie plissa ses lèvres. Il y avait quelque chose de lugubrement comique dans cette obstination souriante et paisible avec laquelle Cayrol conduisait lui-même sa femme à Serge.

Cayrol, embarrassé par le silence de Jeanne, resta un instant silencieux, puis :

— Qu'avez-vous ? dit-il. Vous voilà comme était le prince quand je lui ai développé mon plan.

Jeanne se détourna brusquement. Le rapprochement fait par Cayrol était par trop direct. A la fin, la sottise de ce mari devenait gênante.

Le banquier, tout déconfit en voyant le mauvais effet de ses paroles, poursuivit :

— Est-ce que ce voyage vous contrarie ? Je suis tout prêt à y renoncer...

La jeune femme fut touchée de cette humble servilité.

— Eh bien, oui, dit-elle doucement, je vous en serai reconnaissante.

— J'espérais vous plaire, reprit Cayrol. C'est à moi de m'excuser d'avoir si mal réussi. Restons à Paris. Que m'importe le lieu où je serai ! Y étant près de vous, je n'aurai rien à désirer.

Il s'approcha d'elle, et, avec des yeux enflammés :

— Vous êtes si belle, Jeanne, et je vous aime depuis si longtemps !

Elle se recula, pleine d'un vague effroi. Cayrol, très animé, lui mit sa sortie de bal sur les épaules, et, regardant du côté de la porte :

— La voiture est là : nous pouvons partir.

Jeanne, très troublée, ne se leva pas.

— Attendons encore un instant, dit-elle.

Cayrol sourit d'un air contraint :

— Tout à l'heure, vous me hâtiez.

C'était vrai. Mais un changement soudain s'était fait en Jeanne. Son énergie était tombée. Elle se sentait très lasse. L'idée de partir avec Cayrol, et de se trouver seule avec lui dans l'étroite voiture, l'effrayait. Elle regardait vaguement son mari, et voyait, dans une sorte de brouillard, ce gros homme avec ce plastron de chemise cassé par la proéminence de son ventre ; des bourrelets de chair rouge s'arrondissant sur sa robuste nuque d'Auvergnat, au-dessus de son col ; des oreilles plates auxquelles il ne manquait que des boucles d'or, et ses grosses mains velues, à l'un des doigts desquelles brillait, tout neuf, l'anneau de mariage. Puis, dans une rapide vision, elle apercevait le profil fin et railleur, les beaux yeux bleus et les longues moustaches blondes de Serge. Une tristesse profonde s'empara de la jeune femme, et des larmes lui montèrent aux yeux.

— Qu'avez-vous ? Vous pleurez ? s'écria Cayrol, inquiet.

— Ce n'est rien : j'ai les nerfs un peu ébranlés. Je me souviens que ce château où nous sommes porte mon nom. Là s'est passée mon enfance, là mon père est mort. Mille liens m'attachent à cette demeure, et ce n'est pas sans émotion que je puis la quitter.

— Une autre demeure vous attend, riante, luxueusement parée, murmura Cayrol à voix basse, digne de vous recevoir. C'est là que vous vivrez désormais, près de moi, heureuse par moi, toute à moi.

Puis, avec une ardente supplication :

— Jeanne ! partons !

Il voulut la prendre dans ses bras. Brusquement, la jeune femme se dégagea.

— Laissez-moi ! dit-elle en se reculant.

Cayrol la regarda avec stupéfaction.

— Qu'y a-t-il ? Vous voilà tremblante, effrayée !

Il essaya de plaisanter :

— Suis-je donc si terrible ? Ou bien est-ce l'idée de vous éloigner d'ici qui vous trouble à ce point ? S'il en est ainsi, pourquoi ne le disiez-vous plus tôt ? Je sais comprendre les choses. Restons au château, un jour, deux jours, tant que vous voudrez. J'ai arrangé mes affaires pour être libre. Notre petit paradis nous attendra.

Il parlait avec un air bon enfant. Mais, sous sa rondeur, l'inquiétude perçait. Jeanne revint lentement, et, calme, lui prenant la main :

— Vous êtes bon, dit-elle.

— Je ne fais pas d'efforts, répondit Cayrol en souriant. Qu'est-ce que je demande, moi ? Que vous soyez satisfaite.

— Eh bien ! Voulez-vous me plaire ? reprit la jeune femme.

— Si je le veux ? s'écria Cayrol avec feu. Que faut-il faire ?

— Mme Desvarennes va être bien triste, quand, demain, sa fille sera partie. Elle aura besoin qu'on la console et qu'on la distraie...

— Ah ! ah ! dit Cayrol, croyant comprendre, et vous voudriez...

— Je voudrais rester quelque temps auprès d'elle. Vous, vous viendriez nous voir chaque jour, et, dès demain, par exemple... Et je vous serais très reconnaissante, et je vous aimerais bien !

— Mais, mais, mais ! s'écria Cayrol, très décontenancé, vous n'y pensez pas, Jeanne ! Comment, ma chère, vous voulez que je retourne seul à Paris, ce soir ? Mais qu'est-ce que mes domestiques vont dire ? Vous allez me couvrir de ridicule !

Il faisait une mine vraiment piteuse, ce pauvre Cayrol. Jeanne le regardait comme elle ne l'avait jamais regardé. Ce regard fit courir un frisson voluptueux dans le dos du mari. Son sang lui brûla le bout des doigts.

— Serez-vous si ridicule, dit la jeune femme, pour avoir été délicat et tendre ?

— Je ne vois pas ce que la tendresse a à faire en cela ! s'écria Cayrol. Au contraire ! Mais je vous aime, moi ! Vous n'avez pas l'air de vous en douter !

— Prouvez-le, riposta Jeanne de plus en plus provocante.

Cette fois, Cayrol perdit patience :

— Et c'est en vous laissant que je le prouverai ?
Vraiment, Jeanne, je suis disposé à être excellent pour
vous, à accepter toutes vos fantaisies, mais à la condition qu'elles soient acceptables. Vous avez l'air de
vous moquer de moi ! Si je cède sur des points aussi
importants, dès le premier jour du mariage, alors où
me mènerez-vous ? Non, non ! Vous êtes ma femme :
la femme doit suivre son mari. C'est la loi qui le dit !

— Est-ce de la loi seule que vous voulez me tenir ?
répondit Jeanne avec vivacité. Avez-vous oublié ce
que je vous ai dit quand vous m'avez demandée en
mariage ? C'est ma main seule que je vous donne.

— Et je vous ai répondu que c'était à moi de gagner
votre cœur. Eh bien ! Mais laissez-m'en les moyens.
Voyons, ma chère Jeanne, poursuivit le banquier d'un
air résolu, vous me prenez pour un enfant. Je ne suis
pas si naïf que cela ! Je sais ce que signifient ces résistances : pudeur charmante, à condition qu'elle ne
dure pas.

Jeanne, sans répondre, se détourna. Son visage
avait changé d'expression : il était dur et crispé.

— Vraiment, reprit Cayrol, vous feriez perdre
patience à un saint ! Voyons, répondez-moi, que signifie cette attitude ?

La jeune femme garda le silence. Elle se sentait à
bout d'arguments, et, bloquée au fond de cette
impasse, ne sachant pas comment en sortir, énervée
par la résistance, elle sentait un profond découragement s'emparer d'elle. Cependant, elle ne voulait pas
céder ; elle frissonnait rien qu'à l'idée d'être à cet
homme : elle n'avait jamais pensé au dénouement
brutal et vulgaire de cette aventure. Maintenant
qu'elle l'entrevoyait, elle éprouvait un horrible dégoût.

Cayrol, très inquiet, suivait des yeux l'angoisse
croissante qui se peignait sur le visage de sa femme.
Il eut le pressentiment qu'elle lui cachait quelque
chose, et un flot de sang, lui montant au cœur,
l'étouffa. Il voulut savoir. Et, avec le soupçon, la

finesse lui revenant, il s'approcha de Jeanne, et d'un ton affectueux :

— Voyons, chère enfant, nous nous égarons l'un et l'autre, moi, en parlant trop haut, vous, en refusant de me comprendre. Oubliez que je suis votre mari : ne voyez en moi qu'un ami et parlez à cœur ouvert. Votre résistance cache un mystère. Vous avez eu quelque chagrin, quelque déception...

Jeanne, attendrie, répondit sourdement :

— Ne me parlez pas ainsi. Laissez-moi.

— Non, répondit doucement Cayrol, nous commençons notre vie commune : il ne faut pas qu'il y ait de malentendu entre nous. Soyez franche, vous me trouverez indulgent. Voyons, les jeunes filles sont souvent romanesques. Elles rêvent un idéal, elles se mettent en tête des amours qui ne sont pas partagées, qui sont ignorées même par celui qui en est le héros. Et puis, tout à coup, il faut retomber dans la réalité. On se trouve en face d'un mari qui n'est point le Roméo attendu, mais qui est un brave homme, dévoué, aimant, prêt à guérir les blessures qu'il n'a point faites. On a peur de ce mari, on se défie, on refuse de le suivre. On a bien tort, car c'est près de lui, c'est dans l'existence saine et droite qu'il vous fait partager, qu'on trouve d'abord l'oubli, et enfin la paix de soi-même.

Cayrol, le cœur serré par une horrible anxiété, la voix tremblante, essayait de lire sur les traits de Jeanne l'effet de ses paroles. Celle-ci s'était détournée. Cayrol se pencha vers elle.

— Vous ne répondez pas ? dit-il.

Et comme elle restait silencieuse, lui prenant la main, il la força à le regarder. Il lui vit le visage inondé de larmes. Il frémit : une rage insensée lui monta au cerveau.

— Vous pleurez ? s'écria-t-il. C'est donc vrai ? Vous avez aimé ?

Jeanne se leva d'un bond, elle jugea son impru-

dence. Elle comprit le piège ; une rougeur dévorante
monta à ses joues. Séchant ses larmes, et se tournant
vers Cayrol :

— Qui a dit cela ?

— Vous ne me tromperez pas, reprit le banquier
avec violence : j'ai lu dans vos regards ! Maintenant,
c'est le nom de cet homme que je veux savoir.

Jeanne le regarda bien en face.

— Jamais ! dit-elle.

— Ah ! c'est un aveu ! s'écria Cayrol.

— Vous m'avez indignement trompée par votre
affectation de douceur, interrompit fièrement Jeanne ;
je ne parlerai plus.

D'un bond, Cayrol fut sur elle. En lui, le bouvier
reparaissait. Il lança un horrible blasphème, et, la
saisissant par le bras :

— Prenez garde ! Ne vous jouez pas de moi ! Parlez, je le veux ! Ou sinon !

Il la secoua avec brutalité.

Jeanne, indignée, poussa un cri de colère, et, d'un
geste superbe, se dégageant :

— Laissez-moi, cria-t-elle, vous me faites horreur !

Le mari, hors de lui, pâle comme un mort, tremblant convulsivement, ne pouvant plus articuler une
seule parole, allait s'élancer, quand la porte de la
chambre de Mme Desvarennes s'ouvrit et la patronne
parut, tenant à la main les lettres qu'elle avait préparées pour Cayrol. Jeanne poussa un cri de joie et,
d'un élan, elle se jeta dans les bras de celle qui lui
avait tenu lieu de mère.

XI

D'un coup d'œil, Mme Desvarennes comprit la situation. Elle vit Cayrol livide, trébuchant, la tête perdue.
Elle sentit frissonner Jeanne sur sa poitrine ; elle

pressentit un grave incident : elle se fit calme et froide pour dominer plus aisément les résistances qui pourraient se produire.

— Qu'y a-t-il donc ? dit-elle en regardant sévèrement Cayrol.

— Un fait inattendu, répondit le banquier avec un éclat de rire nerveux. Madame refuse de me suivre.

La patronne éloigna doucement d'elle la jeune femme qui s'attachait à ses épaules avec une force irraisonnée.

— Et pour quelle raison ? demanda-t-elle.

Jeanne resta silencieuse.

— Elle n'ose pas parler ! reprit Cayrol, en s'animant au bruit de ses paroles. Elle a, paraît-il, dans le cœur un amour malheureux ! Et comme je ne ressemble pas au type rêvé, Madame a des répugnances. Mais vous comprenez bien que l'aventure ne va pas finir de la sorte. On ne vient pas dire à un mari, douze heures après l'avoir épousé : « Monsieur, je suis bien fâché, mais j'en aime un autre ! » Ce serait trop commode ! Je ne me prête pas à ces fantaisies-là, et je n'ai pas la vocation pour jouer les Sganarelles !

— Cayrol, faites-moi le plaisir de crier moins fort ! dit tranquillement Mme Desvarennes. Il y a quelque malentendu entre cette enfant et vous...

Le mari secoua violemment ses robustes épaules :

— Un malentendu ? Diantre ! Je le crois bien ! Vous avez des délicatesses de langage qui me plaisent ! Un malentendu ! Dites une tromperie indigne ! Mais c'est le « monsieur » que je veux connaître. Il faudra bien qu'elle parle. Je ne suis pas un gentleman musqué et bien appris, moi. Je suis un paysan, et quand je devrais...

— Assez ! dit nettement Mme Desvarennes, en frappant, d'un petit coup sec de son doigt, le poing énorme que Cayrol tendait, menaçant, comme un boucher qui va frapper.

Puis, s'approchant du mari, et l'entraînant près de la fenêtre :

— Vous êtes fou de la brusquer comme vous le faites ! Allez un instant dans ma chambre. A vous, maintenant, elle ne dirait plus rien ; à moi elle confiera tout et nous saurons à quoi nous en tenir.

Le visage de Cayrol s'éclaira.

— Vous avez raison, dit-il, oui, raison comme toujours ! Il faut m'excuser, moi, je ne sais pas parler aux femmes. Chapitrez-la, vous, et faites-lui entrer un peu la réalité dans la cervelle. Mais ne la quittez pas, au moins : elle serait capable de commettre quelque extravagance.

Mme Desvarennes sourit.

— Soyez tranquille ! répondit-elle.

Et faisant un geste à Cayrol qui sortait, elle revint à Jeanne.

— Allons, ma fille, lui dit-elle, remets-toi. Nous sommes seules : tu vas me raconter ce qui s'est passé. Entre femmes, nous nous comprenons. Voyons ! tu as eu peur, n'est-ce pas ?

Jeanne restait comme pétrifiée, immobile et muette : elle fixait obstinément ses yeux sur une fleur qui se penchait hors d'une des jardinières. Cette fleur rouge la fascinait. Elle ne pouvait s'en détacher. Et au fond de cet être une pensée revenait persistante : celle de son malheur irrémédiable. Mme Desvarennes la regarda un instant, puis, lui touchant légèrement l'épaule :

— Tu ne veux donc pas me répondre ? Est-ce que tu n'as pas confiance en moi ? Est-ce que je ne t'ai pas élevée ? Et si tu n'es pas née de moi, est-ce que la tendresse et les soins que je t'ai prodigués ne m'ont pas faite véritablement ta mère ?

Jeanne ne répondit rien, mais ses yeux se noyèrent de pleurs.

— Tu sais bien que je t'aime, reprit la patronne. Allons ! viens dans mes bras comme quand tu étais petite et que tu souffrais. Pose ta tête, là sur mon cœur, et laisse couler tes larmes. Je vois bien qu'elles t'étouffent !

Jeanne ne put résister plus longtemps et, s'abattant à deux genoux près de Mme Desvarennes, elle se plongea dans les plis soyeux et parfumés de sa robe, comme un oiselet effrayé qui s'élance dans son nid et se cache sous les ailes de la couveuse.

Cette douleur sombre et désespérée fut pour la patronne une preuve irrécusable que Cayrol avait dit vrai. Jeanne avait aimé, elle aimait encore un autre homme que son mari. Mais comment n'avait-elle rien dit et s'était-elle laissé marier au banquier ? Elle avait bien résisté : le souvenir lui en revenait maintenant. Elle s'était débattue. Et ces refus qu'on mettait sur le compte de son orgueil, il fallait les attribuer à la passion.

Elle ne voulait pas être séparée de celui qu'elle aimait. De là cette lutte qui s'était terminée par l'abandon de sa main à Cayrol, peut-être en un instant de désespérance et d'abattement. Mais pourquoi celui qu'elle aimait ne l'avait-il pas épousée ? Quel obstacle s'était élevé entre lui et la jeune fille ? Jeanne, si belle, si assurée des largesses de Mme Desvarennes, qui donc avait pu hésiter à demander sa main ?

Celui que Jeanne aimait était peut-être indigne d'elle ? Non ! Elle ne l'eût pas choisi. Peut-être n'était-il pas libre ? Oui, ce devait être cela. Quelque homme marié, sans doute ? Misérable, qui ne craignait pas de troubler le cœur d'une jeune fille ! Où l'avait-elle rencontré ? Dans le monde, chez elle, rue Saint-Dominique peut-être ! Qui pouvait savoir ? Il y venait peut-être encore. A cette pensée, un mouvement de colère entraîna Mme Desvarennes. Elle voulut connaître le nom de cet homme, afin d'avoir avec lui une explication dans laquelle elle lui dirait ce qu'elle pensait de son indigne conduite. On lui en donnerait des filles bien élevées à détourner, à ce monsieur ! Et il ne

risquait rien ! Il serait mis à la porte de la maison
avec tous les honneurs dus à sa belle conduite.

Jeanne pleurait toujours silencieusement sur les
genoux de Mme Desvarennes. Celle-ci lui releva la
tête doucement et, essuyant avec son mouchoir de
dentelles les larmes qui l'inondaient :

— Voyons, ma fille ! tout ce déluge ne signifie rien.
Il faut prendre une résolution, je comprends que tu
te caches de ton mari, mais de moi ? Comment se
nomme celui que tu aimes ?

Cette question si simplement faite jeta une lueur
dans le cerveau troublé de Jeanne. Elle entrevit le
danger qu'elle courait. Parler devant Mme Desvarennes ? Dire le nom de celui qui l'avait trahie ? A
elle ! Est-ce que c'était possible ? En un instant elle
comprit qu'elle allait perdre Micheline et Serge. Sa
conscience se révolta et elle ne le voulut pas. Elle
se dressa, et regardant Mme Desvarennes avec des
yeux encore épouvantés :

— Par grâce, oubliez mes larmes ! Ne croyez pas
ce que mon mari vous a dit. Ne cherchez jamais à
rien savoir ! Restez dans l'ignorance où vous êtes !

— Ah çà ! mais celui dont il s'agit me touche donc
de bien près, que tu te caches ainsi de moi ? dit
Mme Desvarennes prise d'une instinctive angoisse.

Elle se tut : ses yeux devinrent fixes. Ils regardaient sans voir. Elle cherchait.

— Je vous en prie ! s'écria Jeanne affolée, jetant ses
mains devant le visage de Mme Desvarennes, comme
pour l'arracher à sa dangereuse recherche.

— Si j'avais un fils, dit la patronne, je croirais...

Soudain, elle cessa de parler : elle devint blême, et
s'avançant vers Jeanne, jusque dans l'âme de laquelle
elle plongea son regard :

— Est-ce que ?... commença-t-elle.

— Non ! non ! interrompit Jeanne, terrifiée en comprenant que la patronne avait entrevu la vérité.

— Tu nies avant que j'aie prononcé ce nom ? dit

Mme Desvarennes d'une voix éclatante. Tu l'as donc lu sur mes lèvres ? Malheureuse ! l'homme que tu aimes, c'est le mari de ma fille !

Ma fille ! L'accent avec lequel Mme Desvarennes prononça ce « ma » fut d'une puissance tragique. Il laissa deviner la mère capable de tout pour défendre le bonheur de l'enfant qu'elle adorait. Serge avait bien calculé. Entre Jeanne et Micheline, Mme Desvarennes ne devait pas hésiter. Elle aurait laissé crouler le monde pour faire de ses débris l'asile où sa fille serait souriante et joyeuse.

Jeanne était retombée, accablée. La patronne la releva violemment. Elle n'avait plus de ménagements pour elle. Il était nécessaire qu'elle parlât. Elle était un témoin unique, et dût la vérité lui être arrachée de force, il fallait qu'elle la dît.

— Ah ! pardonnez-moi ! gémit la jeune femme.

— Il s'agit bien de cela ! Un seul mot, réponds : T'aime-t-il ?

— Le sais-je ?

— Il te l'a dit ?

— Oui.

— Et il a épousé Micheline ! s'écria Mme Desvarennes avec un geste effrayant. Je me défiais de lui. Pourquoi n'ai-je pas obéi à mon instinct !

Elle se mit à tourner dans la serre comme une lionne en cage. Puis, s'arrêtant brusquement, et se campant devant Jeanne :

— Il faut que tu m'aides à sauver Micheline !

Elle ne pensait qu'à l'enfant de sa chair. Sans hésiter, inconsciemment, elle abandonnait l'autre, l'enfant d'adoption. Elle lui réclamait le salut de sa fille comme une dette.

— Qu'a-t-elle à craindre ? répondit Jeanne amèrement. Elle triomphe, puisqu'elle est sa femme.

— S'il allait l'abandonner ? dit la mère avec angoisse.

Puis, réfléchissant :

— Pourtant, il m'a juré qu'il l'aimait !

— Il mentait ! cria Jeanne avec rage. Il a épousé Micheline pour sa fortune !

— Et pourquoi donc ? dit Mme Desvarennes, menaçante. N'est-elle pas assez belle pour lui avoir plu ? Crois-tu qu'il n'y ait que toi qu'on aime ?

— Si j'avais été riche, il m'aurait épousée ! reprit Jeanne, exaspérée.

A la fin elle se révoltait. On marchait trop sur elle, et, avec un cri de féroce triomphe, elle ajouta :

— Le soir où il s'est enfermé avec moi pour me décider à épouser Cayrol, il me l'a affirmé sur l'honneur.

— Sur l'honneur ! répéta ironiquement Mme Desvarennes accablée. Comme il nous a tous trompés ! Mais que faire ? Quel recours ai-je contre lui ? Une séparation ? Micheline s'y refuserait. Elle l'aime.

Et, dans un élan de fureur :

— Se peut-il que cette fille stupide aime ce bellâtre sans valeur ! Et c'est mon sang qu'elle a dans les veines ! Si on lui apprenait la vérité, elle serait capable d'en mourir !

— En suis-je morte, moi ? dit Jeanne d'un air sombre.

— Toi, tu as une nature énergique, reprit la patronne en s'attendrissant, mais elle, si faible, si douce ! Ah ! Jeanne, pense à ce que j'ai été pour toi, élève un obstacle insurmontable entre toi et Serge ! Reviens à ton mari. Tu ne voulais pas partir avec lui tout à l'heure. C'était de la folie. Si tu t'éloignes de Cayrol, tu ne pourras pas repousser Serge et tu me prendras le mari de ma fille !

— Ah ! Vous ne pensez qu'à elle ! Elle, toujours ! Elle avant tout ! s'écria Jeanne avec colère. Mais moi, j'existe, je compte, j'ai le droit d'être protégée, d'être heureuse ! Et vous voulez que je me sacrifie, que je me livre à cet homme que je n'aime pas, qui me fait peur !

Cette fois, la question était nettement posée. Mme Desvarennes redevint elle-même. Sa taille se redressa, et de sa grande voix, à l'autorité de laquelle on ne résistait pas :

— Alors quoi ? dit-elle. Tu veux te séparer de lui ? Reconquérir ta liberté au prix d'un scandale ? Et quelle liberté ? Tu seras repoussée, dédaignée. Crois-moi, impose silence à ton cœur, et écoute ta raison. Ton mari est un homme bon et loyal. A défaut d'amour, il t'inspirera le respect. En l'épousant, tu as pris des engagements envers lui. Tiens-les. C'est ton devoir !

Jeanne, dominée, se sentit vaincue.

— Mais que va être ma vie ? gémit-elle.

— Celle d'une honnête femme, reprit Mme Desvarennes avec une véritable grandeur. Sois épouse : Dieu te fera mère et tu seras sauvée.

Jeanne se courba sous ces paroles. Elle n'y sentait plus l'égoïsme implacable de la mère. Ce que la patronne disait était sincère et vrai. Ce n'était plus son cœur agité et alarmé qui l'inspirait, c'était sa conscience calme et sincère.

— C'est bien, je vous obéirai, répondit simplement la jeune femme. Embrassez-moi donc, ma mère !

Et elle tendit son front à Mme Desvarennes qui y laissa tomber deux larmes de reconnaissance et d'admiration. Puis Jeanne, allant elle-même à la porte de la chambre de la patronne :

— Venez, monsieur, dit-elle à Cayrol.

Le mari, refroidi par l'attente et troublé par la longueur de l'entretien, montra sur le seuil sa figure inquiète. Il vit Mme Desvarennes grave et Jeanne recueillie. Il n'osa parler.

— Cayrol, tout est expliqué, dit la patronne : vous n'avez rien à craindre de celui que vous redoutiez. Il est séparé de Jeanne pour toujours. Et d'ailleurs, rien dans ce qui s'est passé entre lui et celle qui devait être votre femme ne saurait éveiller votre susceptibilité ou légitimer votre jalousie.

« Je ne vous dirai point aujourd'hui le nom de cet homme. Mais si, par impossible, il reparaissait jamais et menaçait votre bonheur, ce serait moi-même, — vous m'entendez bien ? — qui vous le désignerais !

Cayrol resta un instant pensif, puis s'adressant à Mme Desvarennes :

— C'est bien. J'ai confiance en vous.

Puis, se tournant vers Jeanne :

— Pardonnez-moi, et que tout soit oublié.

Le visage de la patronne resplendit de joie. Et suivant du regard Cayrol et Jeanne qui s'éloignaient :

— Braves cœurs ! murmura-t-elle.

Puis, changeant d'expression :

— A l'autre maintenant !

Et elle sortit sur la terrasse.

XII

L'air était doux, la nuit transparente et lumineuse. Dans la grande allée assombrie par l'épaisseur du dôme de feuillage, le coupé de Cayrol filait rapidement, projetant au passage, sur les massifs, les clartés tremblantes de ses lanternes. Sur le pavé qui mène à Pontoise, on entendait rouler les voitures des derniers invités se rendant à la gare. Il était plus de minuit. Un rossignol, réveillé par la lune dont les ondes blanches baignaient les grands arbres du parc, se mit à chanter son amour aux étoiles. Mme Desvarennes, machinalement, s'arrêta à l'écouter. Une paix profonde s'étendait sur la nature. Un sentiment de bien-être physique envahit cette mère en proie aux plus cruelles angoisses morales. Et elle pensa qu'elle aurait été bien heureuse, par cette nuit resplendissante, si son cœur avait été plein de quiétude et de sérénité. Ses deux filles mariées, c'était sa dernière tâche accomplie. Elle ne devait plus avoir qu'à jouir de la vie telle qu'elle avait su la préparer : calme et satisfaite. Au lieu de cela, c'était la crainte, la dissimulation s'emparant de son esprit ; et la lutte ardente, sans merci, engagée contre l'homme qui avait trompé sa fille et avait menti à elle-même. La barque qui portait sa fortune, arrivée au port, prenait feu, et il fallait recommencer le labeur, retrouver les soucis et la peine.

Une rage sourde gonflait son cœur. Avoir si sûrement construit l'édifice de son bonheur, l'avoir paré avec un soin de toutes les heures, et voir un intrus s'y installer audacieusement et faire prévaloir sa despotique et haïssable autorité ! Et que pouvait-elle contre ce nouveau maître ? Rien. Il était merveilleusement défendu par l'amour insensé de Micheline. Frapper Serge, c'était blesser sûrement et mortellement sa fille. Ainsi, ce misérable pouvait rire impudemment et la braver !

Qu'allait-elle faire ? Le prendre à part, et là, lui révélant qu'elle était informée de sa déloyale conduite, lui jeter à la fin une bonne fois à la face tout son mépris et toute sa haine. Et puis après ? Quelles conséquences pratiques aurait ce déchaînement de violences ? Le prince, usant de l'influence qui mettait Micheline à sa discrétion, séparerait la fille de la mère. Et Mme Desvarennes resterait seule dans un coin, abandonnée, comme un pauvre chien, et elle mourrait de désespoir et de colère. Alors ? Il fallait dissimuler, masquer son visage d'indifférence et, s'il était possible, de tendresse, et entreprendre le difficile travail de détacher Micheline de cet homme qu'elle adorait. C'était toute une stratégie à régler. Faire ressortir les défauts du mari, mettre ses torts en lumière, lui donner l'occasion de prouver sa nullité. En un mot, faire comprendre à la jeune femme qu'elle n'avait épousé qu'un mannequin élégant indigne de son amour.

Les pièges à tendre sous les pas de Serge devaient être faciles à trouver. Il était joueur : il fallait lui donner de l'argent comptant pour qu'il pût satisfaire sa passion. Une fois dans les griffes du démon du jeu, il négligerait sa femme, et la mère pourrait regagner une partie du terrain qu'elle avait perdu. Une fois la fortune de Micheline entamée, elle interviendrait entre sa fille et son gendre. Elle mettrait le prince au pas et, le tenant par l'argent, saurait bien le conduire à son gré.

Déjà elle voyait son autorité reconquise, et sa fille, son trésor, sa vie, véritablement maîtresse de la situation, lui faisant un mérite de l'avoir sauvée. Et puis, il viendra un enfant, pensait-elle, et si Micheline est vraiment ma fille, elle adorera ce petit être, et l'amour aveugle qu'elle a voué à son mari sera diminué d'autant. Il ne savait pas, ce Serge, quel adversaire il avait sur les bras. Il n'avait jamais fait bon se mettre en travers du chemin de la patronne, quand il y allait de ses intérêts. Mais maintenant qu'il s'agissait de sa fille ! Un sourire glissa sur ses lèvres. Une résolution inébranlable, à partir de cette heure, devait la diriger, et la lutte engagée entre son gendre et elle ne pouvait cesser que par l'écrasement de l'un ou de l'autre.

Au loin l'orchestre du bal des ouvriers jetait ses discordantes fanfares dans la nuit. Mme Desvarennes, machinalement, se dirigea vers la tente sous laquelle retentissait lourdement le bruit des pas des danseurs. Les clartés brutales des quinquets perçaient la toile sur laquelle passaient par instants des ombres agrandies. Une clameur joyeuse emplissait cette salle de fête. Des rires bruyants éclataient, mêlés à des cris de femmes lutinées.

La voix de l'avertisseur retentissait goguenarde et solennelle : « La poule ! En avant-deux ! Balancez vos dames ! » Puis le piétinement des gros souliers, foulant le plancher mal raboté dans un entrechat audacieux et faraud, et, dominant le tumulte, les accords mélancoliques de la clarinette, alternant avec les notes criardes du cornet à pistons.

A l'entrée du bal, entourées d'un côté de tables et d'escabeaux, deux pièces de vin, mises en chantier sur des poutres, offraient leur chantepleure de buis à qui voulait se désaltérer. Une mare rouge, élargie au bas de chaque tonneau, attestait que la main des buveurs n'était plus très sûre. Un marchand de galettes, installé de l'autre côté, pétrissait une dernière fournée de feuilleté, pendant que son apprenti, secouant avec vigueur la cloche qui s'attachait à une tringle de fer au-dessus du four en fonte, appelait les consommateurs à la boutique. Une odeur de beurre rance, de vin répandu et de quinquets à l'huile de pétrole, saisissait violemment l'odorat.

En pendant à la salle de bal, un établissement de chevaux de bois, qui avait fait, pendant tout le jour, la joie des gamins du village, jetait, comme un appel désespéré, le chant nasal de son orgue de Barbarie, sur lequel une femme, en camisole blanche, jouait la valse des *Cloches de Corneville*.

L'animation de cette fête, au milieu de laquelle Mme Desvarennes pénétrait soudainement, fit une diversion heureuse aux graves pensées qui l'obsédaient ; elle se rappela que Serge et Micheline devaient être là... Elle sortit de l'ombre de l'allée dans laquelle elle se trouvait et s'avança en pleine lumière. En la reconnaissant, tous les ouvriers attablés se levèrent. Elle était vraiment dame et maîtresse. Et puis elle abreuvait et nourrissait tout ce monde depuis le matin. D'un geste elle les fit rasseoir, et marchant vivement vers la salle de danse, elle souleva le rideau de coton rouge et blanc qui en masquait l'entrée.

Là, dans un espace de cent mètres superficiel, cent

cinquante personnes, assises ou debout, se tenaient. Au fond, sur une estrade, les musiciens étaient placés, ayant chacun, entre les jambes, une bouteille de vin, à laquelle, à l'intervalle de chaque danse, ils demandaient de l'entrain et de l'haleine. Une poussière impalpable, soulevée par les pieds des danseurs, chargeait l'air saturé d'âcres parfums. Les femmes, vêtues de robes claires, coiffées en cheveux, les hommes, habillés de leurs vêtements des dimanches, se livraient avec une ardeur passionnée à leur plaisir favori.

Rangés sur une double ligne, se faisant vis-à-vis, ils attendaient avec impatience que la musique attaquât la dernière figure du quadrille. Au pied de l'orchestre, Serge, donnant la main à la fille du maire, faisait face à Micheline, dansant avec le maire lui-même. Un air de gravité joyeuse éclairait le visage de l'officiel municipal. Il jouissait, devant tous ses administrés, de l'inappréciable honneur que la princesse daignait lui faire. Tandis que sa jeune fille, vêtue de sa robe de première communion rallongée avec un volant de mousseline bouillonné, une rose dans les cheveux, et les doigts boudinés dans des gants paille à un bouton, n'osait pas lever les yeux sur le prince, et avec une rougeur brûlante sur les joues, répondait par monosyllabes aux paroles obligeantes que Serge se croyait obligé de lui adresser.

L'orchestre rugit, le plancher trembla : les deux lignes de danseurs avaient marché l'une vers l'autre dans un avant-deux général. Mme Desvarennes, appuyée au montant de bois de la porte, suivait des yeux sa fille, dont la démarche légère contrastait avec l'allure pesante des femmes qui l'entouraient. Le maire, empressé et respectueux, la suivait, faisant des efforts pour se maintenir près d'elle sans marcher sur la longue traîne de sa robe. Et c'étaient des : « Excusez-moi, madame la princesse... Si Madame la princesse veut me faire l'honneur de me donner la main,

c'est à nous de traverser. » Et ils venaient en effet
de traverser. Serge se trouva subitement en face de
sa belle-mère. Son visage prit une expression joyeuse
et il poussa une exclamation. Micheline leva les yeux
et, suivant le regard de son mari, elle aperçut sa
mère. Alors ce fut une double joie. D'un clin d'œil
malicieux, Serge montra à Mme Desvarennes l'embarras solennel du maire qui galopait avec Micheline,
puis les déhanchements des paysans, prenant des
poses avantageuses pour faire « en avant-deux ».

Micheline, elle, gardait son air souriant. Elle s'amusait. Toute cette franche et bonne gaieté, dont elle
était la cause, lui donnait un contentement intérieur.
Elle jouissait du plaisir de tous ceux qui l'entouraient.
Et ses yeux attendris adressaient de loin un remer-
ciement à sa mère, qui avait su préparer toute cette
fête en son honneur. La clarinette, le violon et le
cornet à pistons firent entendre une dernière modu-
lation, puis la cadence finale mit un terme aux ébats
des danseurs. Chacun reconduisait sa danseuse : le
maire avec des allures pompeuses, Serge avec autant
de grâce que s'il eût été à un bal de l'ambassade, et
qu'il eût eu affaire à une jeune fille du grand monde.

Mme Desvarennes fut soudain entourée : des acclamations retentirent ; la musique électrisée entonna
la *Marseillaise*.

— Sauvons-nous, dit Serge, car ces braves gens
sont capables de nous porter en triomphe.

Et, entraînant sa belle-mère et sa femme, il sortit
de la salle de danse, poursuivi par les cris joyeux
des assistants.

Dehors ils marchèrent tous trois en silence. L'air
de la nuit leur parut délicieux à respirer en sortant
de cette fournaise. Les acclamations avaient cessé,
et déjà l'orchestre, poursuivant sa tâche, entamait
une polka. Micheline avait pris le bras de son mari.
Ils allaient doucement, serrés l'un contre l'autre. Pas
un mot n'était échangé : ils semblaient tous les trois

écouter en dedans d'eux-mêmes. Arrivés près du château, ils montèrent les marches du perron et rentrèrent dans la petite serre qui servait de salon à Mme Desvarennes.

L'atmosphère était restée chaude et parfumée du bal. Les lustres étaient encore allumés. Les invités avaient disparu. Micheline jeta lentement les yeux autour d'elle. Le souvenir de cette soirée triomphante, qui avait été la consécration de son bonheur, lui gonfla le cœur d'une vive émotion. Et se tournant vers sa mère avec un visage rayonnant de joie :

— Ah ! maman, que je suis heureuse ! s'écria-t-elle en se jetant dans ses bras.

A ce cri, Serge tressaillit. Deux larmes lui montèrent aux yeux, et, un peu pâle, tendant à Mme Desvarennes ses mains qu'elle sentit frémir dans les siennes :

— Merci ! dit-il avec effusion.

Mme Desvarennes le tint un instant sous son regard. Elle ne vit pas sur son front l'ombre d'une pensée mauvaise. Il était sincèrement ému, loyalement reconnaissant. La pensée lui vint que Jeanne avait pu la tromper, ou se tromper elle-même, et que Serge ne l'avait pas aimée. Un sentiment ineffable de soulagement l'envahit. Mais la défiance était irrémédiablement entrée dans son cœur. Elle repoussa cette flatteuse espérance. Et, lançant à son gendre un coup d'œil que, moins troublé, il eût pu comprendre, elle murmura :

— Nous verrons.

XIII

Les deux premiers mois de cette union furent un véritable enchantement. Serge et Micheline ne se quittèrent pas. Ils étaient, au bout de huit jours,

revenus à Paris avec Mme Desvarennes, et le vaste
hôtel de la rue Saint-Dominique, si grave, si sévère,
s'était empli d'un bruit joyeux. Dans la cour c'était
un mouvement de chevaux, de voitures, des allées et
venues de grooms et de palefreniers. Les superbes
écuries, autrefois trop larges pour les trois chevaux
de la patronne, étaient maintenant exiguës pour le
service du prince. On y comptait huit carrossiers de
haute mine, deux poneys charmants, achetés spécia-
lement pour Micheline, mais que la jeune femme
n'avait jamais pu se résoudre à conduire elle-même,
quatre chevaux de selle sur lesquels, chaque matin,
vers huit heures, quand la fraîcheur de la nuit a
embaumé le Bois, les époux faisaient leur tour de
lac.

Un gai soleil faisait étinceler la large nappe d'eau
entre ses bordures sombres de sapins, l'air frais et
vif jouait dans le voile de Micheline, le cuir fauve
des selles craquait, les mors, mâchés par des bouches
pleines d'écume, sonnaient, ardemment secoués, et
un grand lévrier russe enserrait les deux cavaliers
dans les cercles fous de sa course joyeuse. C'étaient
d'heureuses matinées pour Micheline, qui jouissait
délicieusement d'avoir Serge auprès d'elle, attentif à
ses moindres désirs, la protégeant du regard, et pliant
à sa timide allure d'écuyère novice les mouvements
violents de son pur-sang anglais. Par moments, le
cheval de son mari caracolait en pleine révolte, et elle
suivait complaisamment des yeux l'élégant cavalier
réduisant sans efforts apparents, rien que par la
pression des cuisses nerveuses, sa fougueuse monture.

Puis un besoin de courir prenait la jeune femme,
et, donnant un coup de cravache, elle partait au
galop, heureuse de sentir l'air plus vif lui caresser le
visage et de voir, auprès d'elle, celui qu'elle aimait
lui sourire et l'encourager. Alors c'étaient des courses
folles. Les chevaux s'animaient, le lévrier allongeait
son corps svelte jusqu'à toucher le sable du ventre,

et les précédait dans l'allée détournée, sombre et fraîche, où ils s'engageaient, poussant des pointes furieuses à la suite des lapins effrayés qui traversaient le chemin, rapides comme des balles. Essoufflée par cette violente chevauchée, Micheline s'arrêtait, le visage rose, caressant de son gant sur lequel les branches, effleurées au passage, avaient laissé tomber quelques gouttes de rosée, le col arrondi aux veines saillantes de son bel alezan. Et, lentement, au pas, les deux époux reprenaient la direction de la rue Saint-Dominique. Arrivés dans la cour de l'hôtel, c'étaient des piaffements sonores sur le pavé, qui amenaient tous les employés des bureaux derrière les rideaux des fenêtres. Et lasse d'une bonne fatigue, Micheline entrait en souriant dans le cabinet où sa mère, sérieuse, travaillait à son grand bureau, et s'écriait : « Nous voilà, maman ! » La patronne se levait vivement et embrassait sa fille, s'enivrant de cette fraîche senteur rapportée du dehors. Et puis on montait déjeuner.

Les soupçons de Mme Desvarennes s'étaient engourdis. Elle voyait sa fille heureuse. Son gendre était, dans tous ses rapports avec elle, d'une cordialité parfaite et d'une grâce charmante. Cayrol et sa femme, depuis leur mariage, n'avaient pour ainsi dire fait que toucher barres à Paris, pour repartir aussitôt. Le banquier s'était engagé dans la grande affaire du *Crédit* avec Herzog et voyageait dans toute l'Europe pour créer des comptoirs et assurer des débouchés. Jeanne l'accompagnait. Actuellement ils étaient en Grèce. Les lettres de la jeune femme à sa mère adoptive respiraient le calme et la satisfaction. Elle se louait fort de son mari dont la bonté pour elle était, disait-elle, sans égale.

Du reste, aucune allusion à ce qui s'était passé dans cette soirée du mariage, lorsque, fuyant la colère de Cayrol, elle s'était jetée dans les bras de Mme Desvarennes et avait laissé pénétrer son secret. La patronne pouvait donc croire que cette pensée, qui par moments troublait encore son esprit, était le souvenir mal effacé d'un mauvais rêve.

Ce qui contribuait surtout à lui rendre sa sécurité, c'était l'éloignement de Jeanne. Si la jeune femme eût été près de Serge, Mme Desvarennes eût tremblé. Mais la belle et irritante rivale de Micheline était loin, et Serge paraissait fort amoureux de sa femme.

Tout était pour le mieux. Les redoutables projets agités par la patronne dans le feu de la colère étaient donc restés inexécutés. Serge n'avait pas encore donné à Mme Desvarennes un réel sujet de mécontentement. A vrai dire, il dépensait un argent fou, mais sa femme était si riche !

Il avait mis sa maison sur un pied extraordinaire. Tout ce que le luxe invente de plus raffiné, il l'avait introduit chez lui, à l'état d'habitude. Il recevait fastueusement plusieurs fois par semaine. Et Mme Desvarennes, du fond de son premier étage, car elle ne voulut jamais paraître aux grandes réceptions de son gendre, entendait les éclats de la fête. Cette femme modeste et simple, dont le faste avait été tout artistique, s'étonnait qu'on pût dépenser tant d'argent en divertissements si frivoles. Mais Micheline était la reine de ces somptueuses cérémonies. Elle venait en grande toilette se faire admirer par sa mère, avant de se montrer à ses invités, et la patronne n'avait pas le courage de faire des observations, quand elle voyait sa fille si brillante et si satisfaite.

On jouait beaucoup le soir. La grande colonie étrangère, qui défilait chaque semaine chez Panine, y apportait sa passion effrénée pour les cartes, à laquelle Serge n'avait que trop de tendance à se laisser aller. Ces gentilshommes, entre eux, presque sans ôter leurs gants blancs, faisaient à la bouillotte des différences de quarante et cinquante mille francs. Histoire de se mettre en appétit, avant d'aller au club finir la nuit à la table de baccara.

Pendant ce temps, les femmes, leurs splendides toilettes gracieusement étalées sur les meubles bas et moelleux, causaient chiffons sous l'éventail, ou écoutaient les cantilènes d'un chanteur exotique, pendant que les jeunes gens leur chuchotaient des galanteries à l'oreille.

Le bruit courait que le prince n'était pas heureux au jeu. Ce n'était, à vrai dire, pas surprenant : il était si heureux en amour ! Les échos de l'antichambre, écoutés par Mme Desvarennes, qui ne négligeait aucune source d'informations, répétaient des chiffres énormes. Il y avait évidemment de l'exagération, mais le fait même devait être exact. Le prince perdait.

Mme Desvarennes ne put résister à l'envie de savoir si Micheline se doutait de ce qui se passait et, un matin que la jeune femme était descendue chez sa mère dans un délicieux déshabillé rose, la patronne, en lutinant sa fille, lui dit, comme un propos en l'air :

— Il paraît que ton mari a perdu hier soir.

Micheline regarda Mme Desvarennes avec un air étonné, et d'une voix tranquille :

— Un bon maître de maison ne peut pas gagner l'argent de ses invités, répondit-elle : il aurait l'air de les convier pour les dépouiller. La perte au jeu fait partie de la dépense d'une réception.

Mme Desvarennes trouva que sa fille était devenue bien grande dame et avait acquis promptement des idées larges. Mais elle n'osa plus rien dire. Ce qu'elle redoutait par-dessus tout, c'était de se mettre en hostilité avec Micheline. Pour conserver la tendresse câline de sa fille, elle eût tout sacrifié.

Elle se jeta dans le travail avec un redoublement de passion.

« Si le prince dépense des sommes considérables, se dit-elle, j'en gagnerai de bien plus considérables encore. Il n'est trou si profond creusé par lui que je ne puisse réussir à combler. »

Et elle fit, à force, entrer de l'argent par la porte,

afin que son gendre eût le loisir de le jeter par les fenêtres.

Un beau jour, tout ce grand monde qui fréquentait l'hôtel de la rue Saint-Dominique s'envola dans les châteaux. Le mois de septembre était arrivé, ramenant l'époque des chasses. Le prince et Micheline s'installèrent à Cernay, non plus comme aux premiers jours de leur mariage, en amoureux qui cherchent le silence et le mystère, mais en gens sûrs de leur bonheur, qui veulent mener grand train. Tous les équipages furent emmenés, et le domaine s'emplit de bruit et de mouvement. Les quatre gardes, vêtus de la livrée du prince, vinrent prendre les ordres pour les tirés. Et, chaque semaine, des fournées d'invités débarquèrent, amenés du chemin de fer dans les grands breaks conduits en poste à quatre chevaux.

La princière demeure fut alors dans tout son éclat. C'était une continuelle allée et venue d'élégants et de mondaines. Du haut en bas du château, c'était un frou-frou de jupes soyeuses, des guirlandes de jolies femmes descendant les escaliers avec de frais éclats de rire, et des refrains retenus de la dernière opérette. Le hall immense était témoin d'interminables parties de billard anglais et de toupie hollandaise, pendant qu'un de ces messieurs, installé devant le grand orgue de Cavaillé-Coll, s'escrimant des pieds et des mains, jetait vers la voûte sonore les notes profondes et graves du choral de Luther.

C'était un mélange extraordinaire de laisser-aller et de tenue rigoureuse. La fumée opiacée des cigarettes russes se mélangeait aux senteurs violentes de l'opoponax. Un tohu-bohu élégant, désordonné et charmant, qui se terminait, vers six heures, par un sauve-qui-peut général quand les chasseurs rentraient, le fusil en bandoulière. Et tout ce monde se retrouvait une heure après, dans la grande salle à manger, les femmes en toilettes décolletées, les hommes en habit noir, avec le gilet de satin blanc, un brin de réséda et une rose blanche à la boutonnière. Le soir, dans les salons, une rage de danse entraînait tous ces couples, faisait tourbillonner toutes ces jupes dans une valse effrénée, et rendait du jarret aux cavaliers éreintés par six heures de marche en plein soleil.

Mme Desvarennes ne participait pas à cette folle existence. Elle était restée à Paris, ardente aux affaires. Le samedi, on la voyait arriver par le train de cinq heures, et, régulièrement, elle repartait le lundi matin. Sa présence jetait un peu de froid sur cette gaieté à outrance. Sa robe noire faisait tache au milieu de tous ces brocarts, de tous ces satins. Et sa gravité sévère de femme qui paye et voit filer l'argent trop vite, était comme un blâme, silencieux mais explicite, adressé à cette réunion bruyante d'oisifs attachés à leur seul plaisir.

Les domestiques, à l'office, la plaisantaient. Le valet de chambre du prince y ayant un jour annoncé, avec le flegme narquois d'un homme sûr d'un mot spirituel, que la mère Rabat-joie venait d'arriver, toute la valetaille était partie d'un éclat de rire. Le groom s'était esclaffé, et la femme de chambre de la princesse, une Parisienne gangrenée jusqu'aux moelles, mais qui savait se tenir devant les maîtres, avait déclaré, avec un geste de Belleville, que la mère de Madame était une « empêcheuse de danser en rond ». Et alors ç'avait été une exclamation générale : « Zut pour la vieille ! Qu'est-ce qu'elle avait besoin de venir embêter tout le monde ? Elle pouvait bien rester dans ses bureaux à gagner de l'argent, puisqu'elle n'était bonne qu'à ça !... » Et toute la domesticité avait uni ses voix dans une tempête de huées.

Ce dédain, qui, des maîtres, gagnait les valets, n'avait fait que grandir. Si bien qu'un matin, vers neuf heures, comme Mme Desvarennes descendait dans la cour d'honneur et cherchait des yeux la voiture qui devait la conduire à la gare — d'habitude c'était le second cocher qui était chargé de ce service — elle ne la trouva pas. Pensant que le cocher s'était mis un peu en retard, elle gagna à pied la cour des écuries. Là, au lieu de la victoria qui, tous les lundis, faisait le service, elle vit un vaste mail-coach, auquel deux palefreniers étaient occupés à atteler les quatre grands chevaux bais du prince. Vêtu comme un gentleman, son col rond lui coupant les oreilles, une rose à la boutonnière, le premier cocher du prince, un Anglais enlevé au duc de Royau-mont, regardait harnacher ses bêtes avec l'air d'un homme d'importance.

Mme Desvarennes marcha droit sur lui. Il la regar-dait venir du coin de l'œil, sans se déranger.

— Comment se fait-il que la voiture ne soit pas prête pour aller au chemin de fer ? dit la patronne.

— Je l'ignore, madame, daigna répondre ce per-sonnage, sans se découvrir.

— Mais où est donc le cocher qui me conduit habituellement ?

— Je ne sais pas. Si Madame veut voir dans les communs...

Et, d'un geste insouciant, l'Anglais montrait à Mme Desvarennes les bâtiments magnifiques qui s'élevaient au fond de la cour.

Un flot de sang monta aux joues de la patronne : elle jeta au cocher un tel regard que celui-ci recula de deux pas. Puis, tirant sa montre :

— Il ne me reste plus qu'un quart d'heure avant le départ du train, dit froidement Mme Desvarennes, mais voici des chevaux qui doivent bien marcher. Montez sur votre siège, mon garçon, vous allez me conduire.

L'Anglais secoua la tête :

— Ces chevaux-là, répondit-il, ne sont pas faits pour le service, ce sont des bêtes de promenade. Quant à moi, je mène le prince, je consens à mener la princesse, mais je ne suis pas ici pour vous mener, madame.

Et, d'un geste insolent, assurant son chapeau sur sa tête, il tourna le dos à la patronne. Au même moment, un coup sec, appliqué avec une canne légère, fit rouler le chapeau sur le pavé. Et comme l'Anglais se retournait, rouge de colère, il se trouva en face du prince, que ni Mme Desvarennes, ni lui, n'avaient entendu venir.

Serge, en élégant costume du matin, allait faire un tour dans ses écuries, quand le bruit de la discussion l'avait attiré. L'Anglais, troublé, voulut formuler une excuse.

— Taisez-vous ! lui dit sèchement le prince, et allez attendre mes ordres.

Et se tournant vers la patronne :

— Puisque cet homme refuse de vous conduire, c'est donc moi qui aurai le plaisir de vous mener à la gare, reprit-il avec un charmant sourire.

Et comme Mme Desvarennes se récriait :

— Oh ! je sais très bien conduire à quatre, ajouta-t-il, ne craignez rien. Une fois dans ma vie, ce talent m'aura servi à faire quelque chose d'utile. Montez, je vous prie.

Et ouvrant la portière du mail-coach à Mme Desvarennes, il l'installa dans la voiture. Puis, escaladant d'un bond le siège élevé, il rassembla les rênes, et le cigare aux lèvres, avec un aplomb de vieux cocher, il fit partir son double attelage, décrivant, aux yeux du personnage des écuries effaré, un demi-cercle parfait sur le sable de la cour.

L'épisode fut raconté et fut jugé très favorablement pour le prince. On s'accorda à trouver qu'il avait agi en véritable grand seigneur. Micheline en triompha et vit dans l'acte de déférence accompli par son mari envers sa mère une preuve d'amour pour elle. Quant à la patronne, elle comprit tout l'avantage que cette habile et spirituelle manœuvre donnait au prince. Et, en même temps, elle sentit toute la largeur de la distance qui, désormais, la séparait du monde dans lequel vivait sa fille.

L'insolence de ce domestique était toute une révélation. On la méprisait. Le cocher du prince ne daignait pas s'abaisser jusqu'à conduire une bourgeoise comme elle. Vainement elle payait de son argent les gages de cette valetaille. Son origine roturière et sa bourgeoisie mercantile étaient un vice rédhibitoire. On la subissait : on ne l'acceptait pas.

Elle devint sombre, bouda, quoique son gendre et sa fille fussent parfaits pour elle, et ne vint plus que rarement à Cernay. Elle se sentait gênante et se trouvait encore bien plus gênée. La politesse souriante et superficielle des convives du prince lui crispait les nerfs. Ces gens-là étaient trop bien élevés pour n'être pas polis envers la belle-mère de Panine, mais elle sentait que leur politesse était de commande. Sous son raffinement on devinait l'ironie. Elle se prit à les haïr tous.

Serge, souverain maître de Cernay, y fut vraiment heureux. Il goûta, à satisfaire ses appétits de luxe, un plaisir de tous les instants. Sa passion pour les chevaux devint de plus en plus exigeante. Et il donna ordre de construire dans le parc, au milieu des splendides prairies arrosées par l'Oise, un haras modèle pour lequel il fit, à grands frais, venir des étalons et des poulinières achetés chez les célèbres éleveurs d'Angleterre. Il projetait de monter une écurie de courses.

Un jour, en arrivant à Cernay, Mme Desvarennes ne fut pas peu surprise de voir les pelouses situées le long des bois jalonnées avec des poteaux blancs. Elle demanda curieusement ce que signifiaient ces pieux plantés en terre. Micheline lui répondit d'un air dégagé :

— Ah ! Tu as vu ? C'est la piste d'entraînement. Nous avons fait galoper aujourd'hui *Mlle de Cernay* par *Richemond* et *Etincelle*. C'est une pouliche de grande allure, sur laquelle Serge compte beaucoup pour la prochaine poule des Produits.

La patronne fut stupéfaite. Une enfant qu'elle avait élevée si simplement, en dépit de son immense fortune, une petite bourgeoise, parler de « grande allure » et de « poule des Produits » ! Quel changement s'était fait en elle, et quelle influence incroyable avait eue sur cette jeune raison, si juste et si droite, l'esprit frivole et vain de Panine ! Et cela en quelques mois ! Que serait-ce plus tard ? Il parviendrait à lui donner tous ses goûts, il la plierait à toutes ses fantaisies, et, de la jeune fille douce et modeste qu'il avait reçue des mains de sa mère, il ferait une viveuse et une cocodette.

Etait-il possible que, dans ce mouvement d'existence si creuse et si vide, Micheline fût heureuse ? L'amour de son mari lui suffisait. Hormis sa tendresse, elle ne demandait rien ; tout le reste lui était indifférent. Ainsi, d'elle, la laborieuse passionnée, était née cette passionnée amoureuse ! Toute l'ardeur du sang que sa mère avait mise au service du travail, Micheline l'avait mise au service de l'amour.

Du reste, Serge se conduisait irréprochablement : il fallait lui rendre cette justice. Pas une apparence ne l'accusait : il était fidèle. Si invraisemblable que cela pût paraître d'un homme tel que lui, il ne quittait pas sa femme. Il n'était presque jamais allé dans le monde sans elle : c'était un couple de tourtereaux. On en riait même. « La princesse a mis un fil à la patte du beau Serge », disaient les coquettes dont Panine s'occupait si assidument autrefois. C'était bien quelque chose que d'être sûre du bonheur de sa fille. Ce bonheur était chèrement acheté, mais, comme dit le proverbe : Plaie d'argent n'est pas mortelle.

Et d'ailleurs il était certain que le prince ne se rendait pas compte des sommes qu'il dépensait ; il avait toujours la main ouverte. Et jamais plus grand seigneur n'avait su se faire plus d'honneur de sa fortune. Panine, en épousant Micheline, avait trouvé à sa disposition la caisse de la patronne. Cette caisse prodigieuse avait paru impossible à tarir, et il y avait puisé, comme un prince des *Mille et une Nuits* dans le trésor des Génies.

Peut-être suffirait-il de lui prouver qu'il prenait le capital pour le revenu, et mangeait la fortune de sa femme, pour le faire changer de conduite. En tout cas, le moment n'était pas opportun, et, d'ailleurs, la somme n'était pas encore assez forte. Crier pour quelques centaines de mille francs ! Mme Desvarennes passerait pour une avare, et serait couverte de confusion. Il fallait attendre.

Et, confinée dans son bureau de la rue Saint-Dominique, avec Maréchal qui lui servait de confident, elle travaillait à corps perdu, pleine d'emportement et de rage, gagnant de l'argent. Et c'était beau, ce duel entre ces deux êtres, l'un utile et l'autre nuisible, l'un subordonnant tout au travail, l'autre sacrifiant tout au plaisir.

Vers la fin d'octobre, le temps devint mauvais à Cernay et Micheline se plaignit du froid. La grande vie du château plaisait tellement à Serge qu'il fit la sourde oreille. Mais, perdue dans cette vaste demeure, le vent d'automne soufflant lamentablement dans les taillis du parc, dont les arbres avaient pris de beaux tons dorés, Micheline devint triste, et le prince comprit que le moment de rentrer à Paris était venu.

La ville parut déserte à Serge. Cependant la réinstallation dans son splendide appartement lui causa une satisfaction matérielle contre laquelle il ne put réagir. Tout lui sembla nouveau. Il passa en revue les admirables tentures, les meubles de prix, les tableaux et les objets rares. Il fut émerveillé. C'était vraiment de toute beauté, et la cage lui parut digne de l'oiseau. Pendant quelques soirées il resta avec plaisir au coin du feu avec Micheline, dans le petit boudoir gris argent qui était sa pièce favorite. Il feuilletait des albums du bout du doigt, pendant que la jeune femme, à son piano, jouait doucement ou chantait.

Ils se couchaient de bonne heure et se levaient tard. Puis il était devenu gourmand. Il passait des heures à combiner des menus et à inventer des plats inédits sur lesquels il consultait son chef, un cuisinier de premier ordre.

Il fallait faire un tour au Bois dans la journée, mais il n'y rencontrait plus personne. Sur deux voitures, il y avait un fiacre dont le cheval éreinté suivait d'un trot endormi, la tête entre les genoux, l'allée qui mène aux lacs. Il cessa d'aller au Bois et sortit à pied dans les Champs-Elysées. Il traversait le pont de la Concorde et arpentait la contre-allée du côté du cirque.

Il s'assommait. Jamais la vie ne lui avait semblé aussi monotone. Autrefois, il avait au moins les préoccupations de l'avenir. Il se demandait comment il ferait pour sortir de la triste condition dans laquelle il végétait. Maintenant, enfermé dans cette existence heureuse, sans un souci, sans une contrariété, il s'y ennuyait comme un prisonnier dans sa casemate. Il avait soif d'imprévu : sa femme l'irritait, elle était d'une trop constante égalité d'humeur. Il lui voyait toujours le même sourire sur les lèvres. Et puis le bonheur lui réussissait trop : elle engraissait.

Un jour, sur le boulevard des Italiens, Serge rencontra un de ses amis de jeunesse, le baron de Préfont, un viveur endurci, depuis longtemps pourvu d'un conseil judiciaire. A partir de son mariage, il n'avait pas revu le baron. Ce fut une joie. Ils avaient mille choses à se raconter. En marchant, ils arrivèrent jusqu'à la rue Royale.

— Montez donc au Cercle, dit Préfont en prenant Serge sous le bras.

Le prince, désœuvré, se laissa entraîner et monta.

Il se trouva avec un plaisir étrange dans les salons, meublés avec un luxe criard, du Grand Cercle. Les vulgaires fauteuils en cuir du fumoir lui parurent délicieux. Il ne remarqua pas l'usure des tapis fanés et brûlés par la cendre chaude des cigarettes. L'odeur âcre du tabac, imprégnée dans les tentures, ne lui souleva pas le cœur. Il était autre part que chez lui et d'ailleurs il avait la nostalgie du mauvais lieu. Depuis trop longtemps il vivait en famille.

Un matin, en ouvrant son journal, un nom sauta aux yeux de Mme Desvarennes : celui du prince. C'était aux *Echos*. Elle lut : « Le livre d'or du Grand Cercle vient de s'enrichir d'un illustre nom de plus. Le prince Panine a été admis hier sur la présentation de MM. le baron de Préfont et le duc de Bligny. » Ces trois lignes banales, rédigées dans le style, à la fois prétentieux et plat, familier aux reporters, firent bouillir le sang de la patronne. Les oreilles lui tintèrent comme si toutes les cloches de Saint-Etienne-du-Mont avaient sonné à grande volée. Dans une rapide vision, le malheur lui apparut. Son gendre, ce joueur-né, au cercle ! C'était fini de sourire pour Micheline : désormais elle avait une rivale terrible : la passion dévorante du jeu.

Puis Mme Desvarennes réfléchit. Le mari désertant le foyer, c'était son salut, à elle. La porte par laquelle Serge allait sortir lui servirait, à elle, pour entrer. Ce plan qu'elle avait conçu à Cernay, dans cette terrible nuit du mariage, lorsque Jeanne venait de lui faire ses confidences, il ne tenait qu'à elle de l'exécuter. En ouvrant largement sa caisse au prince, elle favoriserait son vice. Et immanquablement elle arriverait à séparer Serge de Micheline.

Mais la patronne fit un retour sur elle-même. Prêter les mains à la perdition du mari de sa fille, dans un but de féroce égoïsme maternel, n'était-ce pas indigne ? Combien de larmes les torts du prince ne coûteraient-ils pas à celle qu'elle voulait reconquérir à tout prix ? Et puis serait-elle toujours là, elle, pour compenser, par son affection dévouée, l'éloignement du mari amèrement regretté ? Elle laisserait donc, en disparaissant du monde, le ménage désuni ?

Elle eut horreur de ce qu'elle avait, un instant, songé à faire. Et au lieu de pousser le prince plus avant dans la voie fatale où il s'engageait, elle se promit de tout faire pour l'en détourner. Cette résolution prise, Mme Desvarennes fut satisfaite. Elle se sentit supérieure à Serge, et, pour un esprit comme le sien, cette pensée fut fortifiante.

L'admission au cercle fut pour Panine un puissant élément d'intérêt jeté dans son existence. Il fallut ruser pour obtenir sa liberté. Ses premières sorties, le soir, troublèrent profondément Micheline. La jeune femme, en voyant partir son mari, fut jalouse ; elle crut à une liaison ; elle trembla pour son amour. Les allures mystérieuses de Serge lui causèrent d'intolérables tortures. Elle n'osa rien dire à sa mère, et garda vis-à-vis de son mari un silence désespéré. Elle chercha discrètement, tendant l'oreille aux moindres mots, tâchant de découvrir quelque indice qui la mît sur la voie.

Un jour, elle trouva dans un vide-poche, sur la cheminée du cabinet de toilette de Serge, un jeton en ivoire portant le timbre du Grand Cercle. C'était donc à la rue Royale que son mari allait passer ses soirées. Cette découverte fut un soulagement pour elle. Il n'y avait que demi-mal, et si le prince fumait quelques cigares en jouant à la bouillotte, ce n'était pas un bien grand crime. Le retour de son entourage habituel et la reprise de leurs réceptions le ramèneraient chez lui.

Serge quittait Micheline vers dix heures maintenant, régulièrement. Il arrivait au cercle vers onze heures. La grosse partie ne commençait guère qu'après minuit. Et alors il se mettait à table avec l'ardeur passionnée d'un joueur de vocation. Son

visage changeait d'expression. Dans le gain il s'animait d'une expression de joie terrible ; dans la perte
il prenait la dure fixité d'une image de pierre : ses
traits se contractaient, ses yeux jetaient un feu sombre. Il mâchait convulsivement sa moustache. Du
reste, muet, et gagnant ou perdant avec une superbe
désinvolture.

Il perdait. Sa déveine avait continué. Seulement
au cercle sa perte n'était plus limitée par les conve-
nances du monde. Il s'engageait autant qu'il le voulait, trouvant toujours devant lui des adversaires
disposés à tenir le coup. Et jusqu'au matin, pâle sous
l'abat-jour des lampes, il suivait sa partie, brûlant
son sang, raidissant ses nerfs, usant sa vie dans la
satisfaction furieuse de cette passion insensée.

Un matin, Maréchal entra dans le cabinet de
Mme Desvarennes. Il tenait à la main un petit carré
de papier. Sans mot dire, il le plaça sur le bureau.
La patronne le prit, lut ce qui y était écrit, d'une
écriture tremblée, et, subitement, devenue pourpre,
se leva avec brusquerie. Le papier portait ces simples
mots : « Reçu de M. Salignon la somme de cent mille
francs. — Serge Panine. »

— Qui est-ce qui a apporté ce billet ? demanda
Mme Desvarennes en froissant le papier entre ses
doigts.

— Le garçon de jeu du cercle.

— Le garçon de jeu ? s'écria la patronne, étonnée.

— Oh ! c'est une sorte de banquier, dit aussitôt
Maréchal ; ces messieurs recourent à lui quand ils
ont besoin d'argent. Le prince se sera trouvé dans
ce cas-là. Et cependant il vient de toucher les loyers
de la maison de la rue de Rivoli.

— Les loyers ? gronda Mme Desvarennes avec un
geste énergique. Les loyers ? Une goutte d'eau dans
la rivière ! Vous ne savez donc pas qu'il est homme à
perdre les cent mille francs qu'on lui réclame, en
une nuit ?

La patronne marchait à grands pas. Elle s'arrêta court.

— Si je ne me mets pas en travers, cet animal-là vendra le lit de plume de ma fille ! Mais il va avoir affaire à moi. Il y a assez longtemps qu'il m'agace. Payez ! Moi, je vais m'en donner pour mon argent.

En une seconde, Mme Desvarennes fut chez le prince. Serge, après un déjeuner délicat, fumait en sommeillant à moitié, étendu sur le divan de son fumoir. La nuit avait été rude pour lui. Il avait gagné jusqu'à deux cent cinquante mille francs à Ibrahimbey, puis il avait tout reperdu, plus cinq mille louis avancés par l'obligeant Salignon. Il avait dit au garçon de jeu de se présenter à l'hôtel de la rue Saint-Dominique, et c'était par erreur que l'un des gardiens en uniforme qui veillaient à la porte avait indiqué au prêteur l'entrée des bureaux au lieu de l'entrée de l'hôtel.

La porte du fumoir, en s'ouvrant brusquement, tira Serge de sa somnolence. Il ouvrit les yeux et resta fort étonné en voyant apparaître Mme Desvarennes, pâle, le sourcil froncé, tenant à la main le papier accusateur.

— Connaissez-vous ça ? attaqua rudement la patronne, en mettant sous les yeux de Serge, qui se levait lentement, le billet signé de son nom.

Le prince s'en saisit vivement, et regardant froidement sa belle-mère :

— Comment ce papier se trouve-t-il dans vos mains ? dit-il.

— Parce qu'on vient de le présenter à ma caisse. Cent mille francs ! Mazette ! Vous vous mettez bien, vous ! Savez-vous combien il faut moudre d'hectolitres de blé pour gagner cent mille francs ?

— Pardon, madame, dit le prince en interrompant Mme Desvarennes. Je ne pense pas que ce soit pour me faire un cours de statistique commerciale que vous soyez venue me chercher ici. Ce billet a été présenté à tort à votre caisse. Je l'attendais, et voici l'argent préparé pour le payer. Puisque vous avez bien voulu prendre ce soin, ayez la bonté de vous rembourser.

Et retirant une liasse de billets de banque du tiroir d'un petit meuble de laque, le prince la tendit à Mme Desvarennes stupéfaite.

— Mais, voulut continuer celle-ci, considérablement troublée par cette riposte inattendue, comment vous êtes-vous procuré cet argent ? Vous avez dû vous gêner...

— Pardon, reprit tranquillement le prince, ceci ne regarde que moi. Veuillez vous assurer si la somme y est, ajouta-t-il avec un sourire, moi je compte si mal que je pourrais m'être trompé à votre détriment.

La patronne repoussa la main qui lui tendait les billets de banque, et secoua la tête avec mélancolie.

— Gardez cet argent, dit-elle, vous en aurez malheureusement besoin. Vous êtes entré dans une voie bien dangereuse et qui nous réserve à tous bien des chagrins. Je donnerais volontiers dix fois autant, tout de suite, pour être sûre que vous ne toucherez plus aux cartes.

— Madame ! s'écria le prince avec impatience.

— Oh ! je sais ce que je risque à vous dire ces choses !... Mais j'en ai trop sur le cœur : il faut que ça sorte, sans quoi j'étoufferais ! Vous dépensez l'argent comme un homme qui ne sait pas ce que c'est que de le gagner. Et si vous continuez...

Mme Desvarennes venait de lever les yeux sur le prince. Elle le vit si blême de colère contenue qu'elle n'osa pas dire une parole de plus. Dans le regard du jeune homme elle lut une haine mortelle. Effrayée, elle regretta ce qu'elle venait de dire, et, faisant un pas en arrière, elle se dirigea vers la porte du fumoir.

— Prenez cet argent, madame, s'écria Serge d'une voix tremblante, prenez-le, ou tout est à jamais fini entre nous !

Et saisissant les billets, il les mit de force dans la main de Mme Desvarennes. Puis, déchirant le billet cause de cette pénible scène, il en jeta les morceaux dans la cheminée.

Profondément émue, la patronne redescendit lentement l'escalier qu'elle avait franchi, quelques instants avant, avec tant de résolution. Elle eut le pressentiment qu'entre elle et son gendre une rupture irréparable venait de s'accomplir. Elle avait froissé l'orgueil de Panine. Elle sentit qu'il ne lui pardonnerait jamais. Elle rentra triste et songeuse dans son appartement. La vie pour cette pauvre femme devenait sombre. Sa belle confiance en elle-même avait disparu. Elle hésitait et tâtonnait maintenant quand il y avait une décision à prendre. Elle n'allait plus, vaillamment, au plus droit et par le plus court. Sa voix sonore s'était voilée. Ce n'était plus la même femme, et volontaire et énergique, à laquelle rien ne résistait. Elle avait connu la défaite.

L'attitude de sa fille avait changé vis-à-vis d'elle. Il semblait que Micheline voulût se défendre de toute complicité avec Mme Desvarennes. Elle affectait de se mettre à l'écart, comme pour bien prouver à son mari que, si sa mère avait pu lui déplaire en quoi que ce fût, elle n'y était, elle, pour rien et s'en lavait les mains. Cette petite trahison, ces mesquines lâchetés affligeaient la patronne. Elle sentait que Serge travaillait sourdement à tourner Micheline contre elle. Et la folle passion de la jeune femme pour celui qu'elle reconnaissait comme son maître ne permettait pas à la mère de douter du parti qu'elle prendrait le jour où il faudrait choisir entre la mère et l'époux.

Un jour, Micheline descendit chez sa mère. Il y avait un mois qu'elle privait la patronne de ses visites qui faisaient sa joie. Un coup d'œil suffit à Mme Desvarennes pour voir que Micheline avait quelque chose d'embarrassant à lui confier. D'abord, elle avait été plus tendre que de coutume, semblant vouloir, avec le miel de ses baisers, adoucir l'amertume de la contrariété que la patronne était condamnée à subir. Puis elle hésita. Elle tournait dans la chambre, chiffonnait, chantonnait. Enfin elle prit son parti. Le médecin était venu, à la demande de Serge qui était inquiet de la santé de sa femme. Et cet excellent docteur Rigaud, qui la soignait depuis sa naissance, lui avait en effet trouvé de l'anémie. Il avait ordonné un changement d'air...

A ces mots, Mme Desvarennes leva la tête et regardant sa fille avec un air terrible :

— Allons ! Pas de phrases ! dis la vérité !... Il t'emmène !

— Mais, maman, s'écria Micheline, déconcertée par cette brusque sortie, je t'assure que tu te trompes. L'intérêt seul de ma santé guide mon mari...

— Ton mari ! éclata Mme Desvarennes. Ton mari ! Ah ! tiens, va-t'en ! Car si tu restes là, je ne pourrai pas me contenir, et je te dirai sur son compte des choses que tu ne me pardonneras pas, puisque tu es malade, tu as raison de changer d'air. Moi, je resterai ici, sans toi, attachée à ma chaîne, pour te gagner de l'argent pendant que tu seras loin. Va-t'en !

Et saisissant sa fille par le bras avec une force convulsive, elle la poussa rudement, la brutalisant pour la première fois de sa vie, en répétant d'une voix égarée :

— Va-t'en ! Laisse-moi seule !

Micheline se laissa mettre hors de la chambre, et remonta chez elle, stupéfaite et effrayée.

A peine la jeune femme fut-elle sortie que Mme Desvarennes subit le contrecoup de l'émotion qu'elle venait d'avoir. Ses nerfs se détendirent et, tombant sur une chaise longue, elle resta immobile, anéantie, à songer amèrement. Etait-ce possible que sa fille, cette enfant adorée, l'abandonnât de la sorte pour obéir aux rancunes de son mari ? Non. Micheline, remontée dans son appartement, allait réfléchir qu'elle emportait avec elle toute la joie de la maison, et qu'il était bien cruel de priver sa mère de ce qui faisait le bonheur de sa vie.

Un peu rassérénée, la patronne descendit au bureau. Comme elle sortait sur le palier du petit escalier, elle vit les domestiques du prince qui montaient à l'étage supérieur, apportant des communs les malles de leur maître. Le cœur de Mme Desvarennes se serra. Elle comprit que ce projet de départ avait été débattu, et d'avance arrêté. Il lui sembla que tout était fini, que sa fille partait pour toujours, et qu'elle ne la reverrait plus. Elle fit trois pas pour aller supplier Serge de rester, pour lui demander quelle somme il voulait en échange de la liberté de Micheline, mais la figure hautaine et sarcastique du prince, lui mettant de force les billets de banque dans la main, passa devant ses yeux, et elle devina qu'elle n'obtiendrait rien. Morne et désespérée, elle entra dans son bureau et se mit à travailler.

Le lendemain, par le rapide du soir, le prince et la princesse partaient pour Nice avec toute leur maison, et l'hôtel de la rue Saint-Dominique restait silencieux et désert.

XIV

Au bout de la promenade des Anglais, sur la route riante, bordée de tamarins, qui suit le bord de la mer, sous les pins odorants, s'élève, dans un massif d'eucalyptus et de chênes-lièges, une blanche villa à volets roses. Une Russe, la comtesse Woreseff, la fit construire il y a cinq ans, et l'habita pendant un hiver. Puis, lassée du bruit monotone des vagues qui battent le pied de la terrasse, et de l'éclat imperturbable du ciel bleu, prise de la nostalgie des brumes de son

pays, elle repartit brusquement pour Saint-Péters-
bourg, laissant à louer cette propriété adorable, faite
à souhait pour abriter des amours heureuses.

C'est là, au milieu des rhododendrons et des arbou-
siers en fleur, que Micheline et Serge s'étaient installés.
Jusqu'à ce jour la princesse n'avait pas voyagé. Sa
mère, toujours attachée à son labeur commercial, ne
quittait point Paris. Micheline était restée près d'elle.
Pendant ce long trajet, accompli dans les conditions
du confort le plus luxueux, elle fut comme une enfant,
s'étonnant de tout, et se faisant une joie des moindres
incidents. Elle dormit mal. La surexcitation que lui
avait procurée le voyage la tint éveillée pendant de
longues heures. Et penchée sur la vitre de la portière,
elle regarda, dans l'obscurité transparente d'une belle
nuit d'hiver, passer, comme des fantômes, les villages,
les forêts. De loin, dans les profondeurs de la campagne, elle voyait étinceler une lumière tremblante,
et elle aimait à se figurer la famille réunie autour du
foyer, les enfants endormis et la mère travaillant
dans le silence.

Les enfants ! Elle y pensait souvent, et jamais sans
qu'un soupir de regret ne montât à ses lèvres. Depuis
plusieurs mois elle était mariée, et ses rêves de maternité n'avaient point été réalisés. Qu'elle eût été heureuse cependant d'avoir sur ses genoux un petit être
né d'elle et de Serge, une tête blonde à caresser, et
à manger de baisers ! Puis l'enfant la ramenait à la
mère. Elle pensait à l'amour profond qu'on doit
éprouver pour ces chères créatures. Et l'image de la
patronne, triste et seule dans le vaste hôtel de la rue
Saint-Dominique, paraissait à ses yeux. Un remords
vague mordait son cœur. Elle se disait : « Si, pour me
punir, le ciel allait me refuser un enfant ? » Elle
pleura, et peu à peu sa crainte et sa douleur s'évapo-
rèrent avec ses larmes. Le sommeil la prit doucement
et, quand elle se réveilla, il faisait grand jour et on
était en Provence.

A partir de ce moment, ce fut un éblouissement. L'arrivée à Marseille, le trajet le long de la côte, l'entrée à Nice, tout fut pour Micheline sujet d'extase. Mais ce fut quand la voiture qui les attendait au chemin de fer s'arrêta devant la grille de la villa que son ravissement éclata avec une force irrésistible. Elle ne pouvait rassasier ses yeux de l'admirable tableau qu'elle avait devant elle. La mer toute bleue, le ciel sans un nuage, les maisons blanches s'étageant sur la colline dans les masses sombres de la verdure, et, dans le lointain, les cimes sourcilleuses de l'Esterel couvertes de neige et toutes roses sous les rayons brillants du soleil. Cette nature vigoureuse, un peu sauvage, très bariolée et presque aveuglante par la crudité de ses tons, surprit la Parisienne et la transporta. Elle éprouva des sensations imprévues. Eblouie par la lumière, enivrée par les parfums, une sorte de langueur s'empara d'elle. Le climat la pénétrait et la fatiguait. Elle se remit promptement de ces premières lassitudes, et une sève puissante, toute nouvelle, circula en elle. Elle fut heureuse moralement et matériellement. Elle s'imprégna d'azur.

La vie pour le prince et la princesse redevint, à Nice, ce qu'elle était à Paris aux premiers temps de leur mariage. Les visites affluèrent : tout ce que la colonie comptait de Parisiens connus et d'étrangers de haute volée se présenta à la villa. Les fêtes recommencèrent. Trois fois par semaine on recevait, et les autres soirs, Serge allait au cercle.

Il y avait deux mois que cette vie absorbante durait. On était au commencement de février, et déjà la nature prenait un éclat tout nouveau sous l'influence du printemps. Un soir, trois personnes, deux hommes et une femme, descendirent de voiture à la grille de la villa, et se trouvèrent en face d'un voyageur qui, lui, était venu à pied. Ces deux cris partirent en même temps :

— Maréchal !

— M. Savinien !

— Vous ! à Nice ! Et par quel miracle ?

— Un miracle qui vous fait faire quinze lieues à l'heure, contre cent trente-trois francs en première classe, et s'appelle le rapide de Marseille !

— Mais pardon, cher ami, je ne vous ai pas présenté à M. et Mlle Herzog...

— J'ai déjà eu l'honneur de rencontrer Mademoiselle chez Mme Desvarennes, dit Maréchal en s'inclinant devant la jeune fille, sans paraître remarquer le père.

— Vous alliez à la villa ? reprit Savinien. Nous aussi. Mais comment se porte ma tante ? Quand l'avez-vous quittée ?

— Je ne l'ai pas quittée.

— Vous dites ?

— Je dis qu'elle est ici.

Savinien laissa tomber ses bras le long de son corps avec un découragement profond, destiné à rendre l'impossibilité dans laquelle il se trouvait de comprendre ce qui se passait. Puis, avec une voix de fausset :

— Ma tante ! A Nice ? Promenade des Anglais ! Voilà qui est plus fort que le téléphone et le phonographe ! Vous me diriez que le Panthéon est venu élire domicile au bord du Paillon, par une belle nuit, que je ne serais pas plus étonné ! Je croyais la patronne aussi solidement enracinée à Paris que le monument consacré à toutes nos gloires ! Mais dites-moi, à quel propos ce voyage ?

— Une fantaisie.

— Qui s'est manifestée ?...

— Hier matin à déjeuner. Pierre Delarue, qui va terminer ses affaires en Algérie, pour se fixer définitivement en France, était venu faire ses adieux à Mme Desvarennes. On a apporté à celle-ci une lettre de la princesse. Elle s'est mise à la lire, puis, tout à coup, s'arrêtant brusquement, elle s'est écriée :

— Cayrol et sa femme sont à Nice depuis deux jours !

Pierre et moi, nous étions étonnés de l'accent avec lequel elle avait dit ces mots. Elle est restée un instant absorbée dans une profonde méditation, puis elle a dit à Pierre :

— Tu pars ce soir pour Marseille ? Eh bien ! je partirai avec toi. Tu m'accompagneras jusqu'à Nice.

Et, se tournant de mon côté, elle ajouta :

— Maréchal, faites votre valise, je vous emmène.

Tout en parlant on était arrivé, à travers le jardin, jusqu'au perron de la villa.

— Rien de plus facile à expliquer que ce départ, dit simplement Mlle Herzog. En apprenant que M. et Mme Cayrol étaient à Nice auprès de la princesse, Mme Desvarennes a senti plus vivement la solitude dans laquelle elle se trouvait à Paris. Elle a eu le désir de passer quelques jours en famille, et elle est partie.

Herzog écoutait attentivement, et semblait chercher la corrélation qui devait exister entre cette arrivée des Cayrol et ce départ de Mme Desvarennes.

— Le plus clair de tout ceci, s'écria Savinien, c'est que voilà Maréchal en villégiature. Ah çà ! mais, Dieu me pardonne, ils sont encore à table, ajouta-t-il en entrant dans le salon, par les larges portes duquel arrivaient confusément un murmure de voix et un bruit de vaisselle agitée.

— Eh bien ! attendons-les : nous sommes en agréable compagnie, dit Herzog en se tournant vers Maréchal, qui lui répondit par un salut froid.

— Qu'est-ce que vous pourrez bien faire ici, mon brave Maréchal ? reprit Savinien. Vous allez vous ennuyer.

— Pourquoi donc ? Une fois par hasard je veux me donner du bon temps. Je vais mener la haute vie ! Vous m'apprendrez, monsieur Savinien : ça ne doit pas être difficile. Il doit suffire de porter des vestons

tourterelle, comme vous, un gardénia à la boutonnière, comme M. Le Brède, des bandeaux frisés,
comme M. du Tremblay, et d'attaquer la banque de
Monaco...

— Comme tous ces messieurs, termina Suzanne
gaiement. Vous êtes donc joueur ?

— Je n'ai jamais touché une carte.

— Mais alors, vous devriez avoir une chance
énorme ! s'écria la jeune fille.

Herzog s'était rapproché.

— Voulez-vous que je vous commandite ? dit-il à
Maréchal. Nous partagerons les bénéfices.

— Trop bon ! répliqua sèchement Maréchal, en se
détournant.

Décidément, il ne pouvait s'habituer aux douce-
reuses familiarités d'Herzog. Et il y avait, dans l'attitude du financier, un je-ne-sais-quoi qui lui déplaisait
souverainement. Il lui trouvait un air de police correc-
tionnelle. Suzanne, par contre, l'intéressait beaucoup.
La jeune fille, simple, vive et toute franche, l'attirait.
Il aimait à causer avec elle, et à différentes reprises,
il lui avait, chez Mme Desvarennes, servi de cavalier.
De là, entre eux, une certaine intimité qui n'avait
jamais pu s'étendre au père.

Herzog avait cette faculté, précieuse pour lui, de ne
jamais paraître blessé de ce qu'on lui faisait entendre.
Il prit familièrement le bras de Savinien.

— Avez-vous remarqué, dit-il, que depuis quelques
jours le cher prince a l'air préoccupé ?

— On l'aurait à moins, répondit Savinien. Il est fort
en déveine, le cher prince, et sa femme, ma charmante
cousine, a beau être riche, si ça va comme ça, ça n'ira
pas longtemps comme ça !

Les deux hommes remontèrent vers la fenêtre.

Suzanne vint à Maréchal. Elle avait pris son air
grave. Celui-ci la regardait s'avancer, pressentant ce
qu'elle allait lui dire, et gêné d'avoir à mentir s'il
ne voulait l'affliger par une franchise brutale.

— Monsieur Maréchal, commença-t-elle, pourquoi êtes-vous toujours compassé et froid avec mon père ?

— Mon Dieu, mademoiselle, il y a entre M. Herzog et moi une grand distance. Je me tiens à ma place, voilà tout.

La jeune fille hocha mélancoliquement la tête :

— Ce n'est pas cela, car vous êtes aimable et même empressé auprès de moi...

— Vous êtes femme, et la moindre politesse...

— Non ! Mon père a dû vous froisser sans le vouloir, car il est excellent. Je l'ai interrogé, il n'a pas paru savoir ce que je voulais lui dire. Mais mes questions ont attiré son attention sur vous. Il vous tient pour un homme tout à fait capable, et il serait heureux de vous voir prendre une situation plus en rapport avec votre mérite. Vous savez que M. Cayrol et mon père viennent de créer une immense affaire ?...

— Le *Crédit Européen ?*

— Oui, il y aura des comptoirs dans tous les grands centres commerciaux de l'Europe. Voulez-vous la direction d'un de ces comptoirs ?

— Moi, mademoiselle ? s'écria Maréchal étonné et se demandant déjà quel intérêt Herzog pouvait avoir à lui faire quitter la maison Desvarennes.

— L'entreprise est colossale, poursuivit Suzanne : elle m'effraie par instants. Est-il donc nécessaire d'être si riche ? Moi, je voudrais que mon père se retirât de ces énormes spéculations dans lesquelles il se jette à corps perdu. Je suis fort simple, et, au fond, j'ai les goûts et les timidités d'une bourgeoise. Ce grand maniement de fonds me fait peur. Mon père veut me faire une fortune immense, dit-il. Tout ce qu'il entreprend, c'est pour moi, je le sais. Vainement, je fais tous mes efforts pour l'en empêcher. Il me semble qu'il court un grand danger. Voilà pourquoi je m'adresse à vous. Je suis très superstitieuse, et je me figure que, si vous étiez avec nous, cela nous porterait chance.

Suzanne, en parlant ainsi, s'était penchée vers Maréchal. Son visage reflétait la gravité de ses pensées. Ses beaux yeux imploraient. Le jeune homme se demanda comment cette enfant si charmante avait pu naître de l'affreux Herzog.

— Croyez que je suis profondément touché, mademoiselle, de la faveur que vous voulez me faire, dit-il avec émotion. Je la dois uniquement, je le sens, à votre bienveillance, mais je ne m'appartiens pas. Je suis attaché à Mme Desvarennes par des liens plus forts que ceux de l'intérêt, ceux de la reconnaissance.

— Vous refusez ? s'écria douloureusement Suzanne.

— Je le dois.

— La place que vous occupez est modeste.

— J'ai été très heureux de l'accepter à une époque où mon pain du jour n'était guère assuré.

— Vous avez été réduit, dit la jeune fille d'une voix tremblante, à une telle...

— Misère, appuya Maréchal en souriant. Oui, mademoiselle, mes débuts dans la vie ont été durs. Je suis un enfant sans famille. La mère Maréchal, une brave fruitière de la rue Pavée-au-Marais, me trouva un matin, au coin de la borne, enveloppé dans un numéro du *Constitutionnel*, comme une vieille paire de bottines. La brave femme me recueillit, m'éleva et me mit au collège. Il faut vous dire que je suis un lauréat de tous les concours. J'ai obtenu tous les prix. Et j'ai même vendu les livres dorés sur tranche du lycée Charlemagne aux heures de détresse. J'avais dix-huit ans quand ma bienfaitrice, la mère Maréchal, mourut. Je restai sans appui, sans secours. J'essayai de me tirer d'affaire tout seul, et d'arriver à la force du poignet. Après dix ans de luttes et de privations, je sentis la vigueur physique et morale me manquer. En regardant autour de moi, je vis que ceux qui surmontaient tous les obstacles étaient autrement trempés que je ne l'étais. Je compris que j'étais né médiocre, et au lieu de m'en prendre à Dieu, aux hommes, et d'essayer, en bouleversant la société, d'imposer ma médiocrité par l'intrigue ou par la force, je me suis résigné, n'étant pas de ceux qui peuvent commander, à être de ceux qui savent obéir. Je remplis, vous le savez, un emploi peu relevé, mais qui me nourrit. Je suis sans ambition, un peu philosiphe .J'observe tout ce qui se passe autour de moi, et je vis heureux, comme Diogène dans son tonneau.

— Vous êtes un sage, reprit Suzanne. Moi aussi, je suis philosophe et je vis dans un milieu qui ne me plaît guère. J'ai malheureusement perdu ma mère fort jeune, et mon père, si tendre qu'il soit, a été obligé de me négliger un peu. Je ne vois autour de moi que des gens millionnaires ou des gens qui aspirent à le devenir. Je suis condamnée aux obsessions des Le Brède et des du Tremblay, jolis cotillonneurs à cerveau vide, qui font la cour à ma dot et pour qui je ne suis pas une femme, mais un sac d'écus orné de dentelles.

— Ces messieurs sont les modernes Argonautes : ils marchent à la conquête de la Toison d'Or.

— Les Argonautes ! s'écria Suzanne en riant, vous avez trouvé juste. Je ne les appellerai plus autrement.

— Oh ! ils ne comprendront pas ! dit gaiement Maréchal : je ne les crois pas ferrés sur la Mythologie.

— Eh bien ! Vous voyez que je ne suis pas très heureuse au sein de mon opulence, comme dit la chanson, reprit la jeune fille. Ne m'abandonnez pas. Venez quelquefois causer avec moi. Vous ne me direz ni banalités, ni fadeurs, vous. Cela me changera des autres.

Et, faisant un geste amical à Maréchal, Mlle Herzog rejoignit son père, qui se faisait donner par Savinien des détails sur la maison Desvarennes.

Le secrétaire resta un moment pensif.

— Etrange fille ! murmura-t-il. Quel malheur qu'il y ait le père !

La portière du salon dans lequel se trouvaient M. et

Mlle Herzog, Maréchal et Savinien, venait d'être soulevée, et Mme Desvarennes, suivie de sa fille, de
Cayrol, de Serge et de Pierre, entrait dans la pièce.
C'était, à une extrémité de la villa, un carré entouré
sur trois de ses faces par une galerie fermée de
vitraux et garnie de plantes de serre. De larges baies,
à demi voilées par de grandes draperies relevées à
l'italienne, donnaient sur cette galerie. Ce salon fut
le séjour de prédilection de la comtesse Woreseff.
Elle l'avait meublé à l'orientale, avec des sièges bas
et de vastes divans invitant à la langoureuse mollesse
des rêveries pendant le jour. Une borne capitonnée,
surmontée d'un buisson de fleurs, occupait tout le
milieu de la pièce. Un perron élégamment contourné
descendait de la galerie sur une terrasse, d'où la vue
s'étendait à la fois sur la campagne et sur la mer.

En voyant entrer la patronne, Savinien s'était
élancé vers elle et lui avait pris les mains. C'était,
dans sa vie inoccupée, un élément d'intérêt que l'arrivée de Mme Desvarennes. Le gommeux devinait
quelque histoire mystérieuse, qu'il serait peut-être
possible d'apprendre. Et l'oreille tendue, l'œil aux
aguets, il cherchait le sens des moindres paroles.

— Si vous saviez, ma bonne tante, disait-il avec son
patelinage hypocrite, combien je suis étonné de vous
voir ici !

— Pas plus que moi d'y être, répondit la patronne
avec un sourire. Mais, bah ! J'ai lâché mon collier
pour huit jours... Vive la joie !

— Et qu'est-ce que vous allez faire ici, dites un
peu ? poursuivit Savinien.

— Mais ce que tout le monde y fait. Au fait, qu'est-
ce qu'on y fait ? reprit Mme Desvarennes avec vivacité.

— Ça dépend, répondit le prince. Il y a ici deux
populations bien distinctes : d'un côté, les gens qui se
soignent ; de l'autre, ceux qui s'amusent. Pour les
premiers, la marche hygiénique, à petits pas, au soleil,
sur la promenade des Anglais. Pour les seconds, les

excursions à grand bruit de grelots, les courses à grand risque de casse-cou, les régates à grand renfort de plongeons. Les uns économisent leur vie comme des avares, les autres la dissipent comme des prodigues. Tenez ! voici la nuit qui vient, l'air se refroidit. Ceux qui se soignent rentrent, ceux qui s'amusent sortent. D'un côté on met les robes de chambre, de l'autre les robes de bal. Ici la maison tranquille, éclairée par une veilleuse, là-bas on rit. Tisane d'un côté, punch de l'autre. Enfin, partout et toujours, le contraste. Nice est à la fois la ville la plus triste et la plus gaie. On y meurt à force de s'y être amusé, et on s'y amuse quitte à en mourir.

— Très dangereux alors, le séjour ici ?

— Oh ! ma tante, pas si dangereux et surtout pas si amusant que le dit le cher prince. Nous sommes là un lot de jolis viveurs qui tuons le temps en attendant qu'il nous le rende, et qui partageons habituellement notre journée entre la salle à manger de l'hôtel, le tir aux pigeons et le cercle, ce qui n'est pas d'un folichon excessif !

— La salle à manger, passe encore, dit Maréchal, mais le tir aux pigeons, à la longue...

— On intéresse le jeu.

— Comment ça ?

— Oh ! c'est très simple : un gentleman, le fusil à la main, est devant les boîtes qui contiennent les pigeons. Vous me dites : « Cinquante louis que l'oiseau tombera. » Je réponds : « Tenu. » Le gentleman crie : « Pull ! », la boîte s'ouvre, le pigeon part, le coup de fusil le suit. Le volatile tombe ou ne tombe pas. J'ai perdu ou j'ai gagné cinquante louis.

— Palpitant ! s'écria Suzanne Herzog.

— Peuh ! poursuivit Savinien avec une indifférence ironique, ça remplace le trente et quarante, et ça vaut mieux que de parier sur les numéros pairs ou impairs des fiacres qui passent.

— Et les pigeons, qu'est-ce qu'ils disent de cela ? demanda sérieusement Pierre.

— On a le tort de ne pas les consulter, dit Serge gaiement.

— Ensuite, reprit Savinien, il y a les courses et les régates...

— Auquel cas, vous pariez sur les chevaux ? interrompit Maréchal.

— Ou sur les canots.

— Autrement dit, le jeu appliqué à toutes les circonstances de la vie.

— Et pour couronner le tout, le soir nous avons le cercle où on joue la grande partie. Là, c'est le baccara qui triomphe. Ce n'est pas varié non plus : Cent louis ? — Tenus. — Cinq, je tire. — Il y a l'école des gens qui tirent à cinq. — Neuf, j'abats, je ramasse ou je paye, et le jeu continue.

— Et cela, à la chaleur du gaz et à la fumée du tabac, dit Maréchal, quand les nuits sont si pleines d'étoiles et que les orangers sentent si bon ? Quelle drôle d'existence !

— Existence d'idiots, Maréchal, soupira Savinien, que moi, homme de travail, réduit, par la rigueur d'une tante à idées dominatrices, à la triste condition d'homme de plaisir, je mène, le front courbé sous l'humiliation, confondu dans la masse des viveurs par vocation ! Vous connaissez maintenant l'emploi de leur temps, cher ami, aussi complètement que possible, et vous pouvez en écrire un résumé substantiel sous ce titre, imité des paroissiens : *Les heures du Crétin*. Ça aura un fameux succès, je vous en réponds !

Mme Desvarennes, qui avait écouté les premiers mots, n'entendait plus. Elle s'était perdue dans une profonde rêverie. Son visage détendu laissait voir les ravages que les préoccupations et le chagrin avaient fait subir à sa belle tête, qui avait si longtemps bravé les atteintes de l'âge. Les tempes s'étaient creusées,

le menton amaigri accusait nettement sa ferme car-
rure. Autrefois il était volontaire, maintenant il semblait obstiné. Les yeux, plus ardents, s'étaient enfoncés sous les arcades sourcilières, et leur tour était
comme charbonné.

Appuyé au mur, près d'une fenêtre, Serge l'observait. Il se demandait avec une secrète inquiétude
quelle raison avait brusquement amené Mme Desvarennes chez lui, après deux mois de séparation, pendant lesquels elle avait à peine écrit à Micheline.
Etait-ce la question d'argent qui allait de nouveau
être posée ? Depuis le matin, la patronne avait con-
servé l'attitude la plus inattendue, souriante, calme,
avec des poussées de joie comme une écolière en
vacances. C'était la première fois qu'elle laissait paraître sur sa figure cette morne expression de découragement et de tristesse. Sa gaieté était donc feinte
et elle avait voulu donner le change. A qui ? A lui
certainement.

Un regard, en croisant le sien, le fit tressaillir.
Jeanne venait de diriger ses yeux vers lui. Une
seconde ils se fixèrent, et Serge ne put s'empêcher
de frissonner. Jeanne lui montrait Mme Desvarennes.
Elle aussi l'observait. Etait-ce donc à cause d'eux que
la patronne s'était déplacée ? Leur secret était-il
tombé dans les mains de la redoutable mère ? Il se
promit de le savoir.

Les yeux de Jeanne s'étaient détournés de lui. Il
regarda la jeune femme tout à son aise. Elle avait
embelli. La pâleur de son teint était devenue plus
chaude, les richesses de son buste s'étaient orgueil-
leusement développées. Une sorte de voluptueuse lan-
geur s'exhalait d'elle, troublante comme un vague
parfum. Serge la désira follement. Jamais il n'avait
senti en lui une ardeur de passion aussi impérieuse.
Il eut pendant un instant les mains tremblantes, la
gorge aride, et son cœur s'arrêta une seconde, gonflé
par une aspiration violente. Il voulut rompre cette

attraction qu'exerçait la jeune femme sur ses sens, et s'avança au milieu du salon.

Au même moment arrivaient des visiteurs : Le Brède avec son inséparable du Tremblay, escortant lady Harton, cette belle cousine de Serge qui avait tant troublé Micheline le jour de son mariage, mais qu'elle ne craignait plus ; puis le prince et la princesse Odescalchi, de nobles Vénitiens, suivis de M. Clément Souverain, jeune gentilhomme belge, starter des courses de Nice, grand tireur de pigeon, et forcené conducteur de cotillon.

— Eh ! mon Dieu, milady, tout en noir ? dit Micheline en montrant la robe de satin collante portée par la charmante Anglaise.

— Oui, ma chère princesse, un deuil, répondit lady Harton avec un vigoureux *shake-hand*, un deuil de bal ; un de mes meilleurs danseurs : vous savez, messieurs, Harry Tornwall...

— Le cavalier servant de la comtesse Alberti ! précisa Serge. Eh bien ?

— Eh bien ! il vient de se tuer, dit l'Anglaise.

Un concert d'exclamations s'éleva dans le salon, et les assistants, soudainement attirés, entourèrent lady Harton.

— Comment ! vous ne le saviez pas ? poursuivit-elle, on n'a parlé que de cela aujourd'hui à Monaco. Le pauvre Tornwall s'étant fait décaver complètement est entré la nuit dans le parc de la villa habitée par la comtesse Alberti et s'est brûlé la cervelle sous sa fenêtre.

— Quelle horreur ! s'écria Micheline.

— C'est de fort mauvais goût, ce qu'il a fait là, votre compatriote, milady, ajouta Serge.

— La comtesse furieuse a eu un bien joli mot. Elle a dit que Tornwall, en venant se tuer chez elle, lui avait clairement prouvé son manque de savoir-vivre.

— Voulez-vous empêcher les décavés de se brûler

la cervelle ? dit Cayrol. Faites prêter par le mont-de-piété de Monaco un louis sur les pistolets.

— Eh bien ! répliqua le jeune M. Souverain, une fois le louis perdu, les joueurs en seront quittes pour se pendre.

— Oui, conclut Maréchal, mais au moins il y aura la corde qui portera bonheur aux autres.

— Messieurs, savez-vous que c'est lugubre tout ce que vous nous racontez là ! dit Suzanne Herzog. Si, pour varier nos impressions, vous nous faisiez danser une valse entraînante ?

— Oui, c'est cela ! Sur la terrasse, s'écria Le Brède avec feu. Un rideau d'orangers nous dérobera aux regards indiscrets.

— Ah ! mademoiselle, quel rêve ! soupira du Tremblay en s'approchant de Suzanne. Valser avec vous ! Au clair de la lune !

— Oui, mon ami Pierrot ! chantonna Suzanne en éclatant de rire.

Déjà le piano, vigoureusement attaqué par les doigts de Pierre, désireux de se rendre utile puisqu'il ne pouvait être agréable, résonnait dans le salon voisin. Serge, lentement, s'était rapproché de Jeanne.

— Me ferez-vous la faveur de danser avec moi ? dit-il doucement.

La jeune femme tressaillit ; une pâleur envahit ses joues, et, d'une voix rude :

— Pourquoi n'invitez-vous pas votre femme ?

Serge sourit :

— Vous ou personne.

Jeanne leva hardiment les yeux, et le regardant bien en face, d'un air de défi :

— Eh bien ! personne !

Et, se dressant, elle alla prendre le bras de Cayrol qui s'avançait. Puis, voyant sa femme seule avec Mme Desvarennes, il passa sur la terrasse. Déjà les couples tournoyaient sur les dalles polies. De joyeux éclats de rire s'élevaient dans le silence. Cette nuit

de février était douce et parfumée. Un trouble profond s'empara de Serge, un dégoût immense de la
vie. La mer étincelait, éclairée par la lune. Il eut le
désir fou de se jeter sur Jeanne, de la saisir dans
ses bras et de l'emporter loin du monde, sur cette
immensité calme qui lui sembla faite pour bercer
doucement d'éternelles amours.

XV

Micheline avait fait un mouvement pour suivre son
mari. La mère, sans se lever, la saisit par la main.

— Reste un peu avec moi, lui dit-elle, avec un
accent de tendre reproche ; c'est à peine si nous avons
pu échanger dix paroles depuis mon arrivée. Voyons,
parle un peu, as-tu été contente de me revoir ?

— Comment peux-tu me le demander ? répondit
Micheline en s'asseyant sur le canapé auprès de sa
mère.

— Je te le demande pour que tu me le dises, reprit
doucement Mme Desvarennes. Je sais bien que tu le
penses, mais ce n'est pas assez.

Et, avec l'air mendiant d'un pauvre honteux :

— Embrasse-moi, veux-tu ?

Micheline lui sauta au cou avec un : « Chère
maman ! » qui fit jaillir deux larmes des yeux de cette
mère torturée depuis deux mois. La patronne prit sa
fille dans ses bras, et, la serrant comme un avare qui
tient son trésor :

— Voilà longtemps, dit-elle, que je ne t'ai entendue
m'appeler ainsi. Deux mois ! pendant lesquels je suis
restée abandonnée dans cette grande maison que tu
remplissais à toi toute seule, autrefois...

— Oh ! maman, je t'en prie, est-ce que tu ne vas
pas enfin être raisonnable ?

— Etre raisonnable ? Autrement dit, n'est-ce pas, m'habituer à vivre sans toi, après avoir, pendant vingt ans, subordonné mon existence à la tienne ? Supporter sans me plaindre qu'on m'ait pris tout mon bonheur ? Et, maintenant que je suis vieille, mener jusqu'à la fin de mes jours une vie sans but, sans joie, sans chagrin même, car je te connais, si tu avais de la peine, tu ne me le dirais pas !

Il y eut un instant de silence, puis Micheline reprit avec un air contraint :

— Quels chagrins pourrais-je avoir ?

Pour cette fois, Mme Desvarennes perdit patience, et, durement, elle s'écria, ne ménageant plus Micheline, lâchant la bride à sa rancune :

— Eh ! ceux que ton mari peut te causer.

Micheline se leva brusquement.

— Mère ! dit-elle.

Mais la patronne était lancée, et, avec une âpreté qu'elle ne contenait plus :

— Ah ! c'est que ce monsieur s'est conduit avec moi de façon à m'ôter toute confiance ! Après m'avoir juré de ne jamais te séparer de moi, il t'a emmenée, sachant bien que mes affaires me retiendraient à Paris.

— Tu es injuste, dit vivement Micheline. Tu sais bien que ce sont les médecins qui m'ont ordonné d'aller à Nice.

— Eh ! on leur fait ordonner ce qu'on veut, aux médecins ! reprit la patronne avec animation, en secouant dédaigneusement la tête. Ton mari a dit à notre brave docteur Rigaud : « Est-ce que vous ne croyez pas qu'une saison dans le Midi ferait du bien à ma femme ? » L'autre lui a répondu : « Si ça ne lui fait pas de bien, ça ne lui fera pas de mal. » Alors ton mari a ajouté : « Prenez donc une petite feuille de papier et écrivez une ordonnance. Vous comprenez ?... C'est pour ma belle-mère à qui notre départ ne fera pas plaisir. »

Et comme Micheline avait l'air de mettre en doute ce que la patronne avançait :

— C'est le docteur qui me l'a raconté, ajouta celle-ci, quand j'ai été lui faire une scène. Je n'avais déjà pas grande confiance dans la médecine, mais maintenant...

Micheline, se sentant sur un mauvais terrain, voulut en changer, et, calmant sa redoutable mère, comme elle le faisait autrefois :

— Voyons, maman ! tu ne pourras donc jamais te faire à ton rôle ? Tu seras donc toujours jalouse ? Tu sais bien cependant que toutes les femmes quittent leur mère pour suivre leur mari. C'est la loi de la nature. Toi-même, dans ton temps, rappelle-toi ! tu as suivi mon père et ta mère a dû pleurer.

— Est-ce que ma mère m'aimait comme je t'aime ! s'écria impétueusement Mme Desvarennes. J'ai été élevée à la dure, moi. Nous n'avions pas le temps de nous aimer tant que ça. Il fallait travailler. Le bonheur de gâter son enfant, c'est le privilège des riches ! Toi, vois-tu bien, il n'y a pas eu de duvet assez chaud ni de soie assez douce pour capitonner ton berceau. Tu as été couvée, adorée pendant vingt ans. Et il a suffi, ingrate, d'un homme que tu connaissais à peine, il y a six mois, pour te faire tout oublier.

— Je n'ai rien oublié, dit Micheline, émue par cette chaleur passionnée, et dans mon cœur tu as toujours la même place.

— Ce n'est plus la première !

Ce cri de naïf égoïsme fit sourire Micheline :

— Comme c'est bien toi, tyran ! dit-elle. Il faut que tu domines. Voyons, contente-toi de l'égalité ! Songe que tu as pris l'avance, toi, et qu'il y a vingt ans que je t'aime. Tandis que lui, il faut qu'il rattrape le temps perdu. N'essaie pas de faire une comparaison entre l'amour que j'ai pour lui et l'affection que j'ai pour toi. Sois bonne : au lieu de faire mauvaise mine à mon mari, efforce-toi de l'aimer. Je serais si heureuse de vous voir unis, de pouvoir, sans arrière-pensée, vous confondre tous deux dans la même tendresse !

— Ah ! comme tu m'enjôles ! Comme tu es gentille et caressante quand tu veux ! Et comme il est heureux, ce Serge, d'avoir une femme telle que toi ! Du reste, c'est comme un fait exprès : ce sont toujours ceux-là qui ont les meilleures !

— Encore ! dit Micheline avec une figure fâchée. Voyons, maman, je ne suppose pas que tu sois venue de Paris pour me dire du mal de mon mari ?

Mme Desvarennes devint grave :

— Non, je suis venue pour te défendre.

Et comme Micheline faisait un geste de surprise :

— Il est temps que je parle : tu es sérieusement menacée.

— Dans mon amour ? demanda la jeune femme, avec une voix altérée.

— Non, dans ta fortune.

Micheline eut un rire superbe :

— Si ce n'est que cela !

Cette indifférence fit bondir la patronne :

— Tu en parles à ton aise ! Au train dont va ton mari, dans six mois il ne restera plus un centime de ta dot.

— Eh bien ! dit gaiement la princesse, tu nous en redonneras une autre !

Mme Desvarennes prit son air froid des grandes affaires :

— Ta ! ta ! ta ! Est-ce que tu t'imagines que ma caisse n'a pas de fond ? Je t'ai donné quatre millions en te mariant, représentés par quinze cent mille francs de valeurs excellentes, un immeuble rue de Rivoli, et huit cent mille francs que j'ai gardés prudemment dans la maison, et dont je vous sers les intérêts. Les quinze cent mille francs sont loin, s'ils courent toujours. Et mon notaire est venu me prévenir que l'immeuble de la rue de Rivoli avait été vendu sans qu'un remploi ait été fait.

La patronne s'arrêta. Elle avait parlé avec cette redoutable bonhomie qui la faisait si forte. Elle regarda fixement Micheline et dit :

— Savais-tu tout ça, ma fille ?

La princesse, profondément troublée, car, cette fois, la discussion ne portait plus sur une question de sentiment, mais sur des faits matériels d'une précision terrible, répondit à voix basse :

— Non, maman.

— Comment est-ce possible ? s'écria avec éclat Mme Desvarennes. On ne peut rien faire sans ta signature.

— Je l'ai donnée, murmura Micheline.

— Tu l'as donnée ? répéta la patronne avec un accent de colère inexprimable. Quand ça ?

— Le lendemain de mon mariage.

— Ton mari a eu l'impudence de te demander le lendemain de ton mariage ?...

Micheline sourit :

— Il ne m'a rien demandé, maman, dit-elle avec douceur, c'est moi qui lui ai offert... Tu m'avais mariée sous le régime dotal.

— Par prudence ! Avec un gaillard comme ton mari !...

— Ta défiance a dû l'humilier, et j'en ai été honteuse... Je ne t'ai rien dit, parce qu'avec un caractère comme celui que je te connais, tu aurais pu faire manquer le mariage, et j'aimais Serge. J'ai donc signé le contrat que tu avais réglé. Seulement, le lendemain j'ai donné ma procuration générale à mon mari.

La colère de Mme Desvarennes était tombée. Elle observait maintenant Micheline : elle voulait connaître le fond de l'abîme où sa fille s'était jetée avec cette aveugle confiance.

— Et lui, alors, qu'est-ce qu'il a dit ? demanda-t-elle.

— Rien, répondit Micheline très simplement. Il lui

est venu une larme dans les yeux et il m'a embrassée. J'ai vu que cette petite délicatesse lui allait au cœur et j'ai été bien heureuse ! Va, maman, ajouta la jeune femme, les yeux brillants au souvenir de la joie éprouvée, il peut tout dépenser s'il veut, je suis payée d'avance !

La patronne leva les épaules :

— Ma fille, dit-elle, tu es folle à enfermer. Mon Dieu ! mais qu'est-ce qu'il a donc, ce gaillard-là, pour tourner la cervelle à toutes les femmes ?

— A toutes ? s'écria Micheline en interrogeant sa mère du regard avec une violente anxiété.

— C'est une manière de parler, reprit Mme Desvarennes. Mais, ma fille, tu comprends que je ne peux pas me contenter de ce que tu viens de me dire. Une larme et un baiser ! Ça ne fait pas la monnaie de ta dot !

Micheline tenta un nouvel effort, et revint à l'assaut de ce cœur qui se révoltait :

— Voyons ! maman, laisse-moi donc être heureuse !

— On peut l'être sans faire des folies. On n'a pas besoin d'une écurie de courses.

— Oh ! Il a choisi de si jolies couleurs ! interrompit Micheline avec un sourire. Casaque gris perle et argent, toque rose. C'est charmant !

— Tu trouves ? Eh bien, tu n'es pas difficile ! répliqua Mme Desvarennes, en s'animant. Et le cercle ? Et le jeu ? Qu'est-ce que tu en dis ?

Micheline pâlit, et, avec une contrainte qui fit mal à sa mère :

— Faut-il faire tant de bruit pour quelques parties de bouillotte ?

Ce parti pris de toujours défendre Serge exaspéra la patronne :

— Laisse-moi tranquille ! continua-t-elle avec violence, je suis bien informée. Il te laisse seule presque tous les soirs, pour aller cartonner avec de beaux sires qui amènent le roi avec une facilité à faire envie

aux légitimistes ! Ma chère, veux-tu que je te tire
l'horoscope de ton mari ? Il a commencé par les
cartes, il continue par les chevaux : il finira par les
drôlesses !

— Maman ! cria Micheline frappée au cœur.

— Et c'est ton argent qui paiera la fête ! Mais je
suis là, moi, heureusement, pour ramener ton ménage
dans la voie régulière. Et je vais si bien brider ton
monsieur, qu'à l'avenir il marchera droit, je t'en
réponds !

Micheline se dressa devant sa mère, si pâle que
celle-ci fut effrayée, et, d'une voix tremblante :

— Mère, si jamais tu dis un mot à mon mari,
prends-y garde ! Je ne te reverrai de ma vie !

Mme Desvarennes recula devant sa fille. Ce n'était
plus la faible Micheline qui ne trouvait sa force que
dans les larmes ; c'était une femme ardente, prête à
défendre furieusement celui qu'elle aimait. Et comme
Mme Desvarennes restait immobile, n'osant plus
parler :

— Mère, reprit Micheline avec une tristesse pleine
de fermeté, cette explication était inévitable. J'en
souffrais d'avance, car je sentais que j'allais me trouver prise entre mon affection pour mon mari et mon
respect pour toi.

— Entre l'un et l'autre, dit amèrement la patronne,
tu n'hésites pas, je le vois.

— C'est mon devoir. Et si j'y manquais, toi-même,
avec ton bon sens, tu comprendrais que je fais mal.

— Oh ! Micheline ! Pouvais-je m'attendre à te
retrouver ainsi ! s'écria la mère désespérée. Quel
changement ! Ce n'est pas toi qui parles, ce n'est plus
ma fille. Insensée que tu es ! Tu ne vois pas où tu te
laisses mener ? C'est toi-même qui prépares ton
malheur ! Ne crois pas que mes paroles me soient
inspirées par la jalousie. Un sentiment plus élevé me
les dicte, et, en ce moment, mon amour maternel me
donne, je le crains, la prescience de l'avenir. Il n'est

que temps de t'arrêter sur la pente où tu glisses. Tu penses attacher ton mari par ta générosité ? Tu le détacheras en lui rendant le désordre facile. Là où tu crois donner des preuves d'amour, il verra, lui, des preuves de faiblesse. Si tu t'effaces, il en viendra à te compter pour rien. Si tu te mets à ses pieds, prends garde ! il marchera sur toi !

La princesse secoua la tête avec un air hautain, et sourit :

— Tu ne le connais pas, maman. C'est un gentil-homme : il comprend toutes les délicatesses, et il y a plus à gagner à se mettre à sa discrétion qu'à essayer de résister à sa volonté. Tu blâmes son genre d'existence et tu ne le comprends guère. Je le conçois. Que veux-tu ? Il est d'une autre race que nous. Il a besoin des raffinements d'un luxe qui nous serait inutile à toi et à moi, mais dont il lui serait très pénible d'être privé. Il a bien souffert quand il était pauvre, va ! il se dédommage maintenant. Nous commettons quelques folies, c'est vrai. Mais que t'importe ? Pour qui as-tu fait ta fortune ? Pour moi ! Dans quel but ? Mon bonheur !... Eh bien ! je suis heureuse d'entourer mon prince de tout l'éclat qui lui va si bien. Il m'en est reconnaissant, il m'aime, et c'est à son amour que je tiens par-dessus tout, car je sens que le jour où il ne m'aimerait plus, je mourrais.

— Micheline ! cria Mme Desvarennes hors d'elle, en saisissant sa fille avec une force nerveuse.

La jeune femme laissa aller doucement sa tête blonde sur l'épaule de sa mère, et lui parlant à l'oreille, tout bas, d'une voix faible comme un souffle :

— Tu ne veux pas briser ma vie, n'est-ce pas ? Je comprends ton mécontentement. Il est juste, je le sens. Tu ne peux penser autrement que tu penses, étant la femme laborieuse et simple que tu es. Mais, je t'en prie, fais-moi le sacrifice de ta rancune, abandonne toutes tes idées, enferme tes sentiments en toi-même, et ne dis plus rien, pour l'amour de moi !

La mère était vaincue. Elle n'avait jamais su résister à cette voix qui lui parlait en suppliant. Elle n'avait jamais pu rien refuser à cette bouche rose qui lui effleurait le cou de ses lèvres.

— Ah ! cruelle enfant, gémit-elle, quel mal tu me fais !

— Tu consens, n'est-ce pas, petite mère ? murmura Micheline, se laissant aller dans les bras de celle dont elle se sentait si pleinement adorée.

— Je ferai ce que tu voudras, dit Mme Desvarennes en embrassant les cheveux de sa fille, ces cheveux d'or dans lesquels autrefois elle aimait tant à noyer ses doigts.

Sur la terrasse, le piano conduisait toujours les danseurs. Dans l'ombre on voyait passer les groupes tournoyants. Des voix joyeuses retentirent, et Savinien, suivi de Maréchal et de Suzanne, monta vivement les marches du perron.

— Oh ! ma tante, ce n'est pas bien ! s'écria le gommeux. Si vous venez ici pour accaparer Micheline, on va vous renvoyer à Paris. Il nous manque un vis-à-vis pour danser un quadrille croisé... Venez, princesse ! il fait dehors une fraîcheur délicieuse et on va bien s'amuser.

— M. Le Brède a cueilli des oranges, dit Maréchal, et s'en sert pour jouer au bilboquet avec son nez ; et M. du Tremblay, exaspéré du succès de son copain, parle d'illuminer les massifs avec des bols de punch.

— Et que fait Serge au travers de ces folies ? interrogea Micheline en souriant.

— Il cause sur la terrasse avec ma femme, dit Cayrol, en paraissant dans la galerie.

Les jeunes gens s'éloignèrent vivement et se perdirent dans l'obscurité.

Mme Desvarennes regarda Cayrol. Il était tranquille et heureux. De sa jalousie d'autrefois nulle trace. Pendant les six mois qui s'étaient écoulés depuis le mariage, le banquier avait observé attentivement l'attitude de sa femme. Ses actions, ses paroles, rien d'elle ne lui avait échappé. Il ne l'avait pas une fois trouvée en défaut. Aussi, rassuré, il lui avait rendu sa confiance, et cette fois, pour toujours. Jeanne était adorable, et il l'aimait plus encore qu'au premier jour. Du reste, elle lui paraissait bien changée. Son caractère un peu âpre s'était adouci, et la jeune fille hautaine et capricieuse avait fait place à une jeune femme simple, douce et un peu grave. Incapable de lire dans la pensée de sa compagne, Cayrol croyait sincèrement qu'il s'était mal à propos inquiété, et que le trouble éprouvé par Jeanne avait été passager. Il se faisait honneur de la métamorphose de sa femme, et il en était fier !

— Cayrol ! Rendez-moi le service d'enlever cette lampe : elle me fait mal aux yeux, dit Mme Desvarennes, soucieuse de ne pas laisser voir l'altération que la scène qui venait d'avoir lieu entre elle et sa fille avait fait subir à son visage. Puis, priez donc Jeanne de venir me retrouver ici : j'ai deux mots à lui dire.

— Très volontiers, dit Cayrol.

Et prenant la lampe posée sur la table, il l'emporta dans la pièce voisine.

L'obscurité fit du bien à Mme Desvarennes : elle rafraîchit son esprit et calma son sang. Le bruit des danses venait jusqu'à elle, affaibli par la distance. Elle se mit à penser. Ainsi, c'était dans ce courant de vie agitée que se plaisait Micheline ! Vainement elle avait essayé de lui prouver que cette existence de plaisir effréné était mortelle pour le bonheur. La jeune femme se bouchait les oreilles pour ne pas entendre et fermait les yeux pour ne pas voir. La patronne s'interrogea, et, sincèrement, se demanda si, entraînée par la passion, elle n'exagérait pas le mal. Hélas ! non ! elle vit qu'elle ne se trompait pas. On pouvait examiner cette société qui l'entourait, hommes et femmes : on trouvait partout la fièvre, le désordre et la nullité. On eût fouillé tous ces cerveaux sans y découvrir une idée pratique, tous ces cœurs sans y trouver une aspiration élevée. Tous ces gens-là ne vivaient ni avec leur esprit ni avec leur âme ; ils vivaient avec leurs nerfs. Et ils les tendaient jusqu'à les briser. Ils avaient remplacé l'activité par l'agitation. Ils tournaient dans leur vie mondaine comme des écureuils dans leur cage, avec rage, avec folie. Et parce qu'ils remuaient, ils s'imaginaient qu'ils avançaient. On les voyait causer, on approchait et on restait stupéfait. En eux le scepticisme avait tué toutes les croyances. La religion, la famille, la patrie : bonnes blagues ! comme ils disaient dans leur jargon. Ils n'avaient qu'un mobile, qu'une passion, qu'un but : jouir ! Jouir quand même, et toujours ! Voilà ce qu'ils étaient au moral.

Quant au physique, il suffisait de les voir pour les juger. Fourbus, livides, ayant à peine la force d'exister, ils faisaient tout pour se détruire. De ce monde, dont le mot d'ordre unique était le plaisir, tout ce qui ne mourrait pas phtisique irait finir idiot dans les maisons de santé. Qu'est-ce qu'elle faisait dans ce milieu pourri, elle, la femme de travail ? Pouvait-elle espérer régénérer ces malheureux par de bons exemples ? Non ! Ils la traiteraient de radoteuse. Elle ne pourrait pas leur apprendre le bien, et ils excellaient, eux, à apprendre aux autres le mal. Il fallait fuir cette gangrène du vice doré, s'éloigner en emmenant ceux qu'elle aimait, et laisser ces oisifs et ces incapables se consumer et se détruire. Cela ferait de la place sur terre pour les intelligents et les laborieux.

Un immense dégoût monta aux lèvres de Mme Desvarennes et elle résolut de tout tenter pour arracher Micheline à la contagion. En attendant, il fallait interroger Jeanne. Une ombre parut à l'entrée du salon. C'était la jeune femme. Derrière elle, dans l'obscurité de la galerie, Serge s'était glissé sans être vu. Il guettait Jeanne, et la voyant s'éloigner seule il l'avait

suivie. Dans l'angle de la large baie qui s'ouvrait
sur le jardin, il attendit, muet, et le cœur palpitant.
La voix de Mme Desvarennes s'était élevée dans le
silence du salon ; il écouta.

— Assieds-toi, Jeanne, disait la patronne ; notre
entretien sera court et il ne pouvait être différé, car
demain je ne serai plus ici.

— Vous partez si promptement ?

— Oui, je n'ai quitté Paris qu'à cause de ma fille et
à cause de toi. Ma fille sait ce que j'avais à lui dire.
A ton tour ! Pourquoi es-tu venue à Nice ?

— Je n'ai pu faire autrement.

— Parce que ?

— Parce que mon mari l'a voulu.

— Il fallait lui faire vouloir autre chose. Ton
empire sur lui est absolu.

Il y eut un instant de silence. Puis Jeanne répondit :

— J'ai craint, en insistant, d'éveiller ses soupçons.

— Soit ! Mais en admettant même que vous vinssiez
à Nice, pourquoi avoir accepté l'hospitalité dans cette
maison ?

— C'est Micheline, dit Jeanne, qui nous l'a offerte.

— Et cela même ne t'a pas décidée à refuser ?
s'écria Mme Desvarennes avec animation. Quel rôle
te prépares-tu donc à jouer ici ? Après six mois d'honnêteté, est-ce que tu te ravises ?

Serge, derrière son abri, trembla. Les paroles de
Mme Desvarennes étaient claires. Elle savait tout.

La voix de Jeanne reprit, violente et indignée :

— De quel droit me faites-vous l'injure d'un pareil
soupçon ?

— Du droit que tu m'as donné en manquant à tes
engagements. Tu devais rester à l'écart. Et je te
retrouve ici, venue au-devant du danger, essayant déjà
ces coquetteries qui sont le prélude de la faute, te
familiarisant avec le mal, en attendant que tu t'y
laisses aller tout entière.

— Madame ! s'écria Jeanne avec emportement.

— Réponds ! As-tu tenu les promesses que tu m'avais faites ? interrompit Mme Desvarennes avec autorité.

— Et vous ? reprit Jeanne avec désespoir, les espérances que vous m'aviez fait entrevoir se sont-elles réalisées ? Depuis six mois que je me suis éloignée, ai-je trouvé le calme de l'esprit et la paix du cœur ? Le devoir que vous me montriez comme un remède au mal qui me torturait, je m'y suis consacrée stérilement. J'ai pleuré, espérant que le trouble qui est en moi serait emporté par mes larmes. Je me suis adressée au ciel, et je lui ai demandé ardemment de me faire aimer mon mari. Rien ! Cet homme m'est aussi odieux que par le passé. Et à présent que j'ai perdu toutes mes illusions, je me vois rivée à lui pour toujours ! Et il faut que je mente, que je compose mon visage, que je sourie ! Et cela me révolte, et cela m'écœure !... Et je souffre ! Maintenant que vous savez ce qui se passe en moi, jugez, et dites si vos reproches ne sont pas une inutile cruauté.

En entendant Jeanne, Mme Desvarennes se sentit prise d'une pitié profonde. Elle se demanda s'il n'était pas injuste que cette pauvre enfant souffrît tant. Elle n'avait rien fait que du bien. Et sa conduite était digne de toute estime.

— Malheureuse femme ! dit-elle.

— Oui, malheureuse, en effet, reprit Jeanne, car je n'ai rien à quoi me rattacher, rien qui puisse me soutenir. Mon esprit est troublé par des pensées pleines de fièvre. Mon cœur est désolé par d'amers regrets. Ma volonté seule me défend, et, dans une heure de folie, elle peut me trahir.

— Tu l'aimes donc toujours ? dit Mme Desvarennes d'une voix profonde qui fit tressaillir Serge.

— Le sais-je ? répondit Jeanne avec une rage sourde. Il y a des heures où je crois que je le hais. Ce que j'ai enduré, depuis que je suis ici, n'est pas croyable ! Tout me froisse, tout m'irrite. Mon mari qui est aveugle, Micheline qui est inconsciente, et Serge qui sourit silencieusement comme s'il préparait quelque perfidie. La jalousie, la colère, le mépris s'agitent en moi. Je sens que je devrais partir. Et cependant, j'éprouve je ne sais quelle volupté horrible à rester.

— Pauvre enfant ! dit Mme Desvarennes, je te plains de toute mon âme. Pardonne-moi mes injustes paroles. Tu as fait tout ce qu'il était en toi de faire. Tu as des défaillances comme tout ce qui est humain. Il faut qu'on t'aide, et tu peux compter sur moi. Je parlerai demain à ton mari, il t'emmènera. A défaut du bonheur il faut que tu aies la tranquillité. Va, tu es un brave cœur, et si le ciel est juste, tu seras récompensée.

Serge entendit le bruit d'un baiser. Dans un embrassement, la mère venait de bénir sa fille adoptive. Puis le prince vit passer près de lui, lentement, Mme Desvarennes. Et le silence ne fut plus troublé que par les vagues soupirs de Jeanne accablée, à demi étendue sur le divan, dans l'obscurité.

XVI

Serge sortit de sa cachette. Il s'avança vers Jeanne. Le tapis assourdissait le bruit de ses pas. La jeune femme, les yeux perdus dans le vide, respirait avec effort. Il la regarda un instant sans parler, puis, se penchant sur son épaule :

— Est-ce vrai, Jeanne, dit-il avec tendresse, que vous me haïssez ?

Jeanne se dressa effarée en criant :

— Serge !

— Oui, Serge, reprit le prince, qui n'a jamais cessé de vous adorer.

Une rougeur brûlante monta au visage de la jeune femme.

— Laissez-moi, dit-elle avec force, votre langage est indigne. Je ne veux pas vous entendre !

Et, faisant un pas rapide, elle marcha vers la galerie. Serge se jeta plus vivement encore au-devant d'elle :

— Il faut que vous restiez, reprit-il presque violemment : ici vous ne pourrez m'échapper.

— Mais c'est de la démence ! s'écria Jeanne, en reculant : oubliez-vous où nous sommes ?

— Oubliez-vous ce que vous venez de dire ? répliqua Serge avec passion. J'étais là : je n'ai pas perdu une de vos paroles, pleines à la fois de colère et d'amour.

— Si vous m'avez entendue, dit Jeanne, vous savez alors que tout nous sépare : mon devoir, le vôtre, enfin ma volonté.

— Volonté qu'on vous impose, et contre laquelle votre cœur proteste. Volonté que je ne subirai pas !

Serge marchait sur elle, essayant de la saisir dans ses bras.

— Prenez garde ! reprit Jeanne, Micheline et mon mari sont là. Il faut que vous soyez fou pour l'oublier. Faites un pas de plus et j'appelle.

— Appelle donc ! s'écria Serge.

Et, d'un bond, il l'enlaça.

Jeanne cambra sa taille souple, et appuyant ses mains sur la poitrine de Serge, elle raidit ses bras pour se dégager. Elle n'y put parvenir.

— Serge ! dit-elle, en pâlissant à la fois d'angoisse et de volupté dans les bras de cet homme qu'elle adorait, c'est lâche et odieux ce que vous faites !

Un baiser dévorant arrêta les paroles sur ses lèvres. Jeanne se sentit défaillir. Elle fit cependant une tentative suprême :

— Je ne veux pas, balbutia-t-elle. Serge ! Partez.

Des larmes de honte coulèrent de ses yeux.

— Non, tu m'appartiens, murmurait Serge éperdu. L'autre, ton mari, t'avait volée à moi. Je te reprends, je t'aime !

La jeune femme se laissa tomber sur le divan.

Serge répétait :

— Je t'aime ! je t'aime ! je t'aime !...

Un désir furieux s'empara de Jeanne : elle ne repoussa plus les mains qui la serraient ; elle prit Serge par les épaules, et, avec un long soupir, elle s'abandonna.

Un silence profond les enveloppa. Soudain la notion des choses leur revint : un bruit de voix arrivait jusqu'à eux.

Au même moment, la portière qui séparait la pièce du salon voisin fut soulevée. Et, comme, engourdis encore, ils se dressaient dans les bras l'un de l'autre, sur le seuil une ombre vague parut. Une exclamation étouffée retentit : « Dieu ! » suivie d'un sourd sanglot d'agonie. La portière retomba, entourant de ses plis le témoin inconnu de cette terrible scène.

Jeanne s'était levée, cherchant à rassembler ses idées. Une lumière subite éclaira son esprit : elle mesura en un instant l'étendue de son crime, et, poussant un cri d'horreur et de désespoir, elle se sauva, suivie de Serge, par la galerie.

Le lourd rideau alors se releva, et, titubant, livide, presque morte, Micheline entra dans le salon. Pierre, sombre et glacé, marchait derrière elle. La fatigue avait fait rentrer la princesse dans la maison : le hasard l'avait amenée là pour avoir la preuve du malheur et de la trahison.

Tous deux, la princesse et Delarue, se regardèrent, muets et accablés. Leur pensée tourbillonnait dans leur cerveau avec une rapidité effrayante. En un instant, ils revirent toute leur existence. Lui, la blanche fiancée qu'il avait rêvée pour femme et qui, étant volontairement allée à un autre, se trouvait maintenant si cruellement punie. Elle, mesurait la distance

qui séparait ces deux hommes : l'un, bon, loyal, généreux ; l'autre, égoïste, lâche et cupide. Et, voyant
celui qu'elle adorait si vil et si bas, comparé à celui
qu'elle avait dédaigné, Micheline éclata en amers
sanglots.

Pierre, tremblant, courut à elle. La princesse fit un
geste pour le repousser. Mais elle vit sur le front de
l'ami de son enfance une douleur si sincère et une si
honnête indignation qu'elle se sentit, auprès de lui,
aussi en sûreté que s'il eût été son frère, et, accablée,
elle laissa tomber sa tête sur l'épaule du jeune homme
et pleura.

Un bruit de pas fit dresser vivement Micheline. Elle
avait reconnu la marche de son mari. Saisissant avec
force la main de Pierre :

— Pas un mot, jamais ! lui dit-elle, oublie ce que
tu as vu !

Et avec une douleur profonde :

— Si Serge savait que je l'ai surpris, ajouta-t-elle,
il ne me le pardonnerait pas !

Essuyant ses larmes, elle sortit, chancelante encore
du coup qui venait de l'atteindre en plein cœur. Pierre
resta seul, tout étourdi, plaignant et blâmant à la fois
cette pauvre femme qui trouvait encore dans son
amour outragé le courage absurde de se taire et de
se résigner. Une colère sourde s'empara de lui ; et
plus Micheline se montrait faible et craintive, plus
il se sentit violent et emporté.

Serge revenait. Après le premier moment d'affole-
ment il avait réfléchi. Il voulait savoir par qui il avait
été découvert. Etait-ce Mme Desvarennes, Micheline
ou Cayrol qui était entré ? A cette pensée, il frémit,
mesurant les résultats possibles de l'imprudence
commise. Il retourna résolument sur ses pas, prêt à
soutenir la lutte, s'il se trouvait en présence d'un des
intéressés dans cette fatale aventure, décidé à imposer le silence, s'il avait affaire à un indifférent. Il prit
la lampe que Mme Desvarennes, l'instant d'avant,

avait emporter, et entra dans le salon. Pierre seul était devant lui.

Les deux hommes se mesurèrent du regard. Delarue devina toutes les angoisses de Serge. Le prince comprit toute l'hostilité de Pierre. Il blêmit.

— C'est vous qui êtes entré ? fit-il hardiment.

— Oui, dit Pierre, avec rudesse.

Le prince hésita pendant une seconde. Il cherchait visiblement la forme polie à donner à la demande qu'il allait faire. Il ne la trouva pas, et, d'un air menaçant :

— Il faut que vous vous taisiez ! reprit-il, sinon...

— Sinon ? releva Pierre avec une netteté agressive.

— A quoi bon des menaces ? répondit Serge déjà calmé, avec un geste indifférent... Excusez-moi, je sais que vous vous tairez, si ce n'est pour moi, au moins pour d'autres.

— Oui, pour d'autres, dit Pierre, emporté par son indignation, pour d'autres que vous sacrifiez odieusement et qui méritaient tout votre respect et votre tendresse : pour Mme Desvarennes, dont vous n'avez pas su comprendre la haute intelligence, pour Micheline, dont vous n'avez pas su apprécier le cœur exquis. Oui, par égard pour elles, je me tairai, mais non par égard pour vous, car vous ne méritez pas d'égard comme vous ne méritez pas d'estime !

Le prince fit un pas en avant, et avec éclat :

— Pierre ! cria-t-il.

Pierre ne recula point, et regardant Serge bien en face :

— La vérité vous irrite ? Il faudra cependant que vous l'entendiez. Vous agissez volontiers suivant votre fantaisie. Les principes et la morale auxquels se soumettent tous les hommes sont lettres mortes pour vous. Votre bon plaisir avant tout et toujours ! Voilà votre règle, n'est-il pas vrai ? Et tant pis si la ruine et le malheur des autres en sont la conséquence ! Vous n'avez affaire qu'à deux femmes : cela est com-

mode et vous en abusez. Mais je vous préviens qu'il
ne me plaît pas que cela continue, et comme vous
écrasez deux êtres faibles, je me constitue leur défen-
seur.

Serge avait écouté cette violente sortie avec une
dédaigneuse impassibilité. Quand Pierre eut terminé,
il sourit, fit claquer ses doigts et, se tournant vers le
jeune homme :

— Mon cher, permettez-moi de vous dire, dit-il, que
je vous trouve extrêmement plaisant. Vous venez, de
votre autorité privée, mettre la main dans mes affaires. Ah çà ! mais de quoi vous mêlez-vous, s'il vous
plaît ? Etes-vous de la famille ? Etes-vous un parent,
un allié ? A quel titre cette morale ? De quel droit
ce sermon ?

Et Serge, s'asseyant avec nonchalance, se mit à rire
de l'air le plus dégagé.

Pierre reprit gravement :

— J'étais le fiancé de Micheline quand elle vous a
aimé : voilà mon titre ! Pouvant l'épouser, j'ai sacrifié
mon amour au sien : voilà mon droit ! Et c'est au
nom de mon avenir brisé et de mon bonheur perdu
que je viens vous demander compte de son avenir,
à elle, et de son bonheur.

Serge s'était levé brusquement. Il y eut un instant
de silence. Le prince, profondément ulcéré par ce
que venait de lui dire Delarue, restait pensif, cherchant à reprendre son calme. Pierre, tremblant
d'émotion et de colère, s'efforçait de dompter les
violences qui l'entraînaient.

— Vous êtes bien animé, il me semble, dit en
ricanant le prince. Dans votre revendication il y a
plus que le cri d'une conscience irritée : il y a la
plainte d'un cœur qui aime toujours !

— Et quand cela serait ? fit Pierre. Mon abnégation
n'en aurait-elle pas plus de prix ! Oui, je l'aime !
s'écria le jeune homme avec une foi ardente, je l'aime
pieusement, au fond de mon âme, comme une sainte,

et je n'en souffrirai que davantage de la voir souffrir.

Le prince, irrité, fit un geste d'impatience :

— Oh ! ne faisons pas de déclamation lyrique ! dit-il ; soyons brefs et surtout clairs. Qu'est-ce que vous me voulez à la fin ? Expliquez-vous ! Car je ne crois pas que vous m'adressiez cette mercuriale uniquement pour m'apprendre que vous êtes amoureux de ma femme ?

Pierre dédaigna ce qu'il y avait d'injurieux dans la réponse du prince, et, se faisant calme, à force de volonté :

— Je veux, puisque vous me le demandez, que vous oubliiez une minute d'égarement, de folie, et que vous me juriez sur l'honneur que vous ne reverrez jamais Mme Cayrol.

La modération de Pierre froissa plus gravement Serge que sa colère ne l'avait ému. Le prince se sentit véritablement petit auprès de ce dévoué qui ne songeait qu'au bonheur de celle qu'il aimait sans espoir. Son irritation s'en accrut.

— Et si je refusais de me prêter aux fantaisies que vous m'exprimez si candidement ? fit-il avec ironie.

— Alors, dit résolument Pierre, je me souviendrais qu'en renonçant à Micheline je lui ai promis d'être pour elle un frère, et si vous m'y contraigniez, je prendrais sa défense...

— Vous me menacez, je crois ! s'écria Serge hors de lui.

— Non, je vous avertis.

— Assez ! cria le prince se contenant à peine. Quelque service que vous m'ayez rendu, désormais nous sommes quittes. Mais croyez-moi, ne vous entêtez pas dans votre résolution. Je ne suis pas de ceux qui cèdent à la violence. Eloignez-vous de mon chemin, ce sera prudent !

— Et vous, écoutez bien ceci ! Je ne suis pas de ceux qui désertent un devoir, quelque péril qu'il y ait à l'accomplir. Vous savez quel prix j'ai voulu mettre au bonheur de Micheline : je vous en rends responsable et je vous forcerai bien à le respecter.

Et laissant Serge muet de colère impuissante, Pierre regagna la terrasse. Sur la route, les grelots des voitures qui emmenaient Savinien, Herzog et sa fille, résonnaient dans le calme de la nuit étoilée. Dans la villa tout était silencieux. Pierre respira avec délices. Ses yeux se levèrent instinctivement vers le ciel brillant, et, dans le lointain du firmament, l'étoile qu'il faisait sienne et qu'il avait si désespérément cherchée autrefois, quand il était malheureux, lui apparut soudain. Elle était étincelante et comme ranimée. Pierre poussa un profond soupir et s'éloigna.

Le prince passa une partie de sa nuit au cercle. Il s'y trouva nerveux à l'excès, et, après des alternatives de perte et de gain, il se retira, emportant à ses adversaires une très grosse somme. Il y avait longtemps que la veine ne lui avait pas été si favorable, et, en retournant à la villa, il pensait en souriant que le proverbe était singulièrement faux qui disait : Heureux au jeu, malheureux en amour. Il songeait à cette adorable Jeanne qu'il avait tenue dans ses bras quelques heures auparavant et qui l'avait si ardemment attiré à elle. Il comprenait qu'elle n'avait jamais cessé de lui appartenir. Et l'image de Cayrol, confiant, grave et béat, dans sa vanité d'homme sûr de son bonheur, venant devant ses yeux, le prince se mit à rire.

Pour Micheline, pas une pensée : il ne s'en préoccupait même pas. Elle avait été pour lui le marche-pied qui permet d'atteindre à la fortune. Il savait qu'elle était douce ; il la croyait peu clairvoyante. Facilement il la tromperait. Avec quelques tendresses et des égards il lui donnerait l'illusion de l'amour. Seule, Mme Desvarennes le gênait dans les combinaisons auxquelles il se livrait pour organiser l'adultère. Elle était perspicace la patronne, et plus d'une fois, d'un coup d'œil, il lui avait vu percer à jour des

intrigues habilement ourdies. Et puis il fallait sérieusement se défier d'elle. Par moments il lui avait trouvé
dans la voix et dans le regard une dureté inquiétante.
Elle n'était pas femme à reculer devant un scandale.
Ce serait pour elle une joie si profonde de pouvoir
chasser de sa maison celui qu'elle haïssait de toutes
les forces de son être !

Et malgré lui, Serge se rappelait, le soir de ses
accordailles avec Micheline, lorsqu'il avait dit à
Mme Desvarennes : « Prenez ma vie, elle est à vous ! »
de quel ton grave et presque menaçant elle lui avait
répondu : « C'est bien, j'accepte ! » Ces paroles, maintenant, résonnaient à ses oreilles comme une sen-
tence. Il se promit de jouer serré avec la patronne.
Quant à Cayrol, il n'en devait même pas être question. Il avait été créé et mis au monde uniquement
pour servir de jouet aux princes tels que Serge. Sa
destinée était écrite sur son front, et il n'y pouvait
échapper. Si ce n'eût été Panine, un autre se fût
trouvé là à point pour lui rendre le même office. Et
d'ailleurs cet ancien bouvier, ce paysan, ce cuistre,
pouvait-il avoir la prétention de garder pour lui seul
une femme telle que Jeanne ? C'eût été désolant et
injuste : il fallait que Cayrol fût trompé. Et il l'était.

Le prince trouva son valet de chambre qui l'attendait, endormi sur une banquette du vestibule. Il
monta rapidement à sa chambre, se coucha comme
l'aube rougissait le ciel, et dormit d'une traite, sans
remords, sans rêves, jusqu'à midi. En descendant
pour déjeuner, il trouva toute la famille rassemblée.
Savinien était venu, repris d'une tendresse très vive
pour sa tante Desvarennes, à laquelle il se permettait
de soumettre une affaire colossale. Cette fois, disait-il,
c'est la fortune. Il espérait, en réalité, tirer six mille
francs à la patronne, qui, suivant sa coutume, ne
pouvait manquer de lui acheter ce qu'il appelait son
idée.

Le gommeux était rêveur : il préparait ses batteries.

Micheline, pâle, les yeux rougis par l'insomnie, était assise près de la galerie, regardant silencieusement la mer, sur laquelle passaient au loin, comme des vols d'alcyons, les voiles blanches des pêcheurs. Mme Desvarennes, sérieuse, donnait des instructions à Maréchal pour le courrier, tout en observant sa fille du coin de l'œil. L'attitude affaissée de Micheline l'inquiétait : elle flairait un mystère. Cependant le trouble de la jeune femme pouvait être la conséquence du grave entretien de la veille. Mais la sagacité de la patronne devinait un incident nouveau. Peut-être quelque scène entre Micheline et Serge à propos du jeu. Elle était aux aguets.

Cayrol et Jeanne étaient partis en promenade du côté de Menton.

En un instant le prince se rendit compte de la disposition de chacun, et, après un échange de politesses, après un baiser fugitif déposé sur le front de Micheline, il se mit à table. Le repas fut silencieux. Chacun était préoccupé. Serge, inquiet, commençait à se demander si Pierre n'avait pas parlé. Maréchal, le nez dans son assiette, répondait brièvement aux questions que lui adressait Mme Desvarennes. Une gêne croissante se produisait entre les convives.

Quand on se leva de table, ce fut pour tous un soulagement. Micheline prit le bras de son mari, et l'emmenant dans le jardin, à l'ombre des magnolias, elle lui dit :

— Ma mère part ce soir. Une lettre qu'elle vient de recevoir la rappelle à Paris. Son voyage, vous ne vous y êtes certainement pas mépris, a été motivé par la tristesse que lui causait notre absence. Elle n'a pu rester plus longtemps loin de moi, et elle est venue. De retour à Paris, elle va se retrouver très abandonnée. Moi, de mon côté, je suis seule très souvent...

— Micheline ! interrompit Serge, plein d'étonnement.

— Ce n'est pas un reproche, mon ami, dit la jeune

femme avec douceur. Vous avez vos occupations, vos plaisirs. Il y a des nécessités de situation qu'il faut savoir subir : je ne réclame point. Vous faites ce que vous croyez devoir faire et ce doit être bien. Seulement, accordez-moi une faveur...

— Une faveur ? A vous ? reprit Serge, troublé du tour inattendu que prenait cet entretien. Mais parlez, chère enfant, n'êtes-vous pas maîtresse de décider ce qui vous plaît le mieux ?

— Eh bien ! fit Micheline avec un pâle sourire, puisque je vous trouve si bien disposé, promettez-moi que cette semaine nous repartirons pour Paris. La saison ici est fort avancée. Tous vos amis seront de retour là-bas. Ce ne sera pas un grand sacrifice que je vous imposerai.

— Très volontiers ! s'écria Serge, surpris de la soudaine résolution prise par Micheline. Mais avouez que votre mère vous a un peu tourmentée, ajouta-t-il gaiement, pour vous entraîner à sa suite.

— Ma mère ignore mon projet, dit froidement la princesse. Je ne voulais lui en parler que forte de votre assentiment. Un refus de votre part lui eût été trop cruel. Vous n'êtes pas très bien déjà l'un avec l'autre. Et c'est un de mes regrets. Il faut être bon pour ma mère, Serge. Elle est vieille, et nous lui devons beaucoup de reconnaissance et de tendresse.

Panine resta silencieux : un tel revirement avait-il pu s'opérer en un jour dans l'esprit de Micheline ? Elle qui, jadis, sacrifiait impitoyablement sa mère à son mari, venait maintenant plaider en faveur de Mme Desvarennes. Que s'était-il passé ?

Souple et léger, en vrai Slave, Serge prit promptement son parti :

— Tout ce que vous me demandez sera religieusement exécuté par moi, dit-il, aucune concession ne me sera difficile pour vous plaire. Vous désirez retourner à Paris. Nous partirons aussitôt que nos dispositions auront été prises. Dites-le donc à

Mme Desvarennes, et qu'elle voie dans ce départ une preuve de mon désir de vivre en bonne intelligence avec elle.

— Merci, dit simplement Micheline.

Et le prince lui ayant galamment baisé la main, elle regagna la terrasse.

Resté seul, Serge se demanda ce que cachait l'étrange transformation de la jeune femme. Pour la première fois, elle montrait de l'initiative. La question d'argent avait-elle été posée par Mme Desvarennes, et Micheline voulait-elle le ramener à Paris dans l'espoir de lui changer ses habitudes ? C'était ce qu'on verrait. L'idée que Micheline avait pu le surprendre avec Jeanne ne lui vint même pas. Il ne connaissait pas à sa femme une assez grande force d'âme pour dissimuler sa douleur et sa colère. Amoureuse comme elle l'était, elle ne pouvait être capable de se dominer et devait faire un éclat. Il n'eut donc point de soupçons.

Quant au départ pour Paris, il en était ravi. Jeanne quittait Nice avec Cayrol à la fin de la semaine. Perdus dans l'immensité de la ville, les amants seraient plus en sûreté. Ils pourraient se voir à l'aise. Serge louerait une petite maison discrète dans le quartier du Bois de Boulogne. Et pendant qu'on les croirait asservis aux devoirs du monde, ils seraient libres et réunis dans la solitude d'une habitation bien close. A cette pensée, Serge frémit. Toute la folie de son amour pour Jeanne lui monta au cerveau. Il sentit l'odeur capiteuse de la jeune femme à ses narines, la douceur de ses lèvres à sa bouche, et enivré de ce souvenir, dévoré d'un désir nouveau, il resta à songer, se plongeant avec volupté dans l'extase perverse de son rêve d'amour.

XVII

Micheline, de retour à Paris, inquiéta bientôt tous ses amis, tant elle parut changée moralement et physiquement. Sa gaieté d'autrefois avait disparu. La jeune femme était grave et pensive. En quelques semaines, elle maigrit et se creusa. Elle était comme minée par une pensée persistante et aiguë. Mme Desvarennes fut sérieusement tourmentée. Elle interrogea sa fille qui répondit d'une manière évasive. Elle se portait comme d'habitude, ne souffrait point, et n'avait aucun sujet de contrariété. La patronne soupçonna un commencement de grossesse. Elle fit venir le docteur Rigaud, malgré ses préventions à l'égard de la science médicale, et, après une conférence prolongée avec lui, le conduisit chez la princesse. Le docteur questionna Micheline, l'ausculta et finit par déclarer qu'il ne voyait rien qu'un peu d'anémie.

Mme Desvarennes tomba dans une mélancolie profonde. Elle fut assiégée de pressentiments sinistres. Elle passa des nuits sans sommeil, pendant lesquelles elle vit sa fille morte et entendit les chants religieux qui s'élevaient autour de son cercueil. Cette femme si forte, si résistante, pleura comme une enfant, n'osant pas laisser voir ses inquiétudes, et tremblant à l'idée que Micheline pût se douter de ce qu'elle appréhendait.

Serge, lui, insouciant, heureux, traitait les préoccupations de son entourage avec un laisser-aller superbe. Il ne croyait pas la princesse souffrante. Un peu de fatigue peut-être. Elle était éprouvée par le changement de climat. Mais rien de sérieux. Et, repris par sa vie dissipée, il passait toutes ses nuits au club, une partie de ses journées dans une petite maison de

l'avenue Maillot donnant sur le Bois : un joujou rose,
à tour crénelée, un donjon pour rire, qu'il avait trouvé
à louer tout meublé et où il avait installé son coupable
bonheur.

C'était là que, sous un voile épais, Jeanne venait
depuis son retour. Ils avaient chacun une clef de la
petite porte qui donnait sur le Bois. Le premier arrivé
guettait l'autre. Et dans l'obscurité du vestibule, dont
les volets restaient toujours fermés, c'étaient des
étreintes folles, des baisers délirants. Puis, enlacés, ils
entraient dans la chambre sombre, pleine encore des
parfums du jour précédent. Et, devant un feu clair,
ils s'attardaient dans les douceurs de leur amour. Puis
l'heure les rappelait à eux-mêmes. Il fallait repartir.
Et la tristesse de se quitter n'était point atténuée par
la certitude de se revoir.

Jeanne n'allait plus rue Saint-Dominique que très
rarement. L'accueil que lui faisait Micheline était le
même que par le passé. Mais la jeune femme avait
démêlé dans l'attitude de la princesse une froideur
qui l'avait gênée. Et puis il lui coûtait de se trouver
en face de la femme de son amant. Elle avait donc
espacé ses visites.

Cayrol, lui, venait toujours le matin dans le cabinet
de la patronne causer affaire avec elle. Il avait repris
la direction de sa maison de banque, et ses opérations considérables augmentaient chaque jour son
influence sur la place. La grande société du *Crédit
Européen* montée avec Herzog était lancée. Elle promettait des résultats immenses. Cependant, Herzog
causait des inquiétudes à Cayrol. Cet homme, d'une
remarquable intelligence, avait un défaut sérieux, il
voulait trop embrasser, et de la sorte il étreignait mal.
A peine une spéculation était-elle en voie de réussite
qu'il lui venait une autre idée dans la tête, dont il
s'éprenait et à laquelle il sacrifiait ses conceptions
anciennes.

Ainsi, sur le *Crédit Européen*, Herzog projetait déjà

d'échafauder une combinaison financière encore plus grandiose. Il rêvait de tenir le monde financier dans sa main. Cayrol, homme à vue plus courte, mais à sens pratique, avait peur de la nouvelle affaire d'Herzog. Quand celui-ci lui en avait parlé, il avait déclaré nettement qu'il entendait ne pas en courir les chances. Le présent lui paraissait assez beau : il ne voulait pas le compromettre dans des aventures financières, à son avis, fort dangereuses.

Le refus de Cayrol avait violemment contrarié Herzog. Le financier allemand ne se faisait point d'illusion sur l'opinion qu'on avait de lui dans le monde des affaires. Sans le prestige du nom intact de Cayrol, derrière lequel, de plus, on savait la maison Desvarennes, Herzog n'aurait jamais pu lancer son *Crédit Européen* comme il l'avait fait. Il était trop fin pour ne pas le comprendre, et Cayrol lui manquant pour la réalisation d'un plan, duquel il attendait des merveilles, il se mit en quête d'un porte-respect suffisant pour imposer la confiance.

Sa fille Suzanne allait beaucoup rue Saint-Dominique. La patronne et Micheline l'avaient prise en affection. Elle était si sérieuse, si naturelle, si bourgeoise, comme disait Mme Desvarennes, que les femmes la voyaient venir avec plaisir, quoique son père ne leur fût pas sympathique. Herzog, malgré la caution de Cayrol, n'avait jamais obtenu les bonnes grâces de la patronne. Celle-ci trouvait qu'il « marquait mal », et d'instinct, elle se défiait de lui.

Un jour, une nouvelle se répandit dans le monde financier, qui surprit bien des gens. Mlle Herzog s'était présentée aux examens de l'Hôtel de Ville et venait d'obtenir le brevet de capacité. On s'accorda généralement à trouver la démarche de Suzanne assez ridicule. A quoi bon tant de connaissances pour une jeune fille destinée à avoir une grosse dot, à ne jamais connaître le besoin ? Il y avait là une affectation de simplicité, de posé, suivant l'expression de Savinien,

qui prêtait à rire. La patronne, elle, trouva très inté-
ressante la tentative de Suzanne. Elle avait de l'estime
pour les travailleurs. Et plus on était riche, plus elle
trouvait nécessaire qu'on travaillât. Herzog avait
laissé faire et laissait dire.

Le printemps était venu, et, avec les beaux jours, la
santé de Micheline ne s'était pas rétablie. Elle ne
souffrait pas, mais une sorte de langueur l'envahis-
sait. Des journées entières se passaient sans qu'elle
descendît de sa chaise longue. Très affectueuse pour
sa mère, redevenue vraiment ce qu'elle était autrefois,
elle semblait avoir à cœur de lui rendre la tendresse
dont elle l'avait privée pendant les premiers temps de
son mariage.

Jamais elle ne faisait une observation à Serge sur
l'emploi de son temps. Et pourtant elle le voyait bien
peu : tout juste à l'heure des repas. Elle écrivait
toutes les semaines à Pierre qui s'était enterré dans
ses mines. Et chaque fois qu'elle venait de faire partir
une lettre, sa mère la trouvait plus abattue et plus
pâle.

Cependant, Serge et Jeanne s'enhardissaient. Ils ne
se sentaient pas surveillés. Leur sécurité s'était affermie. La petite maison de l'avenue Maillot leur paraissait étroite maintenant. Ils avaient soif d'espace. Ils
rêvaient la liberté du Bois. Et puis dehors, l'air était
doux, les violettes embaumaient. C'était pour eux un
besoin de marcher enlacés, côte à côte, insouciants
et forts. De plus, un vague désir de bravade les entraînait. Ils voulaient se montrer ensemble. On les prendrait pour deux jeunes mariés. Ils refaisaient leur
existence. Ils modifiaient cette destinée qu'ils avaient
pourtant voulue.

Ils sortirent de la maison par une après-midi.
Jeanne, bien voilée, tremblante cependant à l'idée des
conséquences que pouvait entraîner cette escapade,
mais éprouvant une jouissance secrète à la commettre. Ils choisirent les allées les plus solitaires, les

coins les plus discrets, et, après une promenade d'une heure, ils revinrent, hâtant le pas, pris d'une soudaine peur en voyant de loin, vers le soir, les voitures arriver en files pressées.

Ils recommencèrent et s'habituèrent au danger. Jeanne, cependant, se voilait avec soin, retenue par un dernier souci de sa sûreté. Ils allaient se promener du côté de Madrid. L'étang entouré de bosquets était leur but. Ils s'arrêtaient derrière les rideaux de feuillage. Et là, au bras l'un de l'autre, entendant rouler au loin des voitures sur le sol sonore des allées, entourés du grand va-et-vient de la vie parisienne, ils pouvaient cependant se croire seuls, perdus dans ce lieu plein d'ombre.

Un jour, la patronne, se rendant pour affaires à Saint-Cloud, traversait vers quatre heures le Bois de Boulogne. Son cocher avait pris, pour n'être pas arrêté dans sa course, les allées détournées. Il se dirigeait vers Bagatelle. Mme Desvarennes, saisie par l'exquise senteur des taillis, avait baissé les glaces de son coupé et penchait la tête à la portière. Elle songeait tristement, se laissant aller au mouvement moelleux de la voiture, regardant sans voir les massifs qui défilaient de chaque côté de la route. Un tonneau d'arrosage arrêta la course de son cheval, à la hauteur de la villa qui était anciennement habitée par le secrétaire général de la Préfecture de la Seine.

Et comme Mme Desvarennes sortait son buste pour voir ce qui faisait obstacle à la marche de la voiture, elle resta stupéfaite. Au détour d'un sentier, elle venait de reconnaître Serge se promenant avec une femme au bras. Elle poussa une sourde exclamation. Le couple se retourna et, apercevant cette tête pâle dont les yeux étincelaient, il fit un mouvement en arrière pour se dérober. En un instant, Mme Desvarennes sauta sur le chemin.

Les deux coupables fuyaient rapidement par le sentier. Sans souci du qu'en-dira-t-on, aiguillonnée par

une colère furieuse, la patronne les suivit, s'efforçant
de les rejoindre. C'était la femme surtout, soigneuse-
ment voilée, qu'elle voulait saisir et voir. Elle devinait Jeanne. Mais, éperdue, la femme courait, rapide
comme une biche, se dirigeant vers une allée latérale.
Essoufflée, Mme Desvarennes dut s'arrêter. Elle entendit le claquement sec d'une portière se refermant, et
un coupé de grande remise, qui attendait au débouché
du sentier, passa devant elle, emportant les amants
vers la ville.

La patronne resta un moment hésitante. Puis, prenant sa résolution, elle dit à son cocher :

— A la maison.

Et, abandonnant son affaire, laissant derrière elle
Saint-Cloud, elle arriva rue Saint-Dominique quelques
instants seulement après le prince.

D'un élan, sans entrer dans ses bureaux, sans ôter
son chapeau et son manteau, elle monta chez Serge.
Sans hésiter, elle entra dans le fumoir.

Panine était là. Visiblement, il attendait. En voyant
Mme Desvarennes, il se leva et, avec un sourire :

— On voit que vous êtes chez vous, dit-il d'un ton
ironique, vous entrez sans frapper.

La patronne fit un geste brusque.

— Pas de phrases ! dit-elle, le moment serait mal
choisi. Pourquoi vous êtes-vous sauvé tout à l'heure
en me voyant ?

— Vous avez de si singulières façons d'aborder les
gens ! répondit-il légèrement. Vous arriviez comme
une charge de cavalerie ! La personne avec laquelle
je causais a eu peur. Elle a tourné les talons : je l'ai
suivie.

— Elle faisait donc mal, pour avoir eu peur ? Elle
me connaît donc ?

— Qui ne vous connaît ? Vous êtes presque célè-
bre... à la halle !

Mme Desvarennes ne releva pas l'injure, mais, faisant un pas vers Serge, elle dit :

— Quelle est cette femme ?

— Est-ce que vous voulez que je vous la présente ? fit le prince tranquillement. C'est une de mes compatriotes, une Polonaise...

— Vous mentez ! cria Mme Desvarennes, incapable de se contenir plus longtemps. Vous mentez impudemment !

Et elle allait ajouter : « Cette femme, c'était Jeanne ! » Mais un reste de prudence arrêta la phrase sur ses lèvres : elle se tut.

Serge avait pâli.

— Vous vous oubliez étrangement, madame, dit-il d'une voix altérée.

— C'est depuis un an que je m'oublie, et non maintenant ! C'est quand j'étais faible que je m'oubliais ! reprit la patronne avec violence. Tant que Micheline était entre vous et moi, je n'osais ni parler ni agir. Mais puisque, après avoir presque ruiné ma fille, vous la trompez, je cesse tout ménagement. Du reste, aujourd'hui, pour la mettre de mon parti, je n'ai qu'un mot à prononcer...

— Eh bien ! prononcez-le donc ! Elle est là : je vais l'appeler !

Mme Desvarennes, en cet instant suprême, sentit un doute la ressaisir. Si Micheline, dans son aveuglement, allait ne pas la croire, et donner encore une fois raison à son mari ?

Elle fit un mouvement pour arrêter Serge.

— La crainte de la tuer par cette révélation ne vous arrêterait pas ? dit-elle avec une amertume profonde. Quel homme êtes-vous donc pour avoir si peu de cœur et si peu de conscience ?

Panine se mit à rire.

— Vous voyez ce que valent vos menaces, dit-il, et le cas que j'en fais. Epargnez-les-moi donc à l'avenir. Vous me demandez quel homme je suis. Je vais vous l'apprendre. Je suis un homme peu patient, qui n'aime pas qu'on entrave sa liberté, qui entend rester maître chez lui. Tenez-vous-le pour dit, s'il vous plaît, et agissez en conséquence !

Mme Desvarennes bondit à ces paroles. Sa fureur, tombée devant la crainte de sa fille, lui remonta plus bouillante au cerveau.

— Ah ! c'est ainsi ? s'écria-t-elle. Vous voulez toute votre liberté ? Je le conçois ! Vous en faites un si bel usage ! Vous n'admettez pas les observations ? C'est plus commode, en effet ! Vous prétendez être le maître chez vous ?... Chez vous... Mais en vérité, qu'est-ce que vous êtes donc ici, pour prendre de tels airs vis-à-vis de moi ? A peine plus qu'un domestique ! Un mari à mes gages.

Serge, les yeux flamboyants, fit un mouvement terrible. Il voulut parler ; ses lèvres tremblantes ne purent articuler aucun son. Du geste, il montra la porte à Mme Desvarennes. Celle-ci regarda résolument le prince, et avec une énergie que rien désormais ne devait plus faire fléchir :

— Vous m'avez bravée ! Vous aurez affaire à moi ! Bonjour !

Et sortant avec autant de calme qu'elle avait de colère en entrant, elle descendit dans les bureaux.

Dans le cabinet de Maréchal, Cayrol était assis, causant avec le secrétaire de la patronne. Il lui racontait les soucis que lui donnait la témérité d'Herzog. Maréchal ne l'encourageait pas à la confiance. Son opinion sur la moralité du financier n'avait fait que s'accentuer. La sympathie très vive qu'il ressentait pour la fille n'avait pu contre-balancer la mauvaise impression que lui produisait le père. Et il engageait vivement Cayrol à rompre toute solidarité avec un tel personnage. Cayrol, du reste, n'était presque plus engagé dans l'affaire du *Crédit Européen*. Le siège social était encore à sa maison de banque pour trois mois. Les dépôts de titres se faisaient à sa caisse, mais, aussitôt que la grande affaire nouvelle préparée par Herzog serait lancée, le financier devait s'installer dans un vaste immeuble qui se construisait rapidement dans le quartier de l'Opéra. Herzog pouvait donc dès à présent faire toutes les folies qui lui passeraient par la tête, Cayrol serait à l'abri.

Mme Desvarennes entra. Du premier coup d'œil, les deux hommes virent sur son visage la trace des émotions violentes qu'elle venait de ressentir. Ils se levèrent et attendirent en silence. Quand la patronne était de mauvaise humeur, tout le monde pliait le dos. C'était une habitude. Elle fit de la tête un signe à Cayrol et se mit à tourner dans le cabinet, absorbée dans ses réflexions. Puis, subitement, s'arrêtant :

— Maréchal, dit-elle, vous me préparerez le compte du prince Panine.

Et comme le secrétaire restait interdit et ne comprenait pas :

— Eh bien, ! quoi ? Le prince a des avances à la caisse, vous en ferez le relevé, voilà tout ! Je veux tirer au clair sa situation chez moi.

Les deux hommes, stupéfaits d'entendre la patronne parlant de son gendre comme d'un client quelconque, se regardaient.

— Vous lui avez prêté de l'argent à mon gendre, vous, Cayrol ? reprit Mme Desvarennes.

Et comme le banquier, troublé, se taisait, regardant toujours le secrétaire :

— Est-ce la présence de Maréchal qui vous gêne ? dit la patronne. Parlez devant lui : je vous ai dit cent fois qu'il connaît mes affaires aussi bien que moi-même.

— J'ai, en effet, répondit Cayrol, avancé quelques fonds au prince.

— Combien ? fit durement Mme Desvarennes.

— Je n'ai pas le chiffre exact présent à la mémoire. J'ai été heureux de me mettre à la disposition de votre gendre.

— Vous avez eu tort. Et vous avez mal agi en le faisant sans me prévenir. C'est ainsi que ses folies ont été encouragées par des amis complaisants. En tout cas, je vous prie de cesser complètement.

Cayrol prit un air très contrarié, et mettant ses mains dans ses poches, en arrondissant le dos :

— Mais c'est très délicat, ce que vous me demandez là. Vous allez me brouiller avec le prince !

— Préférez-vous vous brouiller avec moi ? dit nettement la patronne.

— Diable ! non ! répliqua vivement le banquier. Mais dans quel embarras vous me mettez ! J'ai justement promis à Serge de lui remettre ce soir une somme importante...

— Eh bien ! vous ne la lui remettrez pas.

— Voilà une affaire qu'il est homme à ne point me pardonner, soupira Cayrol.

Mme Desvarennes posa sa main sur l'épaule du banquier, et le regardant gravement :

— Vous ne m'auriez pas pardonné, vous, si je vous avais laissé lui rendre ce service.

Une inquiétude vague emplit le cœur de Cayrol. Il lui sembla qu'une ombre passait devant ses yeux. Et, d'une voix troublée, s'adressant à la patronne :

— Pourquoi cela ? dit-il.

— Parce qu'il vous en aurait mal payé, répondit Mme Desvarennes.

Cayrol vit dans ces paroles une allusion à l'argent qu'il avait avancé. Ses craintes se dissipèrent : la caisse de Mme Desvarennes était là. Il serait sûrement remboursé.

— Ainsi, vous coupez les vivres au prince ? reprit-il.

— Absolument, dit la patronne. Il s'émancipe beaucoup trop, le cher garçon. Il a eu le tort d'oublier que c'est moi qui tiens les cordons de la bourse. Je veux bien financer, mais il me faut des égards pour mon argent. Adieu, Cayrol, souvenez-vous de mes instructions.

Et, serrant la main du banquier, Mme Desvarennes

entra dans son bureau, laissant les deux hommes en présence.

Il y eut un moment de recueillement. Cayrol rompit le premier le silence.

— Qu'est-ce que vous pensez de la situation du prince ? fit-il.

— Quelle situation ? Sa situation financière ? répondit Maréchal.

— Eh non ! je la connais bien ! Sa situation vis-à-vis de Mme Desvarennes.

— Dame ! si nous étions à Venise, au temps de l'Aqua Tofana, des sbires et des bravi...

— Allons ! bon ! interrompit Cayrol en haussant les épaules avec ennui.

— Laissez-moi continuer ! vous hausserez les épaules après si vous voulez, reprit sérieusement le secrétaire. Si nous étions à Venise, dis-je, avec le caractère que je connais à Mme Desvarennes, il n'y aurait rien de surprenant à ce qu'on retrouvât un beau matin messire Serge au fond du canal Orfano. Vous savez que c'était toujours le canal Orfano... ?

— Vous n'êtes pas sérieux ! grommela le banquier.

— Beaucoup plus sérieux que vous ne le croyez, continua Maréchal avec flegme. Seulement, vous savez, nous sommes au XIXe siècle, et on ne peut plus faire intervenir la Providence sous forme de poignard ou de poison avec autant de facilité qu'autrefois. On se sert bien encore de l'arsenic ou du vert-de-gris, de temps en temps, en famille, mais ça ne réussit plus. Les savants ont eu la petitesse d'inventer des appareils, comme celui de Marsh, avec lequel on retrouve du poison, même où il n'y en a pas. Aussi on prend le parti de vivre comme chiens et chats, mais de vivre... jusqu'au jour où la mort vient toute seule, et vous permet de faire graver sur une tombe cette inscription triomphante : « A ma belle-mère ! » ou : « A mon gendre ! » et au-dessous deux mains jointes.

On n'a jamais pu savoir si c'était pour prier ou pour applaudir.

— Vous vous moquez de moi ! s'écria Cayrol en riant.

— Moi ? Tenez ! voulez-vous faire une affaire... une belle ? Trouvez un homme qui consente à débarrasser Mme Desvarennes de son gendre. Que le coup réussisse, et, après, venez demander un million à la patronne. Je vous l'escompte à vingt-cinq francs de perte seulement, si vous voulez !

Et comme Cayrol restait pensif :

— Il y a pourtant longtemps que vous êtes de la maison, continua Maréchal : comment se fait-il que vous ne connaissiez pas mieux la patronne ? Je vous le dis, et souvenez-vous-en bien : entre Mme Desvarennes et le prince, il y a une haine à mort. L'un des deux mangera l'autre. Lequel ? Les paris sont ouverts.

— Mais moi, que faut-il que je fasse ? Le prince compte sur moi.

— Allez lui dire qu'il n'y compte plus.

— Ma foi non ! J'aime encore mieux qu'il vienne à mon bureau : j'y serai plus à l'aise. Adieu, Maréchal.

— Adieu, monsieur Cayrol. Mais pour qui pariez-vous ?

— Avant de me risquer, je voudrais savoir pour qui est la princesse.

— Ah ! galantin ! vous vous occupez trop des femmes ! Ce défaut-là vous jouera un mauvais tour !

Cayrol sourit, et, faisant un geste de fatuité, il s'éloigna. Maréchal s'assit devant son bureau et, prenant une feuille de papier à lettre :

— Il faut que je dise à Pierre que tout va bien ici, murmura-t-il. S'il savait ce qui se passe, il viendrait bien vite et serait capable de faire quelque sottise.

Et il se mit à écrire.

La maison de banque Cayrol n'a pas une somptueuse apparence. Elle se compose d'un étroit bâtiment à deux étages, dont la façade de plâtre est noircie par le temps. On entre par une porte cochère, sous la voûte de laquelle, à droite, se présente l'entrée des bureaux. Un escalier, garni d'un tapis usé par le frottement des pieds des nombreux visiteurs, conduit au premier étage, sur le palier duquel s'ouvre un large corridor qui dessert les bureaux. Sur les portes vitrées, on lit diverses indications : Payement des coupons. — Ordres de bourse. — Comptabilité générale. — Correspondance étrangère. La caisse est entourée d'un grillage percé, à hauteur d'appui, de deux guichets à tablettes garnies de cuivre. Le cabinet de Cayrol est situé à droite, au fond des bureaux. Il communique avec ses appartements particuliers. Le long des corridors, des banquettes de cuir et de petites tables auprès desquelles sont assis les garçons de service. Tout, dans cette maison, est simple, sérieux, et respire l'honnêteté. Cayrol ne s'est jamais préoccupé de jeter de la poudre aux yeux. Il s'est installé modestement en commençant la banque et, sa fortune augmentant, ses relations s'étendant, et son mouvement d'argent devenant considérable, il n'a point changé ses habitudes. Il est facile à aborder, même pour les clients qui ne sont pas connus de lui. On lui fait passer sa carte, et, à son tour, on est admis dans le grand cabinet, meublé en velours vert, où il brasse ses immenses affaires.

C'est là, qu'au travers du va-et-vient des employés, des commis d'ordre et des clients, le prince Panine vint, le lendemain même, trouver Cayrol. Pour la première fois, Serge se dérangeait pour le banquier. Il fut introduit avec les marques du plus profond respect. Le grand nom de Mme Desvarennes lui faisait une auréole aux yeux des gens de la maison.

Cayrol, un peu gêné, mais pourtant résolu, courut au-devant de lui. Le prince était nerveux, un peu cassant d'allures. Il pressentait une difficulté.

— Eh bien ! mon cher, dit-il sans s'asseoir, qu'est-ce

que vous faites donc ? J'attends depuis hier les fonds que vous m'aviez promis.

Cayrol se gratta l'oreille et fit le gros dos. Cette attaque si nette le décontenançait.

— C'est que... commença-t-il.

Serge fronça le sourcil :

— Est-ce que vous avez oublié votre engagement ?

— Non, répondit Cayrol en traînant la voix, mais j'ai rencontré hier Mme Desvarennes.

— En quoi vos intentions ont-elles pu être modifiées par cette rencontre ?

— Diable ! elles ont été modifiées du tout au tout ! dit Cayrol vivement. Votre belle-mère m'a fait une scène épouvantable, et m'a défendu à l'avenir de vous avancer de l'argent. Vous comprenez, mon cher prince, que ma situation vis-à-vis de Mme Desvarennes est très délicate. J'ai des fonds à elle chez moi, des fonds très importants. C'est elle qui m'a mis le pied à l'étrier. Je ne puis, sans être ingrat, contrevenir à ses volontés. Mettez-vous à ma place, jugez équitablement la pénible alternative dans laquelle je me trouve, ou de vous désobliger ou de désobéir à ma bienfaitrice !

— Ne pleurez pas, c'est inutile, dit Serge avec un rire méprisant : je compatis à vos peines. Vous vous rangez du côté des gros sacs : c'est une manière de voir. Reste à savoir ce qu'elle vous rapportera.

— Mon prince, je vous jure que je suis au désespoir, s'écria Cayrol, très ennuyé de la tournure que prenait l'entretien. Ecoutez, soyez raisonnable ! Je ne sais pas ce que vous avez fait à votre belle-mère, mais elle paraît diablement montée contre vous. A votre place, moi, je ne me mettrais pas en hostilité avec Mme Desvarennes ; je lui ferais plutôt quelques avances, et je me la raccommoderais. Voyez-vous : on ne prend pas les mouches avec du vinaigre.

Serge toisa Cayrol, puis, mettant son chapeau avec une suprême insolence :

— Pardon, mon cher, dit-il : comme banquier, vous êtes excellent quand vous avez de l'argent, mais comme moraliste, vous êtes souverainement ridicule !

Et pivotant sur ses talons sans plus insister, Serge sortit du bureau, laissant le banquier entièrement décontenancé. Il suivit le corridor en faisant siffler sa canne. Une colère sourde s'emparait de lui, mêlée à une vague inquiétude. Mme Desvarennes, d'un mot, avait tari la source à laquelle il puisait le plus clair de l'argent qu'il dépensait depuis trois mois. Il avait une grosse somme à payer le soir même au cercle. Et il ne se souciait pas de s'adresser aux usuriers de Paris.

Il descendit l'escalier avec une rage froide, se demandant comment il ferait pour sortir de ce mauvais pas. Aller trouver Mme Desvarennes et s'humilier devant elle comme le lui conseillait Cayrol ? Jamais ! Il se prit un instant à regretter les folies qui l'avaient entraîné dans de si graves embarras. Avec deux cent mille livres de rente, il eût pu vivre brillamment. Il avait jeté l'or à pleines mains par les fenêtres ; et la caisse inépuisable d'où il tirait des trésors était fermée par une volonté invincible.

Il traversait le passage de la porte cochère quand une voix connue frappa son oreille. Il se retourna. Herzog, souriant de son air énigmatique, était devant lui. Serge salua et voulut passer. Le financier lui mit la main sur le bras :

— Hé ! mon prince, comme vous vous sauvez vite ! On voit que vous avez votre portefeuille rempli. Vous avez peur qu'on vous dévalise ?

Et, du doigt, Herzog touchait le porte-cartes de Serge qui montrait un de ces coins garnis d'argent sur la poitrine du jeune homme. Panine ne put retenir un geste de dépit qui fit sourire le financier.

— Est-ce que l'ami Cayrol aurait eu l'inconvenance de ne pas faire honneur à votre demande ?... Eh ! mais, attendez donc ! N'êtes-vous pas brouillé avec

Mme Desvarennes depuis hier ? Qui diable m'a parlé de cela ? Votre belle-mère disait bien haut qu'elle allait vous faire retirer tout crédit, et, à votre figure contristée, je devine que cet imbécile de Cayrol a obéi aux ordres qu'il a reçus.

Serge, exaspéré, piétinait et voulait parler, mais Herzog n'était pas facile à interrompre. Il avait, de plus, un regard qui gênait Panine. Le financier semblait fouiller avec ses yeux jusqu'au fond des poches du prince ; et celui-ci, instinctivement, serrait son bras sur sa poitrine, pour qu'Herzog ne vît pas que son portefeuille était vide.

— De quoi me parlez-vous là ? dit-il enfin avec un sourire contraint.

— Mais de choses qui doivent vous intéresser singulièrement, reprit familièrement Herzog. Allons ! soyez sincère ! Cayrol vient de vous refuser de l'argent ? C'est un niais ! Combien vous faut-il ? Aurez-vous assez de cent mille francs ?

Et crayonnant quelques mots sur un carnet de chèques, le financier tendit le carré de papier au prince :

— Il ne faut pas, dit-il, qu'un homme tel que vous soit embarrassé par une pareille misère.

— Mais, monsieur, fit Serge, interdit, en repoussant la main d'Herzog.

— Acceptez toujours ! Et ne vous croyez pas obligé de me remercier : la chose n'en vaut pas la peine. De vous à moi, c'est une plaisanterie.

Et prenant le prince par le bras, Herzog l'entraîna doucement.

— Vous avez votre voiture ? Bien ! La mienne suivra : nous avons à causer ensemble. La situation où vous êtes ne peut durer. Je suis en mesure de la faire cesser.

Et, sans consulter Panine, le financier prit place auprès de lui dans sa victoria.

— Je vous ai dit autrefois, souvenez-vous-en, pour-

suivit Herzog, qu'un jour je pourrais vous être utile.
Vous avez pris des airs superbes. Aussi je n'ai pas
insisté. Et cependant, vous le voyez, ce jour est arrivé.
Voulez-vous me laisser vous parler franchement ?
C'est ma manière habituelle, et elle a du bon.

— Faites ! répondit Serge fort intrigué.

— Mon prince, vous vous trouvez en ce moment
dans la nasse, comme on dit vulgairement. Vos
besoins sont immenses et vos ressources sont nulles.

— Enfin... protesta Serge.

— Bon ! Voilà que vous vous cabrez, dit le financier
en riant ; et cependant je n'ai pas fini... Au lendemain
de votre mariage, vous avez monté votre maison sur
un pied magnifique. Réceptions splendides, atte-
lages merveilleux, livrées irréprochables, écuries de
courses, équipages de chasse, en un mot, le train
d'un grand seigneur. Malheureusement, pour se maintenir au premier rang de la haute vie, cela coûte
gros, et comme vous dépensez sans compter, vous
avez confondu le capital avec le revenu. De sorte qu'à
l'heure présente, vous êtes aux trois quarts ruiné. Je
ne pense pas que vous ayez l'intention de changer
d'existence, et, calculant sur le tard, de baser désormais vos dépenses sur le peu de rentes qui vous res-
tent. Non ? Eh bien, alors, il faut soutenir votre train,
et pour que cela vous soit matériellement possible,
sans faire d'extravagances au jeu ou pour les femmes,
il est nécessaire qu'il tombe tous les ans un gros million dans votre caisse.

— Vous calculez comme Barrême, dit Serge, souriant avec contrainte.

— C'est mon métier, riposta Herzog froidement. Ce
million, il y a pour vous deux moyens de l'obtenir.
Le premier consiste à vous raccommoder avec votre
belle-mère, et à consentir, moyennant finances, à vivre
sous sa domination. Je connais Mme Desvarennes :
elle se prêtera à cette combinaison.

— Mais moi, dit Serge, je m'y refuse.

— En ce cas, il ne vous reste plus qu'à vous tirer d'embarras tout seul.

— Et comment ? interrogea le prince avec étonnement.

Herzog le regarda gravement :

— En entrant dans la voie que je suis prêt à vous ouvrir, dit-il, et où je serai votre guide : en faisant des affaires.

Le prince rendit à Herzog son regard et essaya de lire sur le visage du financier. Il le trouva impénétrable.

— Pour faire des affaires, dit-il, il faut de l'expérience, et je n'en ai pas.

— La mienne suffira, répondit Herzog.

— Ou de l'argent, poursuivit le prince, et je n'en ai pas davantage.

— Je ne vous demande pas d'argent : je vous en offre.

— Quel sera mon apport, ma mise de fonds ?

— Vos relations, la considération qui s'attache au gendre de Mme Desvarennes, le prestige de votre nom.

Le prince fit un geste hautain :

— Mes relations sont personnelles et je doute qu'elles puissent vous servir. Ma belle-mère m'est hostile et ne fera rien pour moi. Quant à mon nom, il ne m'appartient pas. Il est à tous ceux qui l'ont noblement porté avant moi.

— Vos relations me serviront, j'en fais mon affaire, reprit Herzog. Votre belle-mère ne pourra pas faire que vous ne soyez le mari de sa fille, et, à ce titre, vous valez votre poids d'or. Et quant à votre nom, c'est justement parce qu'il a été noblement porté qu'il a du prix. Donc dites merci à vos aïeux, et tirez parti du seul héritage qu'ils vous aient laissé. D'ailleurs, si nous voulons regarder les choses de près, vos pères n'auront pas lieu de frémir dans leurs tombes. Car enfin, que faisaient-ils autrefois, sinon imposer les

vassaux et rançonner les vaincus ? Nous faisons de
même, nous autres financiers. Nos vaincus sont les
spéculateurs, nos vassaux sont les actionnaires. Et
quelle supériorité dans nos procédés ! Point de violence ! Nous persuadons, nous fascinons, et l'argent
vient seul dans nos caisses. Que dis-je ? On nous supplie de l'accepter. Nous régnons sans conteste. Nous
sommes des princes aussi ; les princes de la finance.
Nous avons fondé une aristocratie aussi fière et puissante que l'ancienne. La féodalité de la noblesse n'est
plus. Place à la féodalité de l'argent.

Serge se mit à rire. Il voyait maintenant où Herzog
voulait en venir.

— Vos hauts barons de la finance, dit-il, on n'est
pas sans en exécuter de temps en temps quelques-uns.

— N'a-t-on pas exécuté Chalais, Cinq-Mars, Biron
et Montmorency ? repartit Herzog avec ironie.

— C'était sur un échafaud.

— Eh ! L'échafaud du spéculateur, c'est l'escalier
de la Bourse ! Mais il n'y a que les petits tripoteurs
d'argent qui succombent. Les grands manieurs d'affaires sont à l'abri du danger. Ils engagent dans leurs
entreprises de si nombreux et si vastes intérêts qu'on
ne peut les laisser tomber sans risquer d'ébranler la
fortune publique. Les gouvernements eux-mêmes sont
entraînés à leur venir en aide. C'est une de ces œuvres
puissantes, indestructibles, que j'ai rêvé de greffer
sur le *Crédit Européen*. Son seul nom, le *Crédit Universel*, est tout un programme. Etendre sur les quatre
parties du monde comme un immense filet, dans les
mailles duquel seront enveloppées toutes les grandes
spéculations financières : tel est le but. Emprunts
d'Etat, concessions de chemins de fer, de canaux, de
mines, exploitations industrielles, devront être nos
tributaires. Nous serons les grands dispensateurs du
Crédit, et d'un bout à l'autre de l'univers on n'em-
pruntera pas un écu sans d'abord nous faire notre
part. Pas de lutte possible avec nous. Je syndique les

grandes maisons de banque du monde entier. Je
forme une ligue formidable du Crédit, et nul ne peut
se soustraire à mon pouvoir. L'horizon que je vous
ouvre est large, n'est-il pas vrai ! Eh bien ! je le rêve
plus vaste encore ! J'ai des idées. Vous les verrez se
développer, et vous en profiterez si vous vous attachez
à ma fortune. Vous êtes ambitieux, mon prince, je l'ai
deviné ; mais votre ambition, jusqu'ici, s'est contentée
de peu : succès de luxe, triomphes d'élégance ! Qu'est-
ce que cela auprès de ce que je puis vous donner ?
La sphère dans laquelle vous exercez votre suprématie
est étroite. Je la ferai immense. Vous ne régnerez plus
sur un petit coin social : vous dominerez tout un
monde, et vous aurez dans la main la première puissance qui existe aujourd'hui, celle à qui ni hommes
ni choses ne résistent : la puissance financière !

Serge, plus troublé qu'il ne voulait le paraître,
essaya de railler.

— C'est le prologue de *Faust* que vous me débitez
là ! dit-il. Où est votre écrit cabalistique ? Que faut-il
que je signe ?

— Rien du tout, reprit Herzog : votre consentement me suffira. Entrez dans l'affaire, vous l'étudierez
à loisir, vous en mesurerez les résultats. Et alors, s'il
vous convient, vous y adhérerez sans réserve. Mon
prince, je veux que dans quelques années vous ayez
une fortune qui dépasse tout ce que vous avez pu
rêver.

Le financier se tut. Serge, silencieux, méditait profondément. Herzog était joyeux. Il venait de se montrer à tout Paris en compagnie du gendre de Mme Desvarennes. Il avait déjà réalisé un de ses projets. La
voiture du prince descendait l'avenue des Champs-
Elysées. Le temps était superbe. Dans le lointain, sur
les masses sombres des arbres des Tuileries, l'obé-
lisque et les monuments de la place de la Concorde
se détachaient, noyés dans une nuée bleuâtre. Des
groupes de cavaliers caracolaient sur les bas-côtés.

De longues files de voitures montaient rapidement, mettant dans les yeux la traînée éclatante des robes claires. Encadré dans la portière d'un coupé, un joli visage passait. Les piétons, par bandes, se dirigeaient vers l'Arc de Triomphe, suivant la double rangée de somptueux hôtels, aux façades crûment éclairées par le soleil. La ville puissante étalait, à cette heure du jour, son luxe dans toute sa splendeur. Un bourdonnement s'élevait, respiration de ce peuple en mouvement. C'était Paris avec tout son éclat, sa force et sa gaieté.

Herzog étendit la main, et montrant ce tableau au prince :

— Voilà votre domaine !

Puis, le regardant profondément :

— Est-ce entendu ?

Serge eut une hésitation, mais baissant simplement la tête :

— C'est entendu, répondit-il.

Herzog toucha le cordon d'arrêt du cocher, et sautant lestement à terre :

— A bientôt, dit-il à Panine.

Il monta dans sa voiture, qui avait suivi consciencieusement celle du prince, et s'éloigna.

A partir de ce jour, Jeanne elle-même eut une rivale. La fièvre de la spéculation s'empara du prince. Il avait mis le petit doigt dans l'engrenage et tout devait suivre : le corps, le nom, l'homme. L'attrait que ce jeu nouveau exerça sur Serge fut d'une puissance incroyable. C'était bien autre chose que la partie bête au cercle, avec les mêmes locutions usuelles, écœurantes dans leur banalité. A la Bourse, tout était nouveau, imprévu, soudain et formidable. L'intensité des émotions ressenties était centuplée par l'importance des sommes engagées.

Et c'était réellement un beau spectacle que celui d'Herzog maniant les affaires et faisant avec une dextérité miraculeuse évoluer les millions suivant les

nécessités de la situation. Et puis le champ d'opérations était vraiment large. La politique, les grands
intérêts des peuples étaient les ressorts qui servaient
de moteurs aux combinaisons, et le jeu prenait une
majesté diplomatique, une ampleur financière. C'était
la richesse des pays du monde entier qui se trouvait
sur le tapis. Il y avait comme une force et une puissance souveraines dans l'action de ces arbitres de la
fortune universelle.

Du fond de son cabinet, Herzog lançait des ordres,
et, soit que son coup d'œil fût vraiment extraordinaire, soit que la chance lui fût singulièrement fidèle,
la réussite était immanquable. Serge, dès les premières semaines, encaissa de considérables bénéfices.
Ce brillant résultat le jeta dans une sorte d'affole-
ment. Il crut à tout ce qu'Herzog lui avait dit comme
parole d'Evangile. Il vit le monde pliant sous le joug
qu'il allait lui imposer. Les peuples, courbés dans le
travail de chaque jour, peinaient exclusivement pour
lui. Ils étaient ses tributaires ; et comme un de ces
rois qui avaient subjugué l'univers, il se figura, dans
un mirage éblouissant, les trésors de toute la terre
répandus à ses pieds. Dès lors, il perdit la notion du
vrai et du juste. Il admit l'invraisemblable et trouva
naturel l'impossible. Il fut un instrument docile dans
la main d'Herzog.

Le bruit de ce changement si imprévu dans l'existence de Panine arriva promptement aux oreilles de
Mme Desvarennes. La patronne fut épouvantée : elle
fit venir Cayrol et le pria instamment de rester dans
le *Crédit Européen* pour surveiller autant que possible la marche de l'affaire nouvelle. Avec son sens
net et pratique, Mme Desvarennes prévoyait des
désastres et elle en vint à regretter que Serge n'eût
pas borné ses folies au jeu et à la débauche.

Cayrol, très inquiet, fit part de ses soucis à sa
femme, qui, profondément troublée, conta à Panine
les craintes de son entourage. Le prince sourit dédai-

gneusement et rassura la jeune femme. Les appréhensions de Mme Desvarennes et de Cayrol étaient l'effet d'une timidité bourgeoise. La patronne n'entendait rien aux grandes affaires et Cayrol était un financier à idées étroites. Lui savait où il allait. Les résultats de ses spéculations étaient mathématiques. Jamais, jusque-là, ils n'avaient trompé son attente. La grande société du *Crédit Universel*, dans laquelle il entrait comme administrateur, allait lui donner une fortune tellement considérable qu'il pourrait défier Mme Desvarennes et ne relèverait plus désormais que de son seul caprice.

Jeanne, effrayée de cette aveugle confiance, voulait insister, mais Serge la prenait alors entre ses bras, et, dans l'ivresse de l'amour, Jeanne oubliait tout.

Par une dernière et sublime générosité, Mme Desvarennes avait établi autour de Micheline la conspiration du silence. Elle voulait que sa fille ignorât ce qui se passait. D'un mot, la patronne eût pu, sinon arrêter les folies de Serge, au moins les rendre inoffensives pour sa fille et pour elle. Il suffisait de révéler à Micheline la trahison de Serge et de provoquer une séparation. La maison Desvarennes cessait d'être solidaire de Panine, et, du même coup, le prince perdait tout crédit. Désavoué par sa belle-mère, publiquement abandonné par elle, le prince avait les reins cassés. Il devenait inutile à Herzog, et était promptement rejeté par lui. La patronne ne voulut pas imposer à Micheline la douleur et la honte d'apprendre la navrante vérité. Elle préféra la ruine et ne pas faire, elle-même et volontairement, pleurer sa fille.

De son côté, Micheline dissimulait ses tristesses à sa mère. Elle connaissait trop la redoutable énergie de la patronne pour vouloir que Serge eût à compter avec elle. Entre les mains puissantes de sa mère, elle comprenait que son mari serait brisé. Avec l'incroyable persistance des cœurs aimants, elle espérait voir Serge revenir à elle, et elle ne voulait pas, par un éclat, lui fermer à jamais la voie du repentir. Ainsi une terrible équivoque rendait muettes et inactives ces deux femmes, dont les volontés unies eussent encore pu, à ce moment, empêcher des malheurs imminents.

En effet, la haute finance commençait à s'émouvoir des ambitieuses visées d'Herzog. Le manieur d'affaires émergeait de la foule, et mettait hardiment le pied sur les sommets où se tenaient groupés solidement les cinq ou six demi-dieux qui décidaient, sans appel, de la valeur des fonds publics. Les empiétements de ce nouveau venu audacieux avaient mécontenté les redoutables potentats, et déjà, secrètement, la perte du financier était décidée. Avec une maladresse incompréhensible, Herzog n'avait pas voulu faire leur part aux grosses maisons de banque de Paris, dans sa nouvelle affaire ; et du moment que la spéculation n'était pas productive pour les gros bonnets de la Bourse, elle était d'avance condamnée par eux.

Un matin, les Parisiens, en se réveillant, virent tous les murs de leur ville couverts d'immenses affiches, annonçant l'émission des titres de la société du *Crédit Universel*. Une liste du conseil d'administration suivait, contenant des noms connus, parmi lesquels brillait celui du prince. Il y avait là des grands-croix de la Légion d'honneur, d'anciens conseillers d'Etat, et des préfets rentrés dans la vie privée. Une collection de personnalités à grand effet destinées à éblouir le public, mais ayant toutes un petit point véreux. Sous le vernis officiel, avec de bons yeux, on pouvait découvrir la tare.

Ce fut une rumeur immense dans le monde des affaires. Le prince Panine, le gendre de la maison Desvarennes, était du conseil d'administration du *Crédit Universel !* La spéculation était donc bonne ? Et on consulta la patronne, qui, prise entre la nécessité de désavouer son gendre ou l'obligation de dire du bien de l'affaire, se trouva dans un embarras extrême.

Cependant, elle n'hésita pas. Elle était honnête et loyale avant tout. Elle déclara que l'affaire était médiocre et fit tous ses efforts pour détourner les gens de son entourage de souscrire, pour si peu que ce fût.

L'émission fut désastreuse. La grosse banque se montrait hostile et les capitalistes restaient défiants. Herzog encaissa quelques millions de petites sous- criptions. Les portiers et les cuisinières lui appor- taient leurs fonds. Il recueillit tout le produit de l'anse du panier. Mais il eut beau multiplier les annon- ces et les réclames dans les journaux financiers, un mot d'ordre avait été lancé qui paralysait l'élan de la spéculation. Et puis de méchants bruits commen- çaient à courir. Exploitant habilement l'origine étran- gère d'Herzog, les banquiers murmuraient tout bas que le but de l'affaire du *Crédit Universel* était exclu- sivement politique. Il s'agissait uniquement de créer des comptoirs financiers dans toutes les parties du monde pour favoriser l'extension de l'industrie d'ou- tre-Rhin. De plus, à un moment donné, l'Allemagne pouvait avoir, en vue d'une guerre, besoin de contrac- ter un emprunt, et le *Crédit Universel* serait là pour fournir les subsides nécessaires à l'ambition de la grande nation militaire.

Herzog n'était pas homme à se laisser écraser sans résister : il fit des efforts suprêmes pour relever son affaire. Il fit vendre à la Bourse une quantité consi- dérable de titres non souscrits, et les fit racheter par des hommes à lui, créant autour du *Crédit Universel* une agitation factice. En quelques jours, les actions montèrent et firent prime, soutenues seulement par l'agiotage effréné auquel se livrait Herzog.

Le prince, assez peu disposé à se faire donner des explications et ayant en son associé une confiance aveugle, ne se doutait de rien. Il restait dans une sécurité absolue. Il avait augmenté son train de mai- son, et vraiment, il vivait sur un pied royal.

La douceur de Micheline l'encourageait ; et ne se donnant plus la peine de dissimuler, il traitait la jeune femme avec une indifférence complète. La maison de l'avenue Maillot réunissait chaque jour Jeanne et Serge. Cayrol, gravement préoccupé de la situation que lui créait l'échec des nouvelles combinaisons d'Herzog, laissait sa femme absolument libre. D'ailleurs, il n'avait pas le plus léger soupçon. Jeanne, avec la perversité câline des femmes coupables, comblait son mari de prévenances qui, aux yeux du brave homme, semblaient autant de preuves d'amour. La passion fatale allumée par Serge dans le cœur de la jeune femme grandissait, dévorante. Il lui eût été maintenant impossible de se passer du bonheur infâme que Panine lui avait fait goûter. Elle se sentait capable de tout pour conserver son amant.

Ils s'enfermaient tous deux dans la chambre sombre de la petite maison, et restaient des heures dans les bras l'un de l'autre, engourdis par une volupté irritante d'où le désir renaissait sans cesse. Livrés à une langueur assoupie, en proie à une fatigue délicieuse, ils voyaient avec ennui arriver l'heure qui devait les séparer. Déjà Jeanne avait prononcé ces mots terribles : « Oh ! si nous étions libres !... » Et ils avaient fait des projets. Ils s'en iraient au bord du lac de Lugano dans une villa perdue sous le feuillage plein d'ombre fraîche et ils jouiraient sans fin de la joie d'être unis indissolublement. La femme était plus ardente que l'homme à se laisser aller aux visions heureuses. Elle disait quelquefois : « Qui nous retient ? Partons ensemble ! » Mais Serge, prudent et avisé, même dans les instants les plus passionnés, ramenait Jeanne à des idées plus positives. A quoi bon un éclat ? N'étaient-ils pas l'un à l'autre !

Mais la jeune femme, alors, lui reprochait de l'aimer moins qu'elle ne l'aimait lui-même. Le partage odieux avec Cayrol ne lui était donc pas impossible à supporter ? Elle était lasse de la dissimulation qui

lui était imposée par la situation. Son mari était
devenu pour elle un objet d'horreur, et il lui fallait
mentir et se prêter à ses tendresses qui lui soule-
vaient le cœur. Serge la calmait doucement, et, avec
un baiser, lui faisait tout accepter.

Cependant, un incident assez sérieux s'était produit.
Pierre, inquiet, en apprenant que Serge avait été
entraîné par Herzog sur le terrain dangereux des
spéculations financières, avait quitté ses mines et
venait d'arriver. Les lettres adressées par Micheline à
son ami d'enfance, au confident forcé de son malheur,
étaient calmes et résignées. La jeune femme, pleine
d'orgueil, avait caché avec soin à Pierre l'aggravation
de ses peines. Il était le dernier par qui elle eût
consenti à être plainte ; et elle lui dépeignait dans ses
lettres Serge repentant et revenu à des sentiments
meilleurs.

Maréchal, pour des motifs analogues, avait entre-
tenu son ami dans cette trompeuse sécurité. Il craignait l'intervention possible de Pierre, et il voulait
épargner à Mme Desvarennes cette suprême douleur
de son fils d'adoption aux prises, mortellement, avec
son gendre.

Mais les annonces de la souscription au *Crédit Universel* avaient fait leur trajet en province, et un beau
jour Pierre avait trouvé, collées le long du mur même
de son établissement, quelques-unes des affiches sur
lesquelles s'étalaient pompeusement les noms des
membres du Conseil de la nouvelle société. En y
découvrant celui de Panine et en n'y voyant pas celui
de Cayrol, Pierre frémit. Les mauvaises idées qu'il
avait eues autrefois, au moment de l'introduction
d'Herzog dans la maison Desvarennes, lui revinrent
à l'esprit. Il écrivit à la patronne pour lui demander
ce qui se passait. Ne recevant pas de réponse, il
n'hésita pas et sauta en chemin de fer.

Il trouva Mme Desvarennes dans une agitation terrible. Les actions du *Crédit Universel* venaient de

baisser, à la dernière Bourse, de cent vingt francs.
Il s'en était suivi une panique. L'affaire était consi-
dérée comme absolument perdue, et les porteurs de
titres allaient aggraver encore le mal par des réalisa-
tions précipitées.

Savinien sortait de chez la patronne. Le gommeux
avait voulu jouir du spectacle de ce naufrage du
prince qu'il avait toujours haï, le considérant comme
l'usurpateur de ses droits sur la fortune des Desvarennes. Il avait voulu gémir, mais, rembarré par sa
tante avec une rudesse inusitée, il s'était cru autorisé
à quitter la « maison mortuaire », comme il disait en
ricanant.

Cayrol, plus occupé des intérêts de Panine que s'il
se fût agi de sa fortune à lui, allait de la rue Saint-
Dominique à la rue Taitbout, affairé, ému, pâle, mais
clairvoyant, et ne perdant pas la tête. Il avait déjà
sauvé le *Crédit Européen* en le séparant depuis six
semaines du *Crédit Universel*, malgré les supplications de la patronne qui voulait maintenir les deux
affaires réunies, dans l'espérance que l'une pût sauver
l'autre. Mais Cayrol, pratique, net, et implacable,
avait refusé pour la première fois d'obéir à Mme Desvarennes. En agissant avec la résolution d'un capi-
taine de vaisseau qui jette à la mer une partie de
la cargaison pour sauver le reste des marchandises et
l'équipage, il avait durement taillé dans le vif. Le
Crédit Européen était sauf. Il avait un peu baissé,
mais une réaction favorable se produisait déjà. Le
nom de Cayrol et sa présence à la tête de l'affaire
avaient rassuré le public, et les actionnaires s'étaient
étroitement serrés autour de lui.

Le banquier, acharné à sa tâche, cherchait maintenant à sauver Panine, qui, lui, enfermé dans la maison
de l'avenue Maillot, volait à ce brave homme son
bonheur et son honneur à la fois.

Pierre, Cayrol et Mme Desvarennes se réunirent
dans le cabinet de Maréchal. Pierre déclara qu'il fallait

prendre une mesure énergique et parler au prince.
Il était du devoir de la patronne d'éclairer Panine,
qui était évidemment la dupe d'Herzog.

Mme Desvarennes hocha la tête avec tristesse. Et
que lui dire d'ailleurs ? Qu'il se perdait ? Il ne la croirait pas. Elle savait comment il recevait les conseils
et supportait les remontrances.

Une explication entre Serge et elle était impossible.
Son intervention ne ferait que précipiter plus avant le
prince dans le gouffre.

— Eh bien, moi, je lui parlerai, dit alors Pierre
résolument.

— Non, fit Mme Desvarennes, pas toi ! Un seul, ici,
peut lui dire efficacement ce qu'il faut qu'il entende,
c'est Cayrol ! Abstenons-nous. Et surtout, veillez bien
tous à vos paroles et à vos visages ! Que Micheline ne
se doute de rien !

Ainsi, aux heures les plus graves, quand la fortune,
l'honneur peut-être, étaient compromis, cette mère
avait la préoccupation de la sécurité morale de sa
fille.

Cayrol monta chez Panine. Le prince venait de rentrer : il décachetait ses lettres en fumant une cigarette dans son fumoir. Une porte sous tenture donnait
sur un petit escalier qui descendait jusqu'à la cour
de l'hôtel. Ce fut par cet escalier que Cayrol gagna
l'appartement. Il était bien sûr, de la sorte, de ne pas
rencontrer Micheline.

En voyant entrer le mari de Jeanne, Serge se leva
brusquement. Il craignit que Cayrol n'eût tout découvert, et, instinctivement, il fit un pas en arrière. L'attitude du banquier le détrompa promptement. Il était
sérieux, mais non courroucé. Il venait évidemment
pour affaires.

— Eh bien ! mon cher Cayrol, dit Serge gaiement,
quelle bonne fortune vous amène ?

— Si c'est la fortune, en tout cas elle n'est pas
bonne, répondit gravement le banquier. Je voudrais

causer avec vous, mon prince, et je vous serais reconnaissant si vous vouliez m'écouter avec patience.

— Oh ! oh ! dit Serge, comme vous voilà solennel,
mon brave ! Vous avez quelque liquidation difficile ?
Voulez-vous qu'on vous aide ? J'en parlerai à Herzog.

Cayrol regarda le prince avec stupeur. Ainsi, il ne
se doutait de rien ! Tant d'incurie et de légèreté le
terrifia. Etait-ce là un homme ? Le banquier résolut
de procéder nettement et sans ménagements ; pour
éclairer un tel aveuglement, il fallait un coup de ton-
nerre.

— Il ne s'agit pas de mes affaires, mais des vôtres,
reprit Cayrol. Le *Crédit Universel* est à la veille d'un
désastre. Il est encore temps pour vous de vous tirer
sain et sauf de cet effondrement ; je vous en apporte
les moyens.

Serge se mit à rire :

— Merci, Cayrol, vous êtes bien gentil, mon ami,
et je vous sais gré de l'intention. Mais je ne crois pas
un mot de ce que vous dites. Vous venez de chez
Mme Desvarennes. Vous vous entendez avec elle pour
essayer de me faire sortir de l'admirable affaire
lancée par Herzog ; mais je ne céderai à aucune pression. Je sais ce que je fais. Soyez tranquille.

Et allumant tranquillement une nouvelle cigarette,
le prince souffla avec grâce une bouffée de tabac au
plafond. Cayrol ne se donna même pas la peine de
discuter. Il sortit un journal de sa poche, et le tendant à Panine, il lui dit simplement : « Lisez ! »

C'était un des articles que les feuilles financières
sérieuses publiaient depuis la veille, appuyant leurs
sinistres pronostics sur des chiffres irrécusables.
Serge prit le journal et commença à le parcourir. Il
pâlit, et le froissant avec colère :

— Quelle infamie ! s'écria-t-il. Je reconnais là
l'acharnement de nos adversaires. Oui, ils savent bien
que notre nouvelle combinaison est destinée à les
écraser dans l'avenir, et ils font tout ce qu'ils peuvent

pour la faire échouer. Jalousie ! Envie ! Il n'y a rien autre au fond de ces bruits, indignes de l'attention des gens sérieux.

— Il n'y a ni envie, ni jalousie. Tout est vrai ! reprit Cayrol. Vous admettez bien que je vous suis sincèrement dévoué, moi ! Eh bien, je vous jure que la situation est terrible, et qu'il faut vous retirer du conseil du *Crédit Universel*, sans perdre une heure, une minute. Asseyez-vous là, et écrivez votre démission !

— Ah çà ! me prenez-vous pour un enfant qu'on mène par le bout du nez ? s'écria le prince avec colère. Si vous êtes sincère, Cayrol, ce que je veux croire, vous êtes un naïf. Vous ne comprenez pas ! Quant à me retirer de l'affaire, jamais ! Du reste, j'y ai beaucoup d'argent engagé.

— Eh ! perdez-le, votre argent ! Mme Desvarennes vous le dira. Mais au moins sauvez votre nom !

— Ah ! vous voyez bien que vous êtes de connivence avec elle ! reprit avec éclat le prince. Ne me dites plus un mot, je ne vous crois pas ! Je vais de ce pas au *Crédit Universel*. Je parlerai à Herzog, et nous prendrons des mesures pour poursuivre les journaux qui répandent ces bruits calomnieux.

Cayrol vit que rien ne convaincrait Panine. Il espéra qu'un entretien avec Herzog pourrait peut-être l'éclairer. Il s'en rapporta au hasard, et il redescendit chez la patronne.

Serge se fit conduire au *Crédit Universel*. C'était le premier jour de l'installation de la société dans son superbe immeuble. Herzog avait bien fait les choses. Les bureaux devaient donner aux souscripteurs une grande idée de l'affaire. Comment ne pas avoir confiance en voyant les hauts appartements aux corniches dorées, les meubles de cuir larges et confortables, les grandes glaces entourées de velours ? Comment refuser son argent à des spéculateurs assez riches pour couvrir leurs planchers avec des tapis dans la laine moelleuse desquels on entrait jusqu'aux

chevilles ? Le moyen de douter du résultat d'une spéculation, en parlant à des garçons de bureau vêtus de
drap bleu à passepoils rouges, avec des boutons au
chiffre de la société, et qui prenaient vis-à-vis du
public des airs de hautaine condescendance ? Tout
présageait du succès. Il était dans l'air. On entendait,
derrière un grillage, le caissier remuer des flots d'or
dans une énorme caisse de fer qui tenait tout le fond
de son cabinet. Les gens qui avaient mis le *Crédit
Universel* sur un pareil pied étaient bien puissants,
ou bien hardis.

Serge entra comme chez lui, le chapeau sur la tête,
passant au travers d'une foule de petits souscripteurs
venus pleins d'inquiétude après avoir lu les récits des
journaux et partant pleins de confiance après avoir
admiré le superbe étalage des richesses mobilières de
la société. Le prince gagna le cabinet d'Herzog. Au
moment d'ouvrir la porte, deux voix animées frap-
pèrent son oreille. Le financier discutait avec un de
ses administrateurs. Panine écouta.

— La spéculation est admirable et sûre, disait Herzog. Les actions ont baissé, je le sais bien, puisque
c'est parce que j'ai cessé de les soutenir. Je donne des
ordres à Londres, à Vienne, à Berlin, et nous achetons
tout ce qu'on nous offre. Je fais monter les titres et
nous réalisons un gain énorme. C'est d'une simplicité
admirable.

— Mais c'est d'une délicatesse douteuse, répondait
l'autre voix.

—Pourquoi donc ? Je me défends comme on m'attaque. La grande banque écrase mes valeurs, je les
achète, et je fais boire un bouillon à mes adversaires : n'est-ce pas juste et légitime ?

Panine respira fortement : il était rassuré. La baisse
était causée par Herzog : il venait de le dire. Il n'y
avait donc rien à craindre. L'habile financier se préparait à jouer au monde de la Bourse un de ces tours
dans lesquels il était passé maître, et le *Crédit Uni-*

versel allait rebondir sur le tremplin de la spéculation.

Serge entra.

— Eh ! tenez ! voici Panine, s'écria joyeusement
Herzog. Demandez-lui ce qu'il pense de la situation :
je le fais juge du cas.

— Je ne veux rien savoir, dit Serge ; j'ai pleine
confiance en vous, cher directeur, nos affaires prospé-
reront dans vos mains, j'en suis bien sûr. Du reste, je
connais les manœuvres de nos concurrents, et je
trouve tous les moyens financiers excellents pour leur
répondre.

— Ah ! que vous disais-je ? s'écria Herzog en
s'adressant à son interlocuteur avec un accent de
triomphe. Laissez-moi faire et vous verrez. D'ailleurs,
je ne vous retiendrai pas de force, ajouta-t-il durement. Vous êtes libre de nous abandonner, s'il vous
plaît.

L'autre, alors, se mit à protester de la sincérité de
ses scrupules. Il déclara que ce qu'il avait dit, c'était
pour le mieux des intérêts de tous. Il ne songeait
point à quitter la société, bien au contraire. On pouvait faire fond sur lui. Il connaissait trop l'expérience
et l'habileté d'Herzog pour séparer sa fortune de la
sienne.

Et, ayant serré les mains du financier, il prit congé.

— Ah çà ! qu'est-ce que toutes ces criailleries dans
les journaux ? dit Serge, quand il se trouva seul avec
Herzog. Savez-vous que les articles publiés sont très
perfides ?

— D'autant plus perfides qu'ils reposent sur une
base vraie, ajouta le financier froidement.

— Qu'est-ce que vous dites ? s'écria Serge en proie
au plus grand trouble.

— La vérité. Croyez-vous pas que je vais vous débi-
ter des bourdes, à vous, comme à cet imbécile qui
sort d'ici ? Le *Crédit Universel*, à l'heure présente, a
du plomb dans l'aile. Mais, patience ! il m'est venu

une idée, et avant quinze jours les actions auront doublé de valeur. J'ai dans les mains une affaire magnifique qui va tuer la Compagnie du gaz. Il s'agit d'un éclairage par le magnésium. C'est foudroyant comme résultat ! Je fais publier dans les journaux de Londres et de Bruxelles deux articles à sensation, dévoilant les secrets de la nouvelle invention. Les actions du gaz baissent dans de fortes proportions. Je suis acheteur, et quand je suis maître de la valeur, je fais annoncer que le procédé va être vendu à la compagnie menacée. Les actions remontent alors par un mouvement de bascule très simple et immanquable. Je réalise, et nous nous trouvons à la tête d'un bénéfice énorme que nous employons à soutenir le *Crédit Universel*. L'affaire repart, et le résultat est immense.

— Mais pour faire une spéculation si formidable, les agents étrangers vont demander des couvertures.

— Je les leur offrirai. J'ai ici, dans la caisse, pour dix millions de titres du *Crédit Européen* qui appartiennent à Cayrol. Nous en donnons décharge, sur notre responsabilité, au caissier. La spéculation dure trois jours. Elle est sûre. Les fonds ne sont même pas engagés. Et le résultat acquis, nous faisons rentrer les titres et nous reprenons notre reçu.

— Mais, dit Serge, songeur, est-ce que c'est régulier ce mouvement de titres qui ne nous appartiennent pas ?

— C'est un virement, dit Herzog avec simplicité. Du reste, ne perdez pas de vue que nous avons affaire à Cayrol, c'est-à-dire à un associé...

— Si nous le prévenions ? insista le prince.

— Non pas ! Diable, il faudrait lui expliquer l'opération et il voudrait en être. Il a du nez : il ne s'y tromperait pas, il la trouverait bonne. Tenez !... Signez-moi ça et n'ayez pas d'inquiétudes. Les brebis seront rentrées au bercail avant que le berger soit venu les compter.

Un pressentiment sinistre traversa l'esprit de Serge. Il eut peur. A ce moment où sa destinée se décidait, il hésita à s'engager plus loin dans la voie où il marchait depuis trop longtemps déjà. Il resta debout, muet, indécis, roulant dans sa tête des idées confuses. Une chaleur insupportable lui monta au cerveau. Ses tempes battirent, et des bourdonnements lui emplirent les oreilles. Mais la pensée de renoncer à sa liberté, de retomber sous la tutelle de Mme Desvarennes, le cingla comme un coup de fouet, et il rougit d'avoir hésité.

Herzog le regardait, et, souriant, il dit :

— Vous pouvez renoncer à l'affaire, vous aussi. Si je vous y fais votre part, c'est parce que vous êtes lié étroitement à moi. Mais je ne tiens pas du tout à couper la poire en deux. N'espérez pas que je vous supplie de bien vouloir tenter l'aventure ! A votre guise !

Serge prit vivement le papier et, l'ayant signé, le tendit au financier.

— C'est bien ! dit Herzog, je pars ce soir. Je ne serai absent que trois jours. Suivez le mouvement des fonds. Vous verrez le résultat de mes calculs.

Et, serrant la main du prince, Herzog entra à la caisse prendre les titres et déposer le reçu.

XVIII

Il y avait soirée chez Cayrol. Dans les salons de l'hôtel de la rue Taitbout, c'était un éclat de lumière, une profusion de fleurs, un luxe de tentures qui révélait les soins d'une maîtresse de maison habile à recevoir. Les invitations étaient lancées depuis longtemps. Un instant, Cayrol avait songé à décommander tout son monde, mais il avait craint d'inspirer des inquiétudes, et, de même qu'un comédien qui vient de perdre son père la veille, joue le lendemain pour ne point faire perdre d'argent au théâtre, de même Cayrol, troublé, ulcéré, avait donné sa soirée et montrait un visage souriant, pour ne point faire de tort à ses affaires.

C'est que, depuis trois jours, la situation s'était singulièrement aggravée. Le coup de Bourse qu'Herzog était allé faire à Londres, afin d'agir de façon plus secrète, avait été éventé, et la baisse sur laquelle il comptait ne s'était point produite. Opérant sur des sommes considérables, la différence à payer était énorme, comme devait l'être le gain, et les titres du *Crédit Européen* avaient soldé les frais de la guerre. C'était un désastre. Cayrol, très inquiet, avait réclamé ses titres à la caisse du *Crédit Universel*, et n'avait trouvé que le reçu donné comme décharge au caissier. Si irrégulière que fût l'opération, le banquier n'avait rien dit. Mais, la mort dans l'âme, il était allé trouver Mme Desvarennes, pour lui révéler ce qu'il venait d'apprendre.

Le prince était au lit, se disant malade, et soigné par sa femme, qui, dans l'ignorance heureuse où on la maintenait, à force d'adresse et de surveillance, se réjouissait secrètement de l'indisposition qui lui rendait Serge. Panine, épouvanté de l'échec éprouvé, attendait le retour d'Herzog avec une impatience fébrile, et, pour ne voir personne, il avait pris le parti de se coucher.

Cependant, Cayrol avait pu pénétrer jusque dans sa chambre, et là, avec de grands ménagements, l'excellent homme lui avait démontré que sa disparition, coïncidant avec celle d'Herzog, était fatale au *Crédit Universel*. Il fallait absolument qu'il se montrât. Il devait venir à sa soirée et se faire un visage impassible. Quand on était engagé dans des entreprises aussi périlleuses que celles où il se trouvait, il fallait prouver de la force de caractère et combattre jusqu'au dernier moment. Serge avait promis de venir, et avait imposé à Micheline la dure obligation de l'accompagner chez Jeanne. C'était la première fois que, depuis son retour, la princesse mettait le pied chez la maîtresse de son mari.

Le concert était terminé : un flot d'invités, sortant du grand salon, envahit le petit salon et le boudoir.

— Le supplice du quatuor est fini ! Ouf ! fit Savinien avec un geste épuisé.

— Vous n'aimez donc pas la musique ? dit Maréchal en riant.

— Si, répondit Savinien, la musique militaire. Mais, vous savez, deux heures de Schumann et de Mendelssohn, à haute pression, c'est beaucoup pour un homme seul !

— Vous aimez mieux *le Beau Nicolas*, hein ? dit Maréchal.

— Ah ! ah ! ah ! chantonna Savinien. Dites donc, Maréchal, qu'est-ce que vous dites de la présence de Mlle Herzog à la soirée de Cayrol ? C'est un peu raide, ça, hein, mon bon ?

— En quoi ?

— Parbleu ! Le père est en fuite et la fille s'apprête à danser. Ils ont chacun leur manière de lever le pied.

— Très joli ! monsieur Desvarennes, mais je vous engage à garder vos traits d'esprit pour vous, dit gravement Maréchal : ils ne seraient point ici du goût de tout le monde.

— Oh ! Maréchal, vous aussi, des scènes ! Ah ! vous me faites bien du mal !

Et pivotant sur les talons, le gommeux se dirigea vers le buffet.

Le prince et la princesse Panine entraient, Micheline souriante et Serge calme, quoiqu'un peu pâle. Cayrol et Jeanne s'étaient avancés vers eux. Les regards de tous les assistants se dirigèrent de leur côté. Jeanne, sans se troubler, serra la main de son ami. Cayrol s'inclina très bas devant Micheline :

— Princesse, dit-il, faites-moi l'honneur de prendre mon bras. Vous arrivez à propos : on va danser.

— Pas moi, hélas ! dit Micheline avec un triste sourire, je suis encore souffrante, mais je regarderai.

Et guidée par Cayrol, elle entra dans le grand salon. Serge suivit avec Jeanne.

La fête était dans toute son animation. L'orchestre jouait une valse, et, dans un tourbillon de soie et de gaze, les blanches épaules des danseuses, rehaussées par le noir de l'habit des cavaliers, offraient des rondeurs tentantes. Une atmosphère chaude et violemment saturée de parfums montait à la tête ; les lumières éblouissaient les yeux ; et, dans le tournoiement langoureux de la valse, les femmes, les yeux fixes, presque pâmées, attachées à l'épaule de leur danseur comme pour résister au vertige du plaisir, passaient légères et fugitives.

Seule à l'écart, comme à l'index, Suzanne Herzog, modestement vêtue d'une robe blanche, sans un bijou, était assise près d'une fenêtre. Maréchal venait de s'approcher d'elle. La jeune fille avait accueilli le secrétaire avec un sourire.

— Vous ne dansez donc pas ce soir, mademoiselle ? demanda Maréchal.

— J'attends qu'on m'invite, dit Suzanne tristement, et je suis comme sœur Anne, je ne vois rien venir. De mauvais bruits courent sur la fortune de mon père, et les Argonautes sont déjà en déroute. La Toison d'Or passe pour être devenue une simple toison de laine, et MM. Le Brède, du Tremblay and Cᵒ, comme disent les Anglais, n'ont plus de sourires pour moi.

— Voulez-vous me faire la faveur de m'accepter pour cavalier ? fit Maréchal très simplement ; je ne danse pas dans la perfection, n'ayant jamais beaucoup pratiqué, mais avec de la bonne volonté...

— Merci, monsieur Maréchal, répondit Suzanne

avec effusion, mais je préfère employer mon temps
à causer : je ne suis pas gaie, croyez-moi, et si je suis
venue ici ce soir, c'est à la demande de Mme Desvarennes. J'aurais préféré rester chez moi. Les affaires
n'ont point été favorables à mon père, à ce qu'on prétend, car moi je ne sais jamais ce qui se passe dans
les bureaux, et j'ai plus envie de pleurer que de rire.
Non que je regrette la fortune, vous savez le peu de
cas que j'en fais, mais parce que mon père doit être
au désespoir.

Maréchal écouta silencieusement Suzanne, n'osant
lui dire ce qu'il pensait d'Herzog, et respectant pieusement la réelle ignorance ou l'aveuglement volontaire de la jeune fille, qui ne doutait point de la
loyauté de son père.

La princesse, au bras de Cayrol, venait de terminer
le tour des salons. Elle aperçut Suzanne, et, quittant
le banquier, elle alla s'asseoir auprès de la jeune fille.
Beaucoup, parmi les assistants, se regardèrent et chu-
chotèrent des paroles que Micheline n'entendit pas, et
que d'ailleurs, les eût-elle entendues, elle n'aurait pas
comprises. « C'est héroïque ! » disaient les uns. « C'est
le comble de l'impudence ! » ripostaient les autres.

La princesse causait avec Suzanne et regardait son
mari qui, appuyé contre une porte, suivait Jeanne des
yeux.

Sur un signe de Cayrol, Maréchal s'était éloigné. Le
secrétaire allait rejoindre Mme Desvarennes qui,
venue avec Pierre, s'était arrêtée dans le cabinet du
banquier. Au travers de cette fête s'agitaient des intérêts formidables, et un conseil allait être tenu entre
les principaux intéressés. En voyant entrer Maréchal,
la patronne ne dit qu'un mot :

— Cayrol ?

— Le voici, répondit le secrétaire.

Cayrol vint vivement à Mme Desvarennes :

— Eh bien ! fit-il avec une anxiété profonde, avez-
vous des nouvelles ?

— Pierre arrive de Londres, répondit la patronne. Ce que nous redoutions était vrai. Herzog a donné, pour se couvrir d'une opération faite en commun avec mon gendre, les dix millions de titres du *Crédit Européen*.

— Pensez-vous qu'Herzog soit définitivement en fuite ? interrogea Maréchal.

— Non ! Il est plus fort que cela, dit Cayrol : il reviendra. Il sait bien qu'en compromettant le prince, c'est comme s'il avait compromis la maison Desvarennes. Il est parfaitement tranquille.

— Peut-on sauver l'un sans sauver l'autre ? demanda la patronne.

— C'est impossible. Herzog a si bien lié les intérêts du prince aux siens qu'il faut les tirer d'affaire ou les laisser périr tous deux.

— Eh bien ! Herzog par-dessus le marché ! dit froidement Mme Desvarennes ; mais par quel procédé ?

— Voilà, répondit Cayrol. Les titres enlevés par Herzog, sous le couvert de la signature du prince, étaient un dépôt fait par les actionnaires. Au moment du déménagement du *Crédit Universel* et de son installation au nouveau siège social, ces titres avaient été emportés par erreur. Il suffira de remplacer les titres. Je rendrai le reçu au prince et toute trace de cette déplorable affaire sera effacée.

— Mais les numéros des titres ne seront plus les mêmes, dit Mme Desvarennes, habituée à une régularité minutieuse dans les opérations.

— On expliquera ce changement par une vente à la hausse et un rachat à la baisse. On montrera un bénéfice, et les actionnaires ne réclameront pas. D'ailleurs, je me réserve le droit, en conseil, de divulguer la fraude d'Herzog, en laissant à l'écart le prince Panine, si mes actionnaires insistent. De plus, fiezvous à moi du soin de reprendre Herzog en sousœuvre. C'est ma stupide et trop longue confiance en cet homme qui a été en partie cause du désastre. Je fais votre affaire mienne, et je saurai bien le forcer à rendre gorge. Je vais partir cette nuit même pour Londres. Il y a un train à une heure cinquante : je le prendrai. La rapidité de l'action en pareil cas est la première condition du succès.

— Merci, Cayrol ! dit simplement la patronne. Le prince et ma fille sont-ils arrivés ?

— Oui, Serge est impassible. Il a sur lui-même plus de puissance que je n'aurais cru.

— Eh ! que lui importe ce qui se passe ? s'écria Mme Desvarennes. Est-ce lui qui est frappé ? Non. Il sait bien que je continuerai à travailler pour entretenir sa paresse et alimenter son luxe. Et je devrai m'estimer heureuse, si, corrigé par cette rude leçon, il ne recommence pas à fouiller dans la caisse des autres, car, cette fois, je serais impuissante à le sauver ; et, après nous avoir fait vivre dans le malheur, il nous ferait mourir dans la honte.

La patronne se dressa, des éclairs plein les yeux, et marchant dans le cabinet à grands pas :

— Oh ! le misérable ! dit-elle. Si jamais ma fille cesse de se mettre entre lui et moi !...

Un geste terrible acheva la phrase.

Cayrol, Maréchal et Pierre se regardèrent. Une même pensée leur était venue, sinistre et effrayante. Dans le paroxysme de sa colère, cette redoutable mère, cette femme énergique et emportée, serait capable de tuer. Ils le devinaient, ils en étaient certains ; et comme une vision, l'image de Panine ensanglanté leur passa devant les yeux.

— Vous rappelez-vous ce que je vous disais un jour ? murmura Maréchal en s'approchant de Cayrol. Voyez-vous se développer les sbires, le poignard, et le canal Orfano ?

— A la haine d'une pareille femme, répondit Cayrol, je préférerais celle de dix hommes.

— Cayrol ! reprit Mme Desvarennes, après un instant de méditation, c'est de vous seul que dépend l'opération que vous nous avez indiquée tout à l'heure, n'est-ce pas ?

— De moi seul.

— Faites-la donc promptement, quoi qu'il m'en puisse coûter. L'affaire n'a pas été ébruitée ?

— Nul ne la soupçonne. Je n'en ai parlé à âme qui vive, dit le banquier... excepté à ma femme, cependant, ajouta-t-il avec une naïveté qui arracha un sourire à Pierre. Mais, continua-t-il, ma femme et moi nous ne faisons qu'un.

— Qu'a-t-elle dit ? demanda Mme Desvarennes, en regardant fixement Cayrol.

— Il se serait agi de moi qu'elle n'aurait pas été plus émue. Elle vous aime tant, madame, vous et ceux qui vous entourent ! Elle m'a supplié de faire tout au monde pour tirer le prince de ce mauvais pas. Elle avait les larmes aux yeux. Et certes, si je n'étais pas porté à vous servir par ma grande reconnaissance, je le ferais pour lui faire plaisir... J'ai été touché, je l'avoue... Vraiment, cette enfant-là, elle a un cœur !...

Maréchal échangea un vif regard avec Mme Desvarennes qui s'avança vers le banquier, et lui serrant la main :

— Vous, Cayrol, dit-elle, vous êtes un bien brave homme.

— Je le sais, lui répondit Cayrol en souriant pour cacher son émotion, et vous pouvez compter sur moi.

Micheline parut sur le seuil du cabinet. Par la porte entrouverte, on voyait passer les danseurs, et un flot de musique joyeuse était entré avec la lumière des salons voisins et le parfum de la foule.

— Qu'est-ce que tu deviens donc, maman ? demanda la princesse. On me dit qu'il y a près d'une heure que tu es arrivée.

— Je causais d'affaire avec ces messieurs, répondit Mme Desvarennes en effaçant de son front, par un effort de volonté, la trace de ses soucis. Mais toi, ma chérie, comment te sens-tu ? Tu n'es pas fatiguée ?

— Pas plus que d'habitude, fit vivement Micheline, en regardant derrière elle pour suivre les mouvements de son mari qui cherchait à se rapprocher de Jeanne.

— Pourquoi es-tu venue à cette soirée ? Ce n'est pas raisonnable.

— Serge a tenu à y aller. Et moi, je n'ai pas voulu le quitter.

— Eh ! mon Dieu, reprit Mme Desvarennes avec vivacité, laisse-le donc faire ce qui lui plaît ! Les hommes sont féroces. Quand tu seras malade, ce n'est pas lui qui souffrira.

— Je ne suis pas malade. Je ne veux pas l'être ! dit fiévreusement Micheline. Du reste, nous allons partir.

Elle fit un signe au prince avec son éventail. Panine s'approcha.

— Vous me reconduisez, Serge, n'est-ce pas ?

— Certainement, chère enfant, répondit Serge.

De loin, Jeanne, qui écoutait, levant un doigt vers son front, fit signe au prince de ne pas s'engager. Un sentiment de surprise se peignit sur le visage du jeune homme. Il ne comprenait pas. Micheline, attentive, avait vu. Une pâleur mortelle s'étendit sur ses traits. La sueur perla à son front : elle souffrit tant qu'elle fut sur le point de crier. C'était la première fois, depuis la terrible découverte de Nice, qu'elle voyait Serge et Jeanne l'un auprès de l'autre. Elle avait évité les rencontres, se défiant d'elle-même, et craignant de perdre en une seconde d'emportement le triste bénéfice de plusieurs mois de dissimulation. Mais là, ayant les deux amants devant elle, se dévorant du regard, se parlant du geste, elle fut ressaisie soudainement, furieusement, par la jalousie ; et une rage insensée la mordit au cœur.

Serge, se décidant à obéir aux signes impérieux que lui faisait Jeanne, s'était tourné vers sa femme.

— J'y pense, ma chère Micheline, dit-il, avant de rentrer, je dois aller au cercle. J'ai promis : je ne

puis manquer. Excusez-moi donc et demandez à votre
mère de vous accompagner.

— C'est bien, répondit Micheline d'une voix tremblante. Je le lui demanderai. Vous ne partez pas
encore ?

— Dans un instant.

— Dans un instant, donc, je partirai moi-même.

La jeune femme ne voulut pas perdre un détail de
l'horrible scène qui se jouait sous ses yeux. Elle resta,
pour surprendre le secret de l'insistance de Jeanne,
pour deviner la raison qui la faisait retenir Serge.

Ne se croyant pas épié, le prince s'était rapproché de Jeanne et, affectant de sourire, il l'interrogeait :

— Qu'y avait-il ?

De sérieuses nouvelles : il fallait que Jeanne parlât
le soir même à son amant. Et comme Serge, étonné,
demandait :

— Où cela ?

Jeanne répondit :

— Ici.

— Mais votre mari ? reprit le prince.

— Il part dans une heure. Nos invités ne resteront
pas tard. Descendez au jardin, entrez dans le kiosque.
La porte du petit escalier qui mène à mon cabinet de
toilette sera ouverte. Quand tout le monde sera parti,
montez.

— Prenez garde ! on nous observe, dit Serge avec
inquiétude.

Et ils se mirent à rire avec affectation, parlant tout
haut de choses futiles, comme si rien de grave ne
s'était passé entre eux. Cayrol venait de reparaître. Il
s'approcha de Mme Desvarennes qui causait avec sa
fille, et étourdiment, affairé qu'il était :

— Aussitôt à Londres, je vous enverrai un télé-
gramme.

— Vous partez ? s'écria Micheline, dont l'esprit fut
soudainement traversé par une grande clarté.

— Oui, princesse, dit Cayrol. J'ai une affaire très importante à traiter.

— Et quand partez-vous ? demanda Micheline avec une voix si changée que sa mère la regarda effrayée.

— Dans un instant, répondit le banquier. Souffrez donc que je vous quitte : j'ai quelques ordres à donner.

Et, sortant du boudoir, il gagna le petit salon.

Micheline, le regard fixe, les mains crispées, se disait :

— Elle sera seule, elle lui a dit de venir. Il a menti en me parlant de son cercle. C'est chez elle qu'il va !

Et passant sa main sur son front comme pour chasser une image importune, la jeune femme resta sourde, éperdue, écrasée.

— Micheline, qu'est-ce que tu as ? s'écria Mme Desvarennes, en saisissant la main de sa fille, qu'elle trouva glacée.

— Rien ! balbutia la princesse, les dents serrées, regardant devant elle comme une folle.

— Tu souffres, je le vois, il faut rentrer, partons ! Viens embrasser Jeanne...

— Moi ? s'écria Micheline avec horreur, en reculant instinctivement comme pour éviter un contact impur.

Mme Desvarennes devint en un instant froide et calme.

Elle pressentit une révélation terrible et, observant sa fille :

— Pourquoi te récries-tu quand je parle d'embrasser Jeanne ? dit-elle. Qu'est-ce qu'il y a donc ?

Micheline saisit le bras de sa mère avec violence, et lui montrant Serge et Jeanne qui, dans le petit salon, riaient au milieu d'un groupe, entourés et pourtant isolés :

— Mais regarde-les donc ! s'écria-t-elle.

— Que veux-tu dire ? interrogea avec angoisse la mère, sentant sa dernière sécurité lui échapper. Elle lut la vérité dans les yeux de sa fille.

— Tu sais ?... commença-t-elle.

— Qu'il est son amant ! s'écria Micheline. Mais tu
ne vois donc pas que j'en meurs ? ajouta-t-elle avec
un sanglot désespéré, en se laissant tomber dans les
bras de sa mère.

La patronne la prit comme un enfant, et, d'un élan,
elle l'emporta dans le cabinet de Cayrol dont elle
referma la porte. Puis, s'agenouillant au pied du
canapé sur lequel était étendue sa fille, elle se laissa
aller à la fougue de sa douleur. Elle supplia sa fille
de lui parler : elle réchauffa ses mains avec ses baisers ; et la voyant inerte, glacée, elle eut peur et
voulut appeler.

— Non, tais-toi ! murmura Micheline, revenant à
elle, que personne ne sache ! Ah ! j'aurais dû me
taire, mais je souffrais trop. Je n'ai pas pu. Ma vie
est brisée, vois-tu. Emmène-moi, arrache-moi à cette
infamie ! Jeanne, ma sœur, et lui ! Oh ! fais-moi oublier ?... Par pitié, maman, toi si forte, toi qui as toujours fait tout ce que tu as voulu, enlève-moi du cœur
tout le mal que j'y ai !

Mme Desvarennes, anéantie sous un tel fardeau
d'affliction, perdant la tête, le cœur navré, se mit à
gémir et à pleurer :

— Mon Dieu ! Micheline, ma pauvre enfant, tu souffrais tant et tu ne me disais rien ? Oh ! je savais bien
que tu n'avais plus confiance dans ta vieille mère ! Et
moi, stupide, qui ne devinais pas ! Je disais : Au
moins, elle ne sait rien. Et je sacrifiais tout pour te
laisser ignorer le mal. Ne pleure plus, mon ange, par
pitié ! Tu me déchires l'âme. Moi qui aurais donné
tout au monde pour te voir heureuse ! Oh ! je t'ai trop
aimée ! Comme j'en suis punie !

— C'est moi qui suis punie, reprit Micheline avec
des sanglots, de ne pas avoir voulu t'obéir. Ah ! les
enfants devraient toujours écouter leur mère. Elle
devine le danger. N'est-ce pas horrible, maman, moi
qui lui ai tout sacrifié, de voir qu'il ne m'aime pas,

qu'il ne m'aimera jamais ! Que va être ma vie, maintenant, sans confiance, sans tendresse, sans sécurité ?... Oh ! je suis trop malheureuse ; il vaudra mieux mourir !

— Mourir ! toi ! s'écria la patronne, dont les yeux mouillés de larmes se séchèrent comme brûlés par un feu intérieur. Mourir ? Voyons, ne dis pas de folies ! Parce que cet homme te dédaigne et te trahit ? Est-ce que les hommes valent la peine qu'on meure pour eux ! Non, tu vivras, mon ange, avec ta vieille mère. On te séparera de ton mari.

— Et il restera libre, lui, reprit Micheline avec colère. Il continuera à l'aimer, elle ! Oh ! je ne puis supporter cette pensée-là. Vois-tu, c'est horrible ce que je vais te dire. Je l'aime tant... que je le voudrais plutôt mort qu'infidèle !

Mme Desvarennes, frappée, resta silencieuse. Serge mort ! Cette idée lui était déjà venue comme un rêve de délivrance. Elle lui revenait impérieuse, violente, irrésistible. Elle la repoussa avec effort.

— Je ne pourrai jamais penser à lui, continua Micheline, sans le trouver vil et odieux. Chaque jour, sa faute deviendra plus lâche, et son hypocrisie plus basse. Tiens ! Tout à l'heure, il souriait : sais-tu pourquoi ? C'est parce que Cayrol part et qu'en son absence il va venir ici cette nuit.

— Qui te l'a dit ?

— Oh ! je l'ai lu dans ses regards joyeux. Je l'aime ! Il ne peut rien me cacher, répondit Micheline. Ainsi, traître envers moi, traître envers son ami, voilà l'homme que j'ai honte d'aimer !

— Remets-toi ! on vient, dit Mme Desvarennes, au moment où la porte du cabinet s'ouvrait devant Jeanne, suivie de Maréchal, inquiets d'avoir vu disparaître la mère et la fille.

— Micheline est souffrante ? demanda Mme Cayrol, en s'avançant.

— Rien : un peu de fatigue, dit Mme Desvarennes.

Maréchal, offrez votre bras à ma fille pour la conduire
à sa voiture. Je descends à l'instant.

Et, retenant Jeanne par la main pour l'empêcher
d'aller à Micheline qui s'éloignait :

— Reste ! J'ai à te parler.

La jeune femme regarda la patronne avec surprise.

Mme Desvarennes demeura un instant silencieuse.
Elle pensait à Serge venant ici cette nuit. Elle n'avait
qu'un mot à dire à Cayrol pour l'empêcher de partir.
La vie de ce misérable était donc dans ses mains.
Mais Jeanne ? Allait-elle la perdre ? En avait-elle le
droit ? Elle qui avait lutté, qui s'était défendue ? Ce
serait injuste. Elle avait été entraînée malgré elle.
Il fallait l'interroger. Si la pauvre femme souffrait,
si elle se repentait, au prix de sa vengeance, elle devait
l'épargner.

Sa résolution prise, Mme Desvarennes se tourna
vers Jeanne qui attendait :

— Il y a longtemps que je ne t'ai vue, ma fille, et
je te trouve gaie et souriante... C'est la première fois
depuis ton mariage que tu as l'air heureux.

Jeanne, sans répondre, regarda la patronne. Sous
les paroles qui lui étaient adressées, elle devinait une
terrible ironie.

— Tu as retrouvé le calme ! poursuivit Mme Desvarennes en tenant la jeune femme sous le regard de
ses yeux perçants. Tu vois, ma fille, quand on a la
conscience tranquille... Car tu n'as rien à te reprocher ?

Jeanne vit dans la phrase une interrogation et non
une affirmation. Elle répondit nettement :

— Rien !

— Tu sais que je t'aime et que je serais indulgente,
reprit avec douceur Mme Desvarennes, et que tu pourrais sans crainte te confier à moi ?

— Je n'ai rien à craindre, n'ayant rien à dire, dit
la jeune femme.

— Rien ? répéta la patronne, insistant.

— Mais non, affirma Jeanne, rien !

Mme Desvarennes regarda encore une fois sa fille adoptive, cherchant à lire jusqu'au fond de son âme. Elle la vit impassible.

— C'est bien ! fit-elle brusquement en marchant vers la porte.

— Vous partez ? demanda Jeanne, en apportant son front aux lèvres de Mme Desvarennes.

— Oui... adieu ! dit celle-ci, avec un baiser glacé.

Jeanne, sans tourner la tête, regagna le salon.

Au même moment, Cayrol, en costume de voyage, entrait dans le cabinet, suivi de Pierre :

— Me voilà prêt ! dit le banquier à Mme Desvarennes. Vous n'avez aucune nouvelle recommandation à me faire ? Vous n'avez plus rien à me dire ?

— Si ! répondit Mme Desvarennes d'une voix brève qui fit tressaillir Cayrol.

— Alors faites vite, car je suis à la minute, et le train, vous le savez, n'attend personne.

— Vous ne partirez pas !

Cayrol, étonné, reprit vivement :

— Y songez-vous ? Là-bas, il y va de vos intérêts.

— Ici, il y va de votre honneur ! s'écria la patronne avec violence.

— De mon honneur ! répéta Cayrol en bondissant. Madame, pensez-vous à ce que vous dites ?

— Et vous, riposta Mme Desvarennes, avez-vous oublié ce que je vous ai promis ? J'ai pris l'engagement de vous prévenir moi-même, le jour où vous seriez menacé.

— Eh bien ? interrogea Cayrol, devenu livide.

— Eh bien ! je tiens ma promesse ! Si vous voulez connaître votre rival, rentrez chez vous ce soir !...

Cayrol laissa échapper un cri sourd, douloureux comme un râle :

— Un rival chez moi ! Jeanne serait coupable ! Savez-vous bien que si cela est vrai, je les tuerai tous les deux !

— Agissez selon votre conscience, dit Mme Desvarennes : moi, j'ai agi selon la mienne.

Pierre, muet de saisissement, avait assisté à cette courte scène. Secouant sa torpeur, il vint à la patronne.

— Madame, s'écria-t-il, ce que vous faites là est effroyable !

— En quoi ? Cet homme sera dans son droit, comme je suis dans le mien. On lui prend sa femme, on me tue ma fille et on me déshonore ! Nous nous défendons ! Malheur à ceux qui ont commis le crime !

Cayrol, tombé foudroyé sur un fauteuil, les yeux hagards, sans voix, était l'image effrayante du désespoir. Les paroles de Mme Desvarennes revenaient à son esprit comme un refrain détesté. En lui-même, il répétait, sans pouvoir chasser cette pensée qui le dévorait : « Son amant, ce soir, chez vous. » Il se sentait devenir fou. Il eut peur de n'avoir pas le temps de se venger. Il fit un effort terrible, et, rugissant de douleur, il se dressa sur ses pieds.

— Prends garde ! lui dit Pierre : voici ta femme.

Cayrol regarda Jeanne qui s'avançait : des larmes lui montèrent brûlantes aux yeux. Il murmura :

— Elle ! avec ses regards si purs, ce front si calme ! Est-ce possible ?...

Il fit un signe d'adieu désespéré à Pierre et à Mme Desvarennes qui sortaient, et, se remettant avec effort, il alla au-devant de Jeanne.

— Vous partez ? dit la jeune femme. Vous savez que vous n'êtes pas en avance !

Cayrol frémit. Elle semblait désireuse de le voir s'éloigner.

— J'ai encore quelques instants à rester près de vous, dit-il avec une vive émotion... Voyez-vous, Jeanne, je suis triste de partir seul. C'est la première fois que je vous quitte... Dans un instant, nos invités auront pris congé... Je vous en supplie... venez avec moi !

Jeanne sourit :

— Mais, mon ami, voyez ! je suis en robe de bal.

— Le soir de notre mariage, je t'ai emmenée de Cernay comme cela, reprit Cayrol ardemment. Enveloppe-toi dans tes fourrures et viens ! Donne-moi cette preuve d'affection : je la mérite. Je ne suis pas un méchant homme... et je t'aime tant !

Jeanne fronça le sourcil, cette insistance l'irritait.

— C'est un enfantillage, dit-elle. Vous serez ici après-demain... Et puis, je suis lasse : ayez pitié de moi...

— Vous refusez ? demanda Cayrol, devenu grave et sombre.

Jeanne, de sa blanche main, effleura le visage de son mari.

— Allons, ne me quittez pas fâché ! Vous ne me regretterez guère, fit-elle gaiement, vous allez dormir tout le long de la route. Au revoir !

Cayrol l'embrassa, et, d'une voix étouffée :

— Adieu ! dit-il.

Et il partit.

Jeanne resta un instant immobile, écoutant. Son visage s'était éclairé. Elle entendit sous la porte cochère le roulement de la voiture qui emportait son mari, et, poussant un soupir de soulagement, elle murmura :

— Enfin.

XIX

Dans sa chambre, pleine de voluptueux parfums, Jeanne venait d'ôter sa robe de bal et de revêtir un peignoir d'étoffe orientale brodée de brillantes fleurs de soie. Accoudée à la cheminée, la respiration gênée, elle attendait. La femme de chambre entra, apportant une seconde lampe. La lumière, plus vive, fit miroiter la tenture de peluche rubis entourée d'applications vieil or. Le lit, noyé dans l'ombre de son baldaquin à longues draperies, apparut, voilé de dentelles.

— Tout le monde est parti ? demanda Jeanne en feignant d'étouffer un bâillement.

— MM. Le Brède et du Tremblay, les fermiers, viennent de prendre leurs pardessus, répondit la femme de chambre, mais M. Pierre Delarue est rentré un instant après. Il demande si Madame peut le recevoir...

— M. Delarue ? répéta Jeanne étonnée.

— Il prétend avoir des choses très importantes à dire à Madame.

— Où est-il ? demanda Jeanne.

— Là, dans la galerie.

On commençait déjà à éteindre dans le salon...

— Eh bien ! faites-le venir.

La femme de chambre sortit. Jeanne, très intriguée, se demanda quelle raison pouvait ramener Pierre. Il fallait certainement que quelque incident grave se fût produit. Elle se sentit émue. Pierre lui en avait toujours imposé. En ce moment, l'idée de se trouver en face du jeune homme lui causa un malaise extrêmement pénible.

Une portière fut soulevée : Pierre venait de paraître. Il restait immobile, interdit, près de l'entrée. Toute son assurance l'avait abandonné. La vue de ce grand lit le gênait. Il n'en pouvait détacher ses yeux.

— Eh bien ! dit Jeanne avec une raideur affectée, qu'est-ce qu'il y a donc, mon cher ami ?

— Il y a, ma chère Jeanne, commença Pierre, que...

Mais l'explication ne lui parut pas facile à donner, car il s'arrêta et ne put continuer.

— Que ? répéta Mme Cayrol avec insistance.

— Pardonnez-moi, reprit Pierre, je suis très embarrassé. En venant vous trouver, j'ai obéi à un mouvement tout spontané. Je n'ai pas songé aux termes à l'aide desquels je vous exprimerais ce que j'ai à vous dire, et je m'aperçois que j'aurai beaucoup de peine à m'expliquer sans risquer de vous offenser.

Jeanne prit un air altier :

— Eh bien, mais, mon cher ami, si ce que vous avez à m'apprendre est si difficile à dire, ne le dites pas.

— Impossible ! répliqua vivement Pierre. Mon silence causerait d'irréparables malheurs. De grâce, facilitez-moi la tâche ! Comprenez-moi à demi-mot... Vous avez, pour ce soir, des projets qui ont été découverts... Vous êtes dangereusement menacée : prenez garde !

Jeanne frémit. Mais, dominant son trouble, elle répondit, en riant nerveusement :

— Quelle histoire à dormir debout me contez-vous là ? Je suis chez moi, entourée de tout mon monde, et je n'ai rien à craindre, je vous prie de le croire.

— Vous niez ? s'écria Pierre. Je m'y attendais. Mais vous prenez une peine bien inutile. Voyons ! Jeanne, je suis votre ami d'enfance, de moi vous n'avez rien à redouter. Je ne songe qu'à vous servir. Vous pensez bien que si je suis ici, c'est que je sais tout... Jeanne, écoutez-moi !

— Ah çà ! mais vous êtes fou ! interrompit la jeune femme avec une orgueilleuse colère, ou bien vous vous prêtez à une indigne mystification !

— Je suis dans mon bon sens, malheureusement pour vous ! dit Pierre rudement, en voyant que Jeanne se refusait à le comprendre. Et il n'y a pas de mystification, malheureusement pour d'autres. Tout est sincère, sérieux, terrible ! Et puisque vous me forcez à vous dire les choses sans ménagements, voilà : le prince Panine est chez vous, ou il va venir. Votre mari, que vous croyez loin, est à cent pas d'ici, peut-être, et va rentrer dans un instant pour vous surprendre... Est-ce sérieux maintenant ?

Une flamme passa sur le front de Jeanne ; elle fit un

pas et, d'une voix furieuse, indomptable, butée à ne pas avouer, elle s'écria :

— Sortez ! Ou j'appelle !

— N'appelez pas, ce serait mauvais ! reprit Pierre avec calme. Laissez au contraire les domestiques s'éloigner, et faites sortir le prince, s'il est ici ; ou, s'il n'y est pas encore, empêchez-le d'entrer. Tant que je serai ici, vous dissimulerez votre frayeur et ne prendrez aucune précaution. Je m'éloigne donc. Adieu, Jeanne ! Croyez que je n'ai agi que pour vous rendre service, et soyez sûre que, passé le seuil de cette porte, j'aurai oublié tout ce que je vous ai dit.

Pierre s'inclina et, soulevant la lourde portière qui cachait la porte de la galerie, il sortit.

A peine Pierre avait-il disparu que la porte opposée s'ouvrit, et Serge entra dans la chambre. La jeune femme, d'un élan, fut dans ses bras, et collant ses lèvres froides à l'oreille de son amant :

— Serge, dit-elle, nous sommes perdus !

— J'étais là, répondit Panine ; j'ai tout entendu.

— Que vas-tu faire ? s'écria Jeanne, éperdue.

— M'éloigner d'abord. En demeurant ici un seul instant, je commets une imprudence.

— Et moi, si je reste, que dirai-je à Cayrol quand il va venir ?

— Ton mari ? dit Serge amèrement. Il t'aime : il te pardonnera.

— Je le sais. Mais alors nous serons à jamais séparés. Est-ce là ce que tu veux ?

— Et que puis-je faire ? s'écria Serge désespéré. Autour de moi tout s'effondre ! La fortune, qui a été le but unique de mes efforts, m'échappe. La famille que j'ai dédaignée m'abandonne. L'amitié que j'ai trahie m'accable. Il ne me reste rien.

— Et ma tendresse, et mon dévouement ? dit Jeanne avec passion. Crois-tu que je te laisserai seul, moi ? Il faut partir. Je te le demandais depuis long-temps. Tu résistais : le moment est venu. Sois tran-

quille ! Mme Desvarennes paiera et sauvera ton nom.
En échange, tu lui rendras sa fille... Tu n'y tiens pas,
puisque tu m'aimes. Je suis ta vraie femme, celle qui
devait partager ta vie. Eh bien ! je prends mes droits,
je les paye de mon honneur, je brise tous les liens qui
me retiennent. Je suis à toi, mon Serge ! Notre chute
commune nous unira plus étroitement que ne l'auraient pu faire les lois.

— Songe qu'avec moi c'est la médiocrité, presque
la misère ! s'écria Panine, gagné par l'exaltation de
la jeune femme.

— Mon amour te fera tout oublier !

— Tu n'auras ni regrets ni remords ?

— Jamais, tant que tu m'aimeras.

— Viens donc, alors ! dit le prince, en prenant dans
ses bras Jeanne enivrée. Et si la vie est trop dure...

— Eh bien ! termina Jeanne, les yeux étincelants,
ensemble nous nous réfugierons dans la mort ! Viens !

Serge alla pousser les verrous de la porte par
laquelle Pierre était sorti, et qui, seule, communi-
quait avec les appartements, puis, prenant la main de
sa maîtresse, il entra avec elle dans le cabinet de
toilette. Jeanne jeta sur ses épaules un manteau de
couleur sombre, posa sur sa tête un chapeau, et, sans
emporter ni argent, ni bijoux, ni dentelles, rien enfin
de ce qui lui venait de Cayrol, elle descendit les
marches du petit escalier.

Il faisait une obscurité profonde. Jeanne n'avait pas
pris de flambeau pour ne point attirer l'attention. Ils
tâtaient chaque marche du bout du pied, s'efforçant
de ne faire aucun bruit, retenant leur respiration, le
cœur battant. Arrivée au bas, Jeanne étendit la main
et chercha le bouton de la porte qui donnait dans
la cour de service. Elle le tourna, la porte ne s'ouvrit
point. Elle donna une poussée. Le battant de chêne
résista. Jeanne laissa échapper une sourde exclamation. Serge, s'approchant, ébranla vigoureusement la
porte, mais ne put l'ouvrir.

— Elle a été fermée du dehors, dit-il à voix basse.

— Fermée ? murmura Jeanne, prise d'un tremblement. Fermée, par qui ?

Serge ne répondit pas. L'idée de Cayrol lui était tout de suite venue. Le mari, aux aguets, l'avait vu monter, et pour l'empêcher de se dérober à sa colère, il lui avait coupé la retraite.

Muets, ils remontèrent l'escalier et rentrèrent dans la chambre par le cabinet de toilette. Jeanne arracha son chapeau et son manteau, et se laissa tomber sur un fauteuil.

— Il faut pourtant sortir ! dit Serge, gagné par une sourde colère.

Et il marcha vers la porte de la galerie.

— Non ! n'ouvre pas ! s'écria Jeanne, affolée...

Et, avec un regard peureux :

— S'il était derrière la porte ! ajouta-t-elle.

Au même moment, comme si la voix de Jeanne eût évoqué Cayrol, un pas pesant fit craquer le parquet de la galerie et une main essaya d'ouvrir la porte verrouillée. Serge et Jeanne restaient immobiles, attendant.

— Jeanne ! dit la voix de Cayrol au-dehors, résonnant lugubrement dans le silence. Jeanne, ouvrez !

Et, du poing, le mari heurtait le bois impérieusement.

— Je sais que vous êtes là ! Ouvrez donc ! reprit-il avec une rage croissante. Si vous n'obéissez pas, prenez garde !

— Pars ! je t'en supplie ! souffla Jeanne à l'oreille de Serge : redescends l'escalier, enfonce la porte et tu ne trouveras plus personne devant toi...

— Peut-être a-t-il aposté quelqu'un, répondit Serge. D'ailleurs je ne veux pas te laisser exposée à ses violences.

— Vous n'êtes pas seule, je vous entends parler ! cria Cayrol, hors de lui.

Et, ébranlant le battant qui tenait bon :

— Oh ! je briserai cette porte !

Le mari fit un effort terrible. Sous la pression de sa robuste épaule, le pène se rompit et le verrou sauta. D'un bond il fut au milieu de la chambre. Jeanne s'était jetée au-devant de lui. Elle ne tremblait plus. Cayrol fit encore un pas : il fixa ses yeux pleins de sang sur l'homme qu'il cherchait, et poussant une horrible imprécation :

— Serge ! cria-t-il. C'était lui. J'aurais dû m'en douter ! Ce n'est donc pas seulement l'argent que tu voles, misérable !

Panine pâlit horriblement, et, s'avançant vers Cayrol, malgré Jeanne qui s'attachait à lui :

— Ne m'insultez pas, c'est superflu, dit-il. Ma vie vous appartient : vous pourrez la prendre. Je serai à vos ordres quand il vous plaira.

Cayrol éclata en un rire effrayant :

— Ah ! un duel ! Allons donc ! Est-ce que je suis un gentilhomme, moi ? Je suis un paysan, un bouvier, un rustre, tu le sais bien ! Je vais t'écraser !

Il jeta un regard autour de lui, cherchant une arme, vit les massifs landiers de fer ciselé qui garnissaient la cheminée, en saisit un avec un cri de triomphe, et, le brandissant comme une massue, se rua sur Serge.

Plus rapide que lui, Jeanne s'était élancée devant son amant. Elle étendit les bras et, d'une voix âpre, avec le regard d'une louve qui défend son louveteau :

— Reste derrière moi, dit-elle à Serge ; il m'aime : il n'osera pas frapper !

Cayrol s'était arrêté. A ces mots, il poussa un cri sauvage :

— Ah ! misérable femme ! Alors toi d'abord !

Et levant son arme, il allait la laisser retomber, quand ses yeux rencontrèrent ceux de Jeanne. La jeune femme souriait, joyeuse de mourir pour son amant. Son front, pâle entre les noirs bandeaux de ses cheveux, rayonnait d'une beauté étrange. Cayrol frissonna. Ce regard qu'il adorait, il ne le verrait plus ; cette bouche rose dont il se rappelait le sourire, se décolorerait ; cette chair palpitante, dont il avait encore le parfum sur les lèvres, deviendrait froide et inerte ! Mille souvenirs ardents des jours heureux et des nuits enfiévrées lui revinrent. Son bras crispé se détendit. Un flot amer et brûlant lui monta du cœur aux yeux. La masse de fer, s'échappant de la main, tomba lourdement sur le tapis ; et le pauvre homme, sanglotant, éperdu, honteux de sa faiblesse, appelant la mort, mais ne pouvant pas la donner, roula sur le canapé.

Jeanne ne prononça pas une parole. D'un geste, elle montra à Serge le passage libre, et, le cœur gonflé, sombre, elle alla s'appuyer à la cheminée, attendant que ce malheureux, de qui elle venait de recevoir une si grande et si triste preuve d'amour, revînt à la vie.

Serge avait disparu.

XX

La nuit parut longue à Mme Desvarennes. Agitée, fiévreuse, elle écoutait à travers le silence, attendant à chaque minute l'arrivée d'une foudroyante nouvelle. Elle avait devant les yeux Cayrol entrant comme un fou, à l'improviste, dans la chambre de sa femme. Elle entendait un cri de rage auquel répondait un soupir de terreur ; puis, une double détonation retentissait, la pièce s'emplissait de fumée, et, foudroyés dans leur amour coupable, Serge et Jeanne roulaient enlacés dans la mort, comme Paolo et Francesca de Rimini, ces tristes amants que Dante nous montre, tournant au travers des vagues espaces de son enfer, lancés, pâles et gémissants, dans un vol éternel.

Les heures succédèrent aux heures : aucun bruit ne

troubla le repos de l'hôtel. Le prince ne rentra pas. Mme Desvarennes, incapable de supporter l'immobilité du lit, se leva, et, à différentes reprises, pour occuper son temps, elle monta lentement et sur la pointe des pieds jusqu'à la chambre de sa fille. Micheline, brisée par la fatigue et l'émotion, avait fini par s'endormir sur son oreiller mouillé de larmes.

Penchée sur elle, à la clarté de la lampe de nuit, la patronne regarda le pâle visage de Micheline, et un soupir douloureux vint à ses lèvres.

« Elle est encore bien jeune, pensait-elle : elle peut recommencer sa vie. Le souvenir de ces tristes jours s'effacera peu à peu de son esprit, et je la verrai renaître et sourire. Ce misérable me l'aurait fait mourir. »

Et l'image de Serge et Jeanne, étendus, l'un près de l'autre, dans la chambre pleine de fumée, lui revint devant les yeux. Elle secoua la tête pour chasser cette vision importune et, sans bruit, elle regagna son appartement.

Le jour venait, terne et blafard. Mme Desvarennes ouvrit sa fenêtre et baigna son front brûlant dans l'air frais du matin. Les oiseaux, réveillés, voletaient en chantant dans les arbres du jardin.

Peu à peu un bruit vague de voitures roulant montait de la rue. La ville commençait à sortir de son sommeil.

Mme Desvarennes sonna, et fit demander Maréchal. Le secrétaire parut aussitôt. Il avait partagé les inquiétudes et les émotions de la patronne, et s'était levé avant le jour. Mme Desvarennes lui adressa un sourire reconnaissant : elle se sentit vraiment aimée par ce garçon qui lisait si clairement dans sa pensée. Elle le pria d'aller chez Cayrol prendre des nouvelles, sans plus lui donner de détails, et elle attendit encore, marchant à grands pas pour calmer sa fièvre.

En sortant de l'hôtel de la rue Taitbout, Serge,

sentant ses idées tournoyer dans son cerveau, incapable de raisonner un plan, n'osant pas retourner
chez lui, et sentant bien cependant qu'il fallait prendre une décision rapide, gagna à pied le cercle. La
marche lui fit du bien. Elle lui rendit l'équilibre physique. Il fut heureux de se sentir vivant après une si
rude rencontre. Il monta presque allégrement l'escalier, et, jetant son pardessus au valet de pied à
moitié endormi qui s'était levé à son arrivée, il entra
dans le salon de jeu. Le baccara finissait. Il était
trois heures du matin. L'argent des pontes était
fatigué. Le banquier offrait vainement de tenir ce
qu'on voudrait. L'apparition du prince rendit quelque
animation à la partie. Serge se rua au jeu comme à
une bataille. La chance était pour lui. En quelques
coups il ramassa la banque : un millier de louis. Un
à un, tous les joueurs se retirèrent. Panine, resté seul,
s'étendit sur un canapé, et, serré dans son habit, gêné
par ses bottines, il dormit, quelques heures, d'un
mauvais sommeil, qui le fatigua au lieu de le reposer.

Les domestiques de jour le dérangèrent en entrant
pour balayer les salons et donner de l'air. Il gagna le
cabinet de toilette, et là, il se trempa le visage dans
l'eau avec une satisfaction véritable. Ses ablutions
terminées, il écrivit un mot à Jeanne pour lui dire
qu'il avait réfléchi, que son départ avec elle était
impossible et qu'il la suppliait de tout faire pour
l'oublier. Il donna cette lettre au groom du cercle,
en lui enjoignant de la remettre à la femme de
chambre de Mme Cayrol et non à une autre.

Le souci d'une femme à emmener, les tracas d'un
faux ménage, lui paraissaient maintenant insuppor-
tables. Et puis, que ferait-il de Jeanne ? La présence
de sa maîtresse auprès de lui rendait tout retour vers
Micheline impossible. Et maintenant il sentait bien
que la seule espérance de salut qui lui restât résidait
dans l'amour inaltérable de sa femme pour lui.

Mais, avant tout, il fallait aller chez Herzog, et, si le

financier était de retour, obtenir de lui des explications sur la réelle situation du *Crédit Universel.*

Herzog habitait, boulevard Haussmann, un petit hôtel qu'il avait loué tout meublé à des Américains. Le luxe tapageur des Yankees ne l'avait pas effrayé. Au contraire. Il avait trouvé dans les bois dorés et les brocatelles cerise du salon, les satins verts des boudoirs et les plafonds à caissons rouges et bleus de la salle à manger, la note vulgaire mais brillante qui fascinait le regard de l'actionnaire. Suzanne s'était réservé dans l'hôtel un petit coin, modestement tendu de perse et de mousseline, dont l'ameublement simple et frais jurait avec les splendeurs lourdes et criardes du reste de l'habitation.

En arrivant, Serge trouva dans la cour un valet d'écurie, vêtu de tartan à carreaux, qui lavait à grande eau une victoria. Herzog était revenu. Le prince gravit lestement le perron et se fit annoncer.

Le financier, assis tranquillement auprès de la fenêtre de son cabinet de travail, parcourait les journaux. En voyant entrer Serge, il se leva. Les deux hommes restèrent un instant silencieux, en face l'un de l'autre. Le prince prit le premier la parole :

— Comment se fait-il que depuis votre départ, dit-il durement, vous m'ayez laissé sans nouvelles ?

— Parce que, répondit Herzog plein de calme, celles que j'aurais pu vous donner n'étaient point bonnes.

— Au moins, les aurais-je connues.

— Le résultat de l'opération en aurait-il été changé ?

— Vous m'avez, dans cette affaire, mené comme un enfant, dit Serge en s'animant. Je n'ai pas su où j'allais. Vous m'aviez fait des promesses : comment les avez-vous tenues ?

— Comme j'ai pu, répondit tranquillement Herzog. Le jeu a ses hasards. On cherche Austerlitz, on rencontre Waterloo.

— Mais, s'écria le prince avec colère, les titres que

vous avez vendus ne devaient, pour ainsi dire, pas sortir de vos mains...

— Vous avez cru cela ? riposta ironiquement le financier. S'ils n'en devaient pas sortir, ce n'était pas la peine de les y mettre.

— Enfin, conclut Panine, avide de trouver un responsable sur qui déverser toute l'amertume de sa déconvenue, vous m'avez indignement trompé.

— Très bien ! J'attendais ça ! dit en souriant Herzog. Si l'affaire avait réussi, vous auriez accepté sans scrupules votre part de bénéfice, et vous m'auriez couronné de fleurs comme une rosière. Elle a échoué, vous repoussez votre part de responsabilité, et vous êtes à deux doigts de me traiter d'escroc ! Pourtant l'affaire n'aurait pas été plus honnête dans le premier cas que dans le second ; mais le succès embellit tout.

Serge regarda fixement Herzog :

— Qui me prouve, reprit-il, que cette spéculation qui me ruine et me perd ne vous enrichit point, vous ?

— Ingrat ! fit ironiquement le financier. Vous me soupçonnez !

— De m'avoir volé ? s'écria rageusement Panine. Pourquoi pas ?

Herzog, pour le coup, perdit son flegme : une rougeur lui monta au visage, et saisissant le prince par le bras avec une vigueur qu'on n'aurait pu soupçonner dans son corps efflanqué :

— Doucement, mon prince ! dit-il, ce que vous me direz de blessant, il faudra en prendre votre part : vous êtes mon associé.

— Misérable ! vociféra Panine, exaspéré de se sentir contenu par Herzog.

— Des personnalités ? s'écria le financier avec une révolte comique. Je vous tire ma révérence !

Et lâchant le prince, il marcha vers la porte.

Serge courut à lui.

— Vous ne sortirez pas avant de m'avoir donné les moyens de réparer le désastre.

— Alors, causons en gens de bonne compagnie, dit Herzog en se rapprochant. J'ai trouvé une spéculation merveilleuse à l'aide de laquelle nous pouvons sauver la situation. Provoquons hardiment une réunion d'actionnaires au siège social. J'expose l'affaire : j'éblouis tout le monde, on nous donne un vote de confiance pour le passé et de nouveaux fonds pour l'avenir. Nous sommes blancs comme la neige et le tour est joué. En êtes-vous ?

— Assez ! dit le prince, aux lèvres duquel monta un immense dégoût. Il ne me plaît pas, pour sortir d'une situation honteuse, d'user de moyens plus honteux encore. Cessons de nous débattre. Nous sommes bien perdus !

— Ce sont les faibles qui se laissent perdre ! s'écria le financier. Les forts se défendent. Abandonnez-vous si vous voulez : moi, j'en ai vu bien d'autres. Je me suis ruiné trois fois, et trois fois j'ai refait ma fortune. La tête est bonne ! Je suis à bas, je me relèverai. Et quand je serai remonté au premier rang de la spéculation, si j'ai quelques millions de trop, je rembourserai. On sera étonné : on ne s'y attendra plus. De sorte qu'on m'en saura plus de gré que si je l'avais fait tout de suite.

— Et si on ne vous laisse pas libre ? demanda Serge. Si on vous arrête ?

— Je serai ce soir à Aix-la-Chapelle, dit Herzog. De là je traiterai avec les actionnaires du *Crédit Universel*. A distance, on juge mieux ses intérêts. Venez-vous avec moi ?

— Non ! répondit Serge à voix basse.

— Vous avez tort ! déclara Herzog. La fortune est capricieuse. Dans six mois nous serions plus riches que nous ne l'avons été. Mais puisque vous êtes décidé, un dernier conseil qui vaut l'argent que vous perdez. Confessez-vous à votre femme : c'est elle qui vous tirera d'affaire.

Le financier tendit à Serge une main que celui-ci ne prit pas.

— De la fierté ? murmura Herzog. Après tout, il en a le droit... C'est lui qui paye !

Sans ajouter un mot, le prince sortit.

A cette même heure, Mme Desvarennes, énervée par sa longue attente, marchait à grands pas dans son petit salon. Une porte s'ouvrit, et enfin Maréchal, le messager tant désiré, parut. Il revenait de chez Cayrol. Il n'avait pu le voir. Le banquier s'était enfermé dans son cabinet où il avait travaillé toute la nuit. Il avait expressément défendu sa porte. Et comme Mme Desvarennes avait sur les lèvres une question qu'elle n'osait point faire, Maréchal ajouta que rien d'anormal ne paraissait s'être passé dans la maison.

Mais, comme la patronne remerciait son secrétaire, la lourde porte cochère de l'hôtel cria sur ses gonds, et une voiture roula rapide sur le pavé de la cour. Maréchal s'était lancé à la fenêtre. Il ne dit qu'un mot :

— Cayrol !

Mme Desvarennes fit un geste au jeune homme qui s'éloigna. Le banquier paraissait sur le seuil du salon.

Du premier coup d'œil la patronne vit les ravages que l'horrible nuit qu'il venait de passer avait faits sur le visage du malheureux homme. Cayrol, hier fleuri, vermeil, solide et droit comme un chêne dans sa taille massive, était voûté, défait et flétri comme un vieillard. Sur les tempes ses cheveux avaient grisonné subitement, comme décolorés par le feu dévorant de sa pensée. Le banquier n'était plus que l'ombre de lui-même.

Mme Desvarennes alla vivement à lui, et, renfermant tout un monde de questions en ces deux mots :

— Eh bien ? dit-elle.

Cayrol, sombre et farouche, leva les yeux sur la

patronne, et d'une voix sourde, avec un geste accablé, répondit :

— Rien !

— Il n'est donc pas venu ? demanda Mme Desvarennes.

— Il est venu, dit Cayrol. C'est moi qui n'ai pas eu l'énergie nécessaire pour le tuer. Je croyais qu'il était plus facile de devenir un meurtrier. Et vous aussi, n'est-ce pas ?

— Cayrol ! s'écria Mme Desvarennes en tressaillant, troublée de voir qu'elle avait été si exactement comprise par celui dont elle avait armé le bras.

— L'occasion était belle pourtant, reprit Cayrol en s'animant. Songez donc ! Je les trouvais ensemble, l'un près de l'autre, sous mon toit. La loi me donnait sinon le droit de les tuer, au moins une excuse si je les tuais. Eh bien ! à cette seconde décisive où une volonté implacable doit faire frapper, le cœur m'a manqué. Il vit, et Jeanne l'aime.

Il y eut un silence.

— Qu'allez-vous faire ? dit la patronne.

— Me débarrasser de lui autrement, répondit Cayrol. Je n'avais que deux moyens de le tuer : le surprendre chez moi, ou le provoquer en duel. La volonté m'a manqué pour l'un, l'habileté ne manquerait pas pour l'autre. Je ne me battrai pas avec Serge. Non par crainte de la mort, ma vie est brisée et je la compte pour rien, mais parce que, moi disparu, Jeanne serait à lui, en toute liberté, et que si la notion des choses de ce monde survit à notre fin, il n'y aurait pas de repos pour moi, même dans la mort. Aussi, il me faut les séparer pour toujours.

— Et comment ?

— En le forçant, lui, à disparaître.

— Et s'il s'y refuse ?

Cayrol secoua la tête d'un air de menace et dit :

— Je l'en défie ! S'il résiste, je le fais passer en cour d'assises !

— Vous ? fit Mme Desvarennes marchant sur Cayrol.

— Oui, moi ! riposta le banquier avec énergie.

— Malheureux ! Et ma fille ? s'écria la patronne. Songez-vous bien à ce que vous dites ? Vous nous déshonorerez, moi et les miens !

— Ne suis-je donc pas déshonoré, moi ? reprit Cayrol. Votre gendre est un bandit qui a souillé ma maison, qui a forcé ma caisse...

— Un honnête homme ne se défend pas par les moyens que vous voulez employer, interrompit gravement Mme Desvarennes.

— Un honnête homme se défend comme il peut ! Je ne suis pas un paladin, moi, je suis un financier. L'argent, voilà mon arme ! Le prince m'a volé : je le ferai condamner comme un voleur !

Mme Desvarennes fronça le sourcil.

— Faites votre compte, dit-elle, je paierai.

— Me paierez-vous aussi mon bonheur perdu ? s'écria le banquier hors de lui. Est-ce que je n'aimerais pas mieux être ruiné que d'être trahi comme je le suis ? Vous ne pouvez pas réparer le tort qui m'est fait. Et puis je souffre trop ; il faut que je me venge !...

— Eh ! insensé que vous êtes, reprit Mme Desvarennes, ce n'est pas le coupable que vous frappez, ce sont des innocents ! Quand ma fille et moi nous serons au désespoir, en serez-vous moins malheureux ? Ah ! Cayrol ! prenez garde de perdre en dignité ce que vous gagnerez en vengeance. Moins on a été respecté par les autres, plus il faut se respecter soi-même. Le mépris et le silence grandissent la victime. L'acharnement et la haine la font descendre au niveau de ceux qui l'ont outragée.

— Qu'on me juge comme on voudra : je ne m'occupe que de moi ! J'ai une âme vulgaire, un esprit bas, tout ce qu'il vous plaira ! Mais l'idée que cette femme est à un autre me rend fou ! Je devrais haïr cette misérable et, malgré tout, je ne puis me passer d'elle. Il me la faut. Si elle veut revenir à moi, je lui pardonnerai. C'est ignoble ! je le sens bien, mais c'est plus fort que moi ! Je l'adore !

En face de cet amour aveugle, sourd, affolé, Mme Desvarennes frémit. Elle pensa à Micheline qui aimait Serge comme Cayrol aimait Jeanne.

« Si elle allait vouloir partir avec lui ! » se dit-elle.

En un instant elle vit la maison abandonnée, Micheline et Serge à l'étranger, et elle toute seule au milieu de son bonheur écroulé, mourant de tristesse et de regrets. Elle voulut faire un suprême effort pour apitoyer Cayrol.

— Voyons ! reprit-elle, est-ce que je m'adresserai vainement à vous ! Est-ce que vous ne vous souviendriez pas que j'ai été pour vous une amie sûre et dévouée ? Votre fortune, c'est moi qui l'ai commencée ; votre premier argent, je vous l'ai mis dans la main. Vous êtes un brave homme : vous n'oublierez pas le passé. Vous avez été outragé, vous avez le droit de vous venger, mais songez que vous allez frapper deux femmes qui ne vous ont fait que du bien. Soyez généreux, soyez juste ! épargnez-nous !

Cayrol resta impassible : son visage crispé ne se détendit pas.

— Voyez à quel degré d'abaissement il faut que je sois tombé, dit-il, pour ne pas céder à vos supplications ! Amitié, reconnaissance, générosité, tous les bons sentiments que j'avais ont été dévorés par cet exécrable amour. Il n'y a plus rien en moi que cette femme. Pour elle j'oublie tout, je m'avilis, je me dégrade. Et ce qu'il y a de plus atroce, c'est que je m'en rends compte, et que je ne puis pas faire autrement.

— Malheureux ! murmura la patronne.

— Oui, bien malheureux ! sanglota Cayrol en s'abattant sur un fauteuil.

Mme Desvarennes s'approcha de lui, et, doucement, lui posant la main sur l'épaule :

— Cayrol, vous pleurez ? Alors... pardonnez !

Le banquier se leva d'un mouvement violent, et, le front baissé :

— Non ! fit-il, ma résolution est irrévocable. Je veux entre Jeanne et Serge mettre un monde ; ce soir, s'il n'est pas parti, ma plainte sera déposée au parquet.

Mme Desvarennes n'insista pas. Elle sentit que le cœur du mari était irrévocablement fermé.

— C'est bien ! dit-elle, je vous remercie d'avoir eu encore assez de mémoire pour venir m'avertir. Vous auriez pu ne pas le faire. Adieu, Cayrol ! Entre vous et moi, je laisse votre conscience juge.

Le banquier s'inclina en murmurant :

— Adieu !

Et, d'un pas lourd, presque chancelant, il s'éloigna.

Le soleil s'était levé radieux et éclairait les arbres du jardin. La nature était en fête, les fleurs parfumaient l'air, et, dans le ciel d'un bleu profond, les hirondelles passaient, se poursuivant avec des cris stridents. Ce contraste, entre la joie terrestre et sa douleur à elle, exaspéra Mme Desvarennes, et, brusquement, elle ferma la fenêtre. Elle eût voulu l'univers en deuil. Elle resta accablée pendant un temps qu'elle ne put apprécier, plongée dans ses cruelles réflexions.

Ainsi tout était fini ! Et cette grande prospérité, cette haute honorabilité de la maison qui était son œuvre, tout sombrait en un instant. Sa fille même pouvait lui échapper, et, suivant, résignée, l'époux infâme qu'elle adorait malgré ses fautes, à cause de ses fautes peut-être, aller traîner à l'étranger une existence qui se terminerait promptement par la mort.

Car à cette enfant douce et frêle, il fallait le bien-être matériel et surtout la sécurité morale. Son mari devait fatalement, de chute en chute, tomber dans le ruisseau et l'entraîner avec lui, la chère créature ! Et la patronne voyait sa fille, cette enfant qu'elle avait couvée dans le duvet et la soie, mourant de misère sur un grabat. Prévenue, elle accourait, et le mari, jusqu'au dernier jour, haineux, mauvais, lui refusait l'entrée de la chambre où agonisait Micheline.

Une fureur effroyable s'empara d'elle. Sa chair maternelle se révolta, et, dans le silence du salon, elle rugit ces mots :

— Cela ne sera pas !

La porte, en s'ouvrant, la fit revenir à elle-même. Elle se leva. C'était Maréchal, très ému et fort agité. Après l'arrivée de Cayrol, ne sachant que faire, il avait poussé une pointe jusqu'au *Crédit Universel*. Et là, il avait vu avec surprise que les bureaux étaient fermés. Il s'était informé auprès du concierge de la maison, un de ces superbes personnages vêtus de drap bleu, qui imposaient tant aux actionnaires ; et ce fonctionnaire, avec indignation, lui avait appris que, la veille au soir, à la suite de la plainte d'un membre du conseil, une descente de police avait eu lieu dans les bureaux, que les livres avaient été emportés au parquet et que les scellés avaient été apposés après le départ du commissaire délégué. Maréchal, très effrayé, s'était hâté de retourner rue Saint-Dominique pour avertir Mme Desvarennes. Il fallait évidemment prendre des mesures pour faire face à cette nouvelle complication. Ce commencement d'instruction était-il le début d'une action judiciaire ? Et alors quelle responsabilité allait courir le prince ?

Mme Desvarennes écouta sans dire un mot ce que lui rapportait Maréchal. Cette fois les événements marchaient plus vite encore qu'elle n'avait pu le redouter. La crainte des intéressés dans l'affaire du *Crédit* devançait la haine de Cayrol. Qu'allait découvrir la justice dans les tripotages d'Herzog ? Des détournements, des faux peut-être. Allait-on venir

arrêter le prince chez elle ? La maison Desvarennes,
qui n'avait jamais reçu la visite d'un huissier, allait-
elle être déshonorée par la présence des agents de
police ?

La patronne, à cette heure difficile, redevint elle-
même. La femme virile des anciens jours reparut.
Maréchal fut plus effrayé de cette soudaine vigueur
que de l'affaissement auquel elle succédait. Et voyant
Mme Desvarennes se diriger vers la porte, il fit un
geste pour la retenir :

— Où allez-vous, madame ? dit-il avec inquiétude.

— Je vais régler mes comptes avec le prince.

Et, passant par la porte du petit escalier, Mme Desvarennes monta chez son gendre.

XXI

En quittant Herzog, Serge se dirigea vers la rue
Saint-Dominique. Il avait retardé le moment de sa
rentrée autant qu'il avait pu, mais les rues s'emplissaient de monde. Il pouvait rencontrer des personnes
de connaissance. Il s'était décidé à braver l'accueil
qui l'attendait. Chemin faisant, il pensait à ce qu'il
allait faire, et cherchait un terrain sur lequel la
conciliation fût possible entre sa redoutable belle-
mère et lui. Il ne faisait plus le fier. Il se sentait
abattu, les reins cassés. Seule, Mme Desvarennes
aurait le pouvoir de le remettre sur ses pieds. Et,
lâche dans le malheur, comme il avait été insolent
dans la prospérité, il acceptait d'avance les humi-
liations qu'il plairait à la patronne de lui imposer,
tout, pourvu qu'elle le couvrît de sa protection.

Il avait peur : il ne savait pas jusqu'où Herzog
l'avait entraîné. Le sens moral, disparu en lui, le

laissait ignorant de la gravité de sa faute, avec un
vague instinct cependant du péril encouru. Les dernières paroles du financier lui revinrent à l'esprit :
« Confessez-vous à votre femme : c'est elle qui vous
tirera d'affaire ! » Il en comprit toute la portée et
résolut de suivre le conseil. Micheline l'aimait. En
s'adressant à son cœur, si blessée qu'elle fût, il s'en
ferait une alliée, et depuis longtemps il savait que
Mme Desvarennes ne résistait pas à sa fille.

Il entra rue Saint-Dominique par une porte dérobée
qui s'ouvrait dans le mur du jardin, et gagna sans
faire de bruit son appartement. Il craignait de rencontrer Mme Desvarennes avant d'avoir vu Micheline. Il changea d'abord de costume. Vêtu de son
habit noir, cravaté de blanc, il avait, sans souci de
cette tenue de marié, traversé la moitié de Paris. En
se regardant dans la glace, il fut effrayé de l'altération
de ses traits. Sa beauté, son arme, allait-elle être
attaquée ? S'il ne plaisait plus, que deviendrait-il ?
Et comme un comédien qui va jouer sa grande scène,
il soigna son visage. Il voulait séduire une fois de
plus sa femme. Le salut dépendait de l'impression
qu'il allait produire sur elle. Enfin, satisfait de lui,
s'essayant à sourire, il gagna la chambre de Micheline.

La jeune femme était debout.

En voyant entrer Serge, elle ne put réprimer un
mouvement. Depuis longtemps son mari l'avait déshabi-
tuée de ces visites familières. La présence de celui
qu'elle aimait, dans cette chambre qui lui semblait
si vide quand il n'y était pas près d'elle, causa une
joie secrète à Micheline. Et, allant vers son mari avec
un sourire, elle lui tendit la main. Serge attira doucement la jeune femme, et baisant ses cheveux :

— Déjà levée, chère enfant ? dit-il avec tendresse.

— Je n'ai guère dormi, répondit Micheline attendrie, j'étais inquiète. Je vous ai attendu une partie
de la nuit. Je vous avais quitté hier soir sans vous

dire adieu. C'était la première fois que cela arrivait. Je voulais vous en demander pardon. Mais vous êtes rentré bien tard...

— Micheline ! c'est moi qui suis un ingrat, interrompit Panine, en faisant asseoir la jeune femme près de lui. C'est moi qui dois vous prier d'être indulgente...

— Serge ! par grâce ! dit la jeune femme en lui prenant les mains, tout est oublié. Je ne voulais pas vous faire de reproches. Je vous aime tant !

Un rayon de joie avait illuminé le visage de Micheline, et des larmes emplissaient ses yeux.

— Vous pleurez ! dit Panine. Ah ! comme je comprends, en vous voyant si bonne, la gravité de mes torts envers vous ! Je vois combien vous êtes digne de tout respect et de toute tendresse. Je me juge indigne, et je veux m'agenouiller devant vous, pour vous dire que je regrette les soucis que j'ai pu vous causer, et que mon seul désir serait de pouvoir vous les faire oublier.

— Oh ! parle ! parle ! s'écria Micheline avec ravissement. Quelle joie de t'entendre dire ces choses si douces ! Quelle ivresse de te croire ! Ouvre-moi ton cœur ! Tu sais bien que je mourrais pour te plaire. Si tu as des inquiétudes, des ennuis, confie-les-moi : je saurai y remédier. Qui pourrait me résister quand il s'agit de toi ?

— Je n'ai rien, Micheline, répondit Serge, avec la mine contrainte d'un homme qui veut dissimuler, rien que le regret de n'avoir pas assez vécu pour vous.

— L'avenir ne nous appartient-il pas ? reprit la jeune femme en jetant à Serge un tendre regard.

Le prince hocha la tête :

— Qui peut répondre de l'avenir ? fit-il avec mélancolie.

Micheline s'approcha de son mari, anxieuse, ne comprenant pas encore bien ce que Serge voulait dire, mais l'esprit en éveil.

— Quelles étranges paroles prononces-tu là ? dit-elle. Ne sommes-nous pas jeunes tous deux ? Et si tu veux, n'y a-t-il pas pour nous encore bien du bonheur ?

Elle se suspendait, câline, à son épaule. Serge se détourna.

— Ah ! reste, murmura-t-elle, en le reprenant dans ses bras, tu es si bien à moi en ce moment !

Panine comprit que le moment de tout dire était venu. Il sut faire couler des pleurs le long de ses joues, et, repoussant vivement sa femme comme s'il était en proie à la plus vive émotion, il se réfugia près de la fenêtre. Micheline y fut aussitôt que lui, et le geste violent, la voix tremblante :

— Ah ! je le savais bien ! Tu me caches quelque chose. Tu es malheureux, souffrant, menacé peut-être ?... Ah ! si tu m'aimes, dis-moi la vérité !

— Eh bien ! oui ! C'est vrai : je suis menacé, je souffre, je suis malheureux ! Mais n'attends pas de moi l'aveu que tu me demandes, je rougirais trop de te le faire... Mais, grâce au ciel, si je ne trouve pas le moyen de sortir de l'affreuse situation dans laquelle je me suis placé, par ma légèreté, par ma folie... il est un expédient suprême qui me reste et dont j'userai...

— Serge ! tu veux te tuer ! cria Micheline terrifiée par le geste qu'avait fait Panine. Eh bien ! Et moi alors, qu'est-ce que je deviendrai ? Mais qu'y a-t-il donc, mon Dieu, qui soit si difficile à dire ? Et à qui le demander ?

— A ta mère, dit Serge en baissant la tête.

— A ma mère ? C'est bien, j'y vais ! Oh ! ne crains rien, va, je saurai te défendre, et pour te frapper, il faudra d'abord m'atteindre.

Serge tendit les bras à Micheline, et, dans un baiser, l'hypocrite acheva de donner, à celle qu'il chargeait de son salut, un courage indomptable.

— Attends-moi là ! dit la jeune femme.

Et, traversant le petit salon, elle gagna le fumoir.

Elle s'arrêta un instant, haletante, étouffée par l'émotion. Le jour tant attendu était enfin arrivé. Serge lui revenait. Elle reprit sa marche, et comme elle allait atteindre la porte du petit escalier qui conduisait chez sa mère, elle entendit frapper un léger coup contre le bois.

Etonnée, elle ouvrit, et soudain recula en poussant une exclamation. Une femme, dont le voile noir très épais lui dérobait le visage, était devant elle.

En apercevant Micheline, la femme voulut reculer et fuir. Mais, emportée par la jalousie, la jeune femme la saisit par le bras, l'attira d'un geste brusque, lui arracha son voile, et, la reconnaissant, poussa un cri :

— Jeanne !

Mme Cayrol marcha vers Micheline, et, suppliante, égarée, lui tendant les mains :

— Micheline ! ne va pas supposer... je viens...

— Tais-toi ! s'écria Micheline. Ne mens pas ! Je sais tout ! Tu es la maîtresse de mon mari !

Ecrasée par un tel coup, Jeanne cacha son visage dans ses mains et gémit :

— Oh ! mon Dieu !

— Il faut que tu aies vraiment de l'audace, reprit Micheline, dont la voix s'éleva furieuse, pour venir le chercher jusqu'ici, dans ma maison, presque dans mes bras !

Jeanne se redressa, et, rougissant à la fois de honte et de douleur :

— Ah ! ne crois pas, s'écria-t-elle, que ce soit l'amour qui m'amène.

— Qu'est-ce donc ? demanda Micheline, superbe de mépris.

— La connaissance du danger pressant, inévitable, qui menace Serge.

— Un danger ? Lequel ?

— Compromis par Herzog, il est à la merci de mon mari qui a juré de le perdre.

— Ton mari !

— Eh ! mon Dieu ! s'écria Jeanne, il est son rival. Si tu pouvais me perdre, est-ce que tu ne le ferais pas ?

— Toi ? dit Micheline avec un emportement farouche. Est-ce que je vais songer à toi ? Serge d'abord ! Tu venais le prévenir, dis-tu ? Qu'y a-t-il à faire ?

— Sans un instant de retard, sans une minute d'hésitation, il faut qu'il parte !

Un étrange soupçon traversa l'esprit de Micheline. Elle s'approcha de Jeanne, et la tenant sous son regard :

— Il faut qu'il parte ? répéta-t-elle. Et c'est toi, bravant tout, sans souci du malheur que tu laisses derrière toi, qui viens le prévenir ? Tu veux donc partir avec lui ?

Jeanne resta un instant hésitante. Puis, audacieuse et impudente, bravant la femme légitime, la menaçant presque :

— Eh bien ! oui ! cria-t-elle avec éclat, je le veux ! Assez de dissimulation ! Je l'aime !

Micheline se jeta devant Jeanne, les bras étendus, comme pour l'empêcher d'aller jusqu'à Serge, transfigurée, puissante, capable de lutter :

— Eh bien ! dit-elle, essaye de me le prendre !

— Te le prendre ! riposta Jeanne, en riant comme une insensée. A laquelle de nous deux appartient-il le plus ? A la femme qui a été ignorante de l'amour comme elle était ignorante du danger, qui n'a rien pu pour son bonheur et ne peut rien pour son salut ? Ou bien à la maîtresse qui a sacrifié son honneur pour lui plaire et qui risque sa sécurité pour le sauver ?

— Malheureuse ! dit Micheline, qui invoque son infamie comme un droit !

— Laquelle de nous deux, enfin, l'a pris à l'autre ? poursuivit Jeanne, oubliant tout, respect, pudeur. Sais-tu qu'il m'aimait avant ton mariage ? Sais-tu qu'il m'a abandonnée pour toi ?... pour ton argent, veux-je dire ! Maintenant, désires-tu que nous mettions en balance ce que j'ai souffert avec ce que tu souffres ? Veux-tu que nous fassions le compte de nos larmes ? Et après, tu pourras dire quelle est celle de nous deux qu'il a le plus aimée, et à laquelle il appartient davantage.

Micheline avait écouté, pleine de stupeur, cette apostrophe furieuse. Elle reprit avec véhémence :

— Eh ! qu'importe celle qui triompherait, si sa perte à lui est consommée ? Egoïstes que nous sommes ! Au lieu de nous disputer son amour, réunissons-nous pour le sauver ! Il faut qu'il parte, dis-tu ? Mais la fuite, c'est l'aveu qu'il est coupable, c'est la vie humiliée, obscure à l'étranger. Et c'est cela que tu lui conseilles, toi ? Parce que tu comptes partager cette existence misérable avec lui ! Tu le pousses au déshonneur ? Voilà tout ce que tu as trouvé !

Et foudroyant sa rivale atterrée, rayonnante de passion et d'orgueil, la femme légitime poursuivit :

— Comment ! Son sort dépend d'un homme dont tu es adorée, qui sacrifierait tout pour toi, comme je sacrifierais tout pour Serge, et tu ne t'es pas encore jetée aux pieds de cet homme ? Tu ne lui as pas offert ta vie pour prix de celle de ton amant ? Et tu dis que tu l'aimes !

— Ah ! balbutia Jeanne éperdue, tu veux que je le sauve, pour qu'il te reste !

— Que voilà bien le cri de ton cœur ! dit Micheline avec un dédain écrasant. Eh bien ! vois ce que je suis prête à faire, moi, et compare ! Si, pour rassurer ta jalousie, il faut que je me sacrifie, je te jure que Serge, une fois sauvé, sera libre et que je ne le reverrai jamais.

Micheline, chaste et sereine, les mains levées vers le ciel, parut s'élever et grandir. Jeanne, tremblante, dominée, regarda sa rivale avec un douloureux effroi, et murmura tout bas :

— Tu ferais cela ?

— Je ferai plus ! dit la femme légitime, en se courbant devant la maîtresse. Je devrais te haïr et je m'agenouille à tes pieds pour te supplier. Ecoute-moi. Fais ce que je te demande, et je te pardonne et je te bénis. N'hésite pas ! Suis-moi ! Courons nous jeter aux pieds de celui que tu as outragé. Sa générosité ne pourra pas être au-dessous de la nôtre. Et à nous, qui sacrifions notre amour, il ne pourra pas refuser de sacrifier sa vengeance.

Cette grandeur et cette bonté réveillèrent dans le cœur de Jeanne des sentiments qu'elle croyait morts. Elle resta un moment silencieuse, puis sa poitrine fut soulevée par des sanglots déchirants et, sans force, elle tomba dans les bras que Micheline lui tendait, pleine de pitié.

— Pardonne-moi ! gémit la malheureuse. Je suis vaincue, tes droits sont sacrés et tu viens de les faire respectables encore. Garde Serge : près de toi, il redeviendra honnête et heureux, car si ton amour n'est pas plus grand que le mien, il est plus élevé et plus pur.

Les deux femmes se prirent par la main et, rivales réunies par le sacrifice, elles coururent sauver l'homme qu'elles adoraient.

Cependant Serge, resté dans le petit salon, jouissait délicieusement de l'espérance que Micheline lui avait fait entrevoir. Accablé par la fatigue de cette nuit sans sommeil, brisé par les émotions violentes qu'il avait subies, il trouva une douceur exquise au calme retrouvé. Il ne se doutait point de la scène terrible qui se passait à quelques pas de lui entre Jeanne et Micheline. L'héroïsme passionné de sa femme et l'abnégation résignée de sa maîtresse lui demeurèrent inconnus.

Le temps fuyait. Il y avait une heure au moins que Micheline l'avait quitté pour aller chez sa mère, et Serge commençait à trouver que l'entretien se prolongeait terriblement, quand un pas léger le fit tressaillir. On venait par la galerie. Il pensa que c'était Micheline, et, ouvrant la porte, il alla à sa rencontre.

Il recula désappointé, mécontent, inquiet, en se trouvant en face de Pierre. Les deux hommes ne s'étaient jamais rencontrés seul à seul depuis la terrible soirée de Nice. Le prince voulut faire une bonne contenance et affrontant le regard fixe et ferme de Delarue, il dit, s'efforçant d'assurer sa voix :

— Comment ! C'est vous ?

— Ne m'attendiez-vous pas ? répondit Pierre dont la voix âpre fit vibrer les entrailles de Serge.

Le prince ouvrit la bouche pour questionner : le jeune homme ne lui en laissa pas le temps. Avec un accent dur et provocant :

— Je vous ai fait une promesse, poursuivit-il, est-ce que vous en avez perdu le souvenir ? Moi, j'ai bonne mémoire. Vous êtes un misérable, et je viens vous châtier.

— Pierre ! s'écria Panine en bondissant...

Mais se calmant subitement :

— Ah ! tenez ! allez-vous-en, je ne veux pas vous écouter !

— Il le faudra cependant ! Vous êtes, pour la famille dans laquelle vous êtes entré, une cause de malheur et de honte. Et puisque vous n'avez pas le courage de vous tuer vous-même, je viens vous aider... Il faut que vous ayez quitté Paris ce soir, sous peine d'être arrêté. Nous allons partir, nous gagnerons Bruxelles, et là nous nous battrons. Si le sort des armes vous favorise, vous serez libre de continuer vos infamies... Mais au moins j'aurai fait tout ce qu'il m'était possible pour débarrasser de vous ces deux malheureuses femmes.

— Vous êtes fou ! cria Serge en ricanant.

— Ne le croyez pas ! Et sachez que je suis prêt à tout pour vous décider. Allons ! Faut-il vous souffleter

pour vous donner du courage ? gronda Pierre, prêt
à frapper.

— Ah ! prenez garde ! grinça Serge avec un mauvais
regard.

Et ouvrant un meuble de laque qui se trouvait à sa
portée, il y prit vivement un revolver.

— Voleur d'abord ! Assassin ensuite ? fit Pierre
avec un rire terrible. Voyons cela !

Et il marchait sur le prince, quand la porte s'ouvrit, et Mme Desvarennes parut. La patronne s'avança,
sans hâter le pas, mit la main sur l'épaule de Delarue,
et de ce ton de commandement auquel nul ne résistait :

— Va m'attendre chez moi, dit-elle, je le veux.

Pierre s'inclina sans répondre, et sortit. Le prince
avait déposé son arme sur la table et attendait.

— Nous avons à causer ensemble, dit posément
Mme Desvarennes. Vous devez vous en douter, n'est-
ce pas ?

— Oui, madame, répondit Panine avec tristesse, et
croyez bien que nul ne juge plus sévèrement ma
conduite que moi-même.

La patronne ne put réprimer un geste de surprise.

— Ah ! dit-elle avec une dédaigneuse ironie, je ne
m'attendais pas à vous trouver dans de pareils sentiments. Vous ne m'avez pas habituée à tant d'humilité
et de douceur. Faut-il que vous ayez peur pour en être
venu là !

Le prince parut ne pas avoir compris tout ce qu'il y
avait d'injurieux dans les paroles de sa belle-mère.
Une seule chose l'avait frappé : Mme Desvarennes
déclarait qu'elle ne s'attendait pas à le trouver repentant et désolé.

— Micheline a dû cependant vous dire, commença-t-il...

— Je n'ai pas vu ma fille, interrompit durement
la patronne, comme pour lui faire comprendre qu'il
n'avait plus à compter que sur lui-même.

Ignorant que Micheline s'était trouvée en face de Jeanne, au moment de descendre chez Mme Desvarennes, et que, modifiant ses projets, elle avait couru chez Cayrol, Serge se crut abandonné par son unique et puissante alliée. Il se vit perdu ! Il comprit que sa feinte résignation devenait inutile, et, cessant de se contenir, le visage bouleversé par la rage :

— Elle aussi me trahit donc ? s'écria-t-il. Eh bien, c'est bon, je me défendrai seul !

Se tournant vers Mme Desvarennes :

— Et d'abord, qu'est-ce que vous voulez de moi ?

— Je veux vous poser une question ! dit la patronne avec un sang-froid terrifiant. Nous autres, dans le commerce, quand nous avons failli, et qu'il nous est impossible de nous relever, nous jetons du sang sur la souillure, et elle disparaît. Vous autres, dans la noblesse, quand vous êtes déshonorés, comment faites-vous ?

— Si je ne m'abuse, madame, répondit le prince d'un ton léger, vous me faites la faveur de me demander quelles sont mes intentions pour l'avenir. Je vais vous répondre avec précision. Comme je ne considère pas du tout comme impossible de me relever, ainsi que vous dites, je compte ce soir partir pour Aix-la-Chapelle, où je retrouverai mon associé, M. Herzog. Nous recommencerons les affaires. Ma femme, sur les sentiments de laquelle je compte, malgré tout, m'accompagnera.

Et, dans ces derniers mots, le prince mit tout le venin de son âme ulcérée.

— Ma fille ne me quittera pas ! dit Mme Desvarennes.

— Eh bien ! alors, vous l'accompagnerez, répliqua Panine. Cette combinaison m'agrée fort. Depuis mes malheurs, j'ai compris tous les avantages qu'aurait la vie de famille.

— Ah ! vous espérez recommencer à agir sur moi avec les moyens d'autrefois ? dit Mme Desvarennes.

Il faudra trouver mieux maintenant si vous voulez
me faire chanter. Ma fille et moi, auprès de vous...
dans le ruisseau où vous allez tomber ? Jamais !

— Eh bien ! alors, cria Panine, qu'espérez-vous
donc ?

Mme Desvarennes allait répondre : un double coup
de timbre, résonnant dans la cour, arrêta les paroles
sur ses lèvres. Ce signal, dont on se servait uniquement pour annoncer les visites d'importance, retentit
dans le cœur de la patronne comme un glas funèbre.
Serge, fronçant le sourcil, s'était reculé instinctivement.

Par la porte entrebâillée, Maréchal, la figure bouleversée, tendit silencieusement une carte à Mme Desvarennes. Celle-ci y jeta un coup d'œil, et pâlissant,
dit au secrétaire :

— C'est bien, qu'il attende !

Elle lança la carte sur la table. Serge s'approcha et
put lire : « Delbarre, commissaire aux délégations
judiciaires. » Et comme, hagard, effaré, il se tournait
vers la patronne, quêtant une explication :

— Eh bien ! dit-elle, c'est très clair. On vient vous
arrêter.

Serge sauta sur le meuble en laque, et, fébrilement,
ouvrant les tiroirs, il prit à pleines mains l'or et les
billets et les entassa dans ses poches, à même.

— Par le petit escalier, dit-il, j'aurai le temps de
partir. C'est ma dernière chance... Occupez seulement
cet homme cinq minutes.

— Et si la porte est gardée ? demanda Mme Desvarennes.

Serge resta un instant anéanti, il se sentait pris
dans un cercle dont il ne pourrait sortir.

— On peut être poursuivi sans être condamné,
balbutia-t-il. Vous ferez agir des influences. Je vous
connais, vous me tirerez d'affaire. Et je vous serai
reconnaissant, et je ferai tout ce que vous voudrez.
Mais ne m'abandonnez pas : ce serait lâche !

Et il tremblait, suppliant, égaré.

— Le gendre de Mme Desvarennes, dit la patronne d'une voix implacable, ne va pas sur les bancs de la cour d'assises, même pour être acquitté.

— Eh ! que voulez-vous donc que je fasse ? s'écria Serge avec emportement.

Mme Desvarennes ne répondit pas, mais, du doigt, elle montra le revolver.

— Que je me tue ? Ah ! je vous ferai trop de plaisir !

Et, d'un brusque mouvement, il repoussa l'arme qui vint rouler près de Mme Desvarennes.

— Ah ! misérable ! s'écria la patronne, dont les sentiments trop longtemps contenus, éclatèrent, furieux. Tu n'es même pas un Panine ! Les Panine savent mourir ! Ta mère a trompé son époux, et tu es l'enfant d'un laquais !

— Je n'ai pas le temps de faire du mélodrame avec vous, répondit cyniquement Serge. Je vais essayer de me sauver.

Et il fit un pas vers la petite porte.

La patronne saisit le revolver, et se jetant devant lui :

— Tu ne sortiras pas ! dit-elle.

— Ah ! çà ! vous devenez folle ! grinça le prince.

— Tu ne sortiras pas ! répéta la patronne dont l'œil s'éclaira d'une lueur sinistre.

— Nous allons bien voir !

Et, d'un bras vigoureux, saisissant Mme Desvarennes, Panine la jeta de côté.

La patronne devint livide. Serge avait la main sur le bouton de la porte. Il allait fuir. Le bras de Mme Desvarennes s'étendit. Une détonation fit trembler les vitres. Le pistolet tomba, ayant fait son œuvre, et, dans la fumée, un corps s'abattit lourdement sur le tapis qui se teignit de sang.

Au même moment la porte s'ouvrit, et Micheline entra, tenant à la main le fatal reçu qu'elle venait d'arracher à la générosité de Cayrol. La jeune femme

ussa un cri déchirant, et, comme morte, roula sur
corps de Serge.

Derrière Micheline, le commissaire, accompagné de
Maréchal, montait vivement. Le secrétaire échangea
un coup d'œil avec la patronne qui relevait sa fille
évanouie et la serrait dans ses bras. Il comprit tout.
Et, se tournant vers son compagnon :

— Hélas ! monsieur, dit-il, voilà une triste consta-
tation à faire pour vous ! Le prince, en apprenant
votre venue, a pris peur, quoique son affaire ne fût
pas grave, et s'est tué.

Le commissaire salua respectueusement la patronne
immobile, et comme abîmée dans la contemplation
de Micheline pâle et les yeux fermés.

— Retirez-vous, madame ! fit-il. Vous n'avez eu que
trop d'émotions déjà. Je comprends votre légitime
douleur. Si j'ai besoin de renseignements, Monsieur
me les donnera.

Mme Desvarennes se leva, et, sans plier sous le
fardeau, elle emporta sur son cœur sa fille reconquise.

FIN

Imp. Sévin, Doullens. — 12-1973. — (Dépôt légal : 1er tr. 1974.)
Editeur : No 5 144. — Imprimeur : No 3 087.

PRINTED IN FRANCE